ドミノ倒れ

ある夜、小向理恵は「死にたい」と腑の底から呟いた。

同じ頃、永井智則は「死ね」と腑の底から呟いた。

同じ頃、山下和久は「死ぬ訳ねぇだろ」と腑の底から呟いた。

同じ頃、青柳秀治は「死んでたまるか」と腑の底から呟いた。

良識を教えられ法律で守られたこの社会で、扱われて、動かされて、指先ひとつで倒されて。正当化の誘惑に翻弄されて抗う力を失った駒たちは、ただ、嘆くことしかできなかった。

雨上がりの生ぬるい湿気が肌に纏わりつく、六月半ばの水曜日。品川駅前にそびえ立つテレビ番組のキー局『TEC』のオフィスビルの会議室に、八名の人間が集った。

DVDで発売したオリジナルドラマがファンの手で動画サイトに違法アップロードされたことをきっかけに、世界中に名を馳せた株式会社『DramaticArt』所属の四名。

『TEC』が一〇〇%の株式を保有している株式会社『テクニカル』の三名。

二社の親会社である株式会社『TEC』所属の一名。

彼らが一堂に会したのは、『TEC』が主導で進めているアメリカのテレビ局『グローブテレビ』が運営するインターネットの月額制番組配信サイト『グローブネットTVショー』で配信するドラマ制作プロジェクト『GTT』のメンバーに抜擢されたからだった。

『TEC』に株式の五〇%を買収されて傘下に入ることとなった『DramaticArt』、そして元より『TEC』の子会社である『テクニカル』のスタッフが制作に参加することになった。

プロジェクタースクリーンに映し出される新規プロジェクトの資料映像に、それぞれの思いを抱きながら視線を注いでいた。

向かい合わせに並べられた二つの長机の一方に並んで座る『DramaticArt』の面々のうちのひとり、小向は、隣に座る永井の貧乏ゆすりに肝を冷やしていた。

「永井先輩、いい加減、落ち着いてください」

そう小声で告げたのに、永井は周囲に聞こえるように舌を鳴らした。

「落ち着いてられるか。何でうちがもぎ取ったチャンスで『テクニカル』とやらが出てくるんだ」

そう言って、パーカーのポケットの中で、煙草の箱を忙しなく引っ掻いた。

「うちだけだったら、このプロジェクトはなかったんですよ」

だから仕方ないと言わんばかりの小向に、

「だからこそ余計に腹立たしいんだ」と、永井が返した。

どれだけ努力や苦労を重ねても、最後には金と権力が物を言う。そうした当たり前の現代社会システムそのものが、永井は気に喰わなかった。

永井の周りを憚らない声は、もう一方の長机に座るテレビ番組制作会社『テクニカル』スタッフ三名の耳に触れた。すぐに眉を顰めたのは、青柳だった。

「山下さん、『DramaticArt』の奴等うちの悪口言ってますよ。むかつきません？」

青柳が、隣に座る山下にそう耳打ちして肩を突いた。山下は目もくれずにその手を払った。

「当然の不満をこぼしているだけだろう。青柳、お前は黙って説明を聞いてろ」

山下の素っ気ない態度に不貞腐れながらも、青柳は言われた通りに口を閉じだ。

プロジェクタースクリーンの前に立つ『TEC』制作課課長の福原信吾は、各々の話し声に気付きながらも気に留めず、淡々とプロジェクトの解説を進めた。

「『グローブテレビ』のGTに、『TEC』のTを付けてGTT、という名付けられました」

「そんなのどうでもいいから煙草ぐらい吸わせろよ」

福原に向かって野次を飛ばす永井の肩を、隣に座る『DramaticArt』元社長の中林徹が叩いた。

「永井……頼むから今は黙っていてくれ」

「丸くなるのは腹だけにしろよ、この狸親父が」永井は中林の手を払い、中林を睨みつけた。

元々『DramaticArt』は、社長一人、正社員一人、他は契約社員と外注で仕事を回している零細のドラマ番組制作会社だった。違法アップロードという形で、意図せず法の目を掻い潜って世界から脚光を浴びたことで仕事の依頼が多く舞い込んだものの、マンパワーだけで成り立たせていた会社はそれらすべてを処理する力を持たなかった。

そんな嬉しい悲鳴をあげている中、『TEC』に買収を打診され、協議の結果、五〇％の株式を売り渡し、中林が社長の座を退いて『TEC』の人間を据えることとなった。

『DramaticArt』スタートアップから十年、永井の不躾を大らかに許してきた中林だったが、社長の座を失ってからはこうして事なかれと永井を制する。中林について今までやって来た永井にとって、そのことも気に喰わない理由のひとつだった。

「永井さん、愚痴なら後で聞いてあげますから。今は、ね」

端に座っていた桑田竜が、永井の減らず口に手を焼く中林を見兼ねてそう横槍を入れた。

桑田はフリーランスの映像クリエイターで、『DramaticArt』の正式なスタッフではない。けれど、パートナーとして活動し始めて八年目になる。フリーランスでいたいという桑田の意思を尊重して、立場を変えないまま仕事を共にし、成果を上げていた。

中林のような立場がなく、小向よりも永井との付き合いが長い桑田は、永井をあやすことに慣れていた。

「桑田さんそう言って、いっつも適当に聞き流してるだけじゃないですか」

「永井さんの苛々をまともに相手してたら何もできないでしょう」

年上らしくたしなめてくる桑田と、狼狽える中林に、良心をくすぐられて居心地が悪くなり、「うるせぇ」と小さく返して口を閉じ、白旗を上げる代わりに腕と足を組んだ。そして体をプロジェクタースクリーンに向けると、その永井の様子を眺めていた福原の視線と永井の視線がぶつかった。

その時、福原の双眸が湾曲して、永井は眉を顰めた。

カジュアルスーツに身を包んで厭味ったらしい笑みを浮かべるいつもの福原が、いつも通り鼻についたけれど、白旗を上げた手前何もできず、小さく舌を鳴らして視線を逸らした。

「偉いぞ」中林がそう呟いて胸を撫で下ろしたのを、永井は鼻で笑った。

青柳は、その光景に苛立っていた。

上司である山下は、『DramaticArt』の面々のように優しくしてくれない。永井のように振る舞ったら、間違いなく怒られる。それなのに、永井は。

遣る方のない苛立ちが募らせる青柳の視界が、隣に座る後輩の丸野健太の震える肩を捉えた。

憂さを晴らしたい一心で手を伸ばし、薄っぺらい二の腕の肉をつまんでぐっとひねった。

「痛っ！」

突然の痛みに丸野が声を上げ、そこにいる全員が一斉に丸野に視線を注いだ。

「声がでかい！」青柳は慌てて、丸野の肩を叩いた。

「だ、だって、青柳さん、何で突然……」

「わざとらしく横でがたがた震えられたら、苛々するに決まってんだろう！」

「……すみません」

それが八つ当たりだと知りながら、丸野は謝った。青柳に逆らったところで何にもならないことは、いつものことだからよく解っている。

思い通りに目を伏せた丸野のおかげで少しだけ気が晴れた青柳に、

「青柳、何をしてる」と、山下が言った。

「丸野の緊張を解いてやろうと思って」

山下は、目を泳がせた青柳の背中の肉をつまみ、思い切り捻り上げた。

「痛い、山下さん、痛いです」

青柳は、痛みに震えて山下の手を払おうとした。けれど、しっかりと食い込んだ山下の指は簡単には離れなかった。

「すみません、もうしないですから」と言ったのを聞いて、山下は青柳の背肉を手放した。

「今度やったらこんなもんじゃ済まないからな」

そう言ってから、青柳の向こうにいる丸野を覗き込んで、

「丸野くん、そんなに緊張しないで。大丈夫だから」と、微笑んだ。

「は、はい……」

「皆さん、すみません。続けてください」

山下が皆に向けて頭を下げた時、福原が照明のスイッチに向かって歩き出した。

「今日は終わろうか。大体の説明は終わったたし、皆、初対面で緊張しているみたいだし」

ぱちん、と照明のスイッチが鳴って、プロジェクタースクリーンの映像が光に溶けた。

「永井くん、何か質問？」

良くできた教師のように尋ねてくる福原に、永井は苛立ちを隠すことなく眉根を寄せた。

「何で俺に聞くんですか」

「さっきから一番喋ってるじゃない。わからないことあるのかなぁと思って」

「ああ、あるね。何でこれまでバラエティ番組しか作ってこなかった『テクニカル』がドラマ創るんですか。全部うちにやらせろよ」

その言い草に仕事を馬鹿にされた気になって、青柳は、じろりと永井を睨めた。その睥睨にすぐに気付いた永井は、

「おいてめぇ、何見てんだ」と、凄んだ。

青柳は肩をびくりと震わせて、目を逸らした。けれどすぐに、どうしてこの不躾な男の無遠慮な振る舞いに屈服しなければならないのかと思い直し、

「一発当てたぐらいで、何でそんなに偉そうなのかなと思って見てました」と、明後日の方向を見て言った。

「何だと、こら」

永井は席を蹴って青柳に詰め寄った。小向とそんなに歳も変わらないだろう若い男の反駁が許せなかった。

「な、何だよ、本当のことしか言ってないだろう」

こんなところで手を出されるはずがないと高をくくっていた青柳は大袈裟に怯み、椅子ごと後退った。パイプ椅子が、がたがたとけたたましく鳴いた。

「使い捨てのしょうもねぇバラエティばっかり作って、大したヒット作出してねぇ奴に言われたかねぇんだよ！」

「い、違法アップロードされなかったら観られもしなかったくせに、俺らが作ってる番組は、合法的に経済を回してるんだ！」

「調子乗ってんなよ」

低い声でそう言って、永井が青柳の胸倉を掴んだ。

永井が苛立っている原因は、青柳だけではなかった。朝の五時まで仕事をして、集合は十時。ろくに眠ることもできない『DramaticArt』の働き方にも一因があった。

「永井先輩、落ち着いてください」

そんな生活の中、永井の激昂が日常茶飯事になっている小向は、怯むことなく永井の服を掴んで勢

いよく後ろに引っ張った。永井は後ろによろけて、青柳を手放した。

「俺は落ち着いている」小向を振り切って青柳に向かおうとした永井を、

「青柳！」という山下の怒声が止めた。

永井は不意を喰って言葉を切り、青柳は大きな体を縮こまらせた。

「山下さん、向こうが先に言ってきたんですよ」

青柳の弁解を無視し、指導のためという大義名分でその後頭部を叩いた。

「だから、あちらの言うことは悪口じゃなくて当然の不満だ。お前のはただの悪口だ！」

尖らせた口を閉ざした青柳を横目に、山下が永井に向き直った。

「すみません。いつもこうなんです。後でよく言っておきますので」

きっちりとアイロンが当てられた皺のないカッターシャツ姿の山下は、パーカーやジーンズといったラフな出で立ちが当然の制作局員の中で気障だと思えるほど浮いていて、それがその言葉の慇懃さを助長した。それが気に喰わない永井は、

「ああ、そうしてください」ぶっきらぼうにそう返した。

そうして生まれた沈黙を破ったのは、福原だった。

「まぁ、永井くんの心配には及ばないよ」と言って、不貞腐れている青柳の肩を叩いた。

「永井くんも知ってるだろう？　青柳くんはバラエティ番組制作の天才なんだ。流し撮りをうまく使って、低予算で面白く仕上げるんだ。ドラマだって御茶の子さいさい。なぁ？」

「いやぁ、へへへ」

照れている振りをして踏ん反り返る青柳を、福原以外のそこにいる全員が白い目で見た。

「知らないです。バラエティなんて見ねぇし、どれも一緒だろうと思いますし」

その面々を前にして、福原は思い付いたようにこう提案した。

「ねぇ、青柳くん。さっき僕に見せてくれたムービー、皆にも見せてあげてよ。あれを観たら永井くんだって納得してくれるでしょう」

「は、はい！」

永井が睨むのに気付きもせず、青柳は眼を輝かせて鞄の中に手を入れた。

そうして取り出されたのは、ハンディカメラ。慣れた様子で操作して、小さなモニターで映像を再生した。

「丸野の流し撮りの練習のために、さっき局の周りを流し撮りしたムービーです」

デスクの上、皆にモニターが見えるようにハンディカメラが置かれた。

モニターの中の空気が、そこにいる全員の体の中に流れ込んだ。

その風景から、そこが、見慣れた『TEC』オフィスビルの周りだということが判る。それなのに、まるで未開の地のような雰囲気を呈していた。

テロップも演出もなく、

「『この場所に、なんとツチノコが出ると言うのです！』」なんて、ふざけた青柳の適当なナレーションとカメラワークだけで構成されるそれは、充分に人の目を惹きつけた。

それに見入る一同を目の当たりにして、山下は、奥歯を軋ませた。

悔しかった。青柳が天才と言われる由縁を前に、それを天才の所業だと思う心こそが凡人たる証拠だと突き付けられるようで。

山下を一瞥してから、その思いを知ってか知らずか、福原が大袈裟に拍手した。

「さすが、青柳くん。ただのテスト撮影なのに、こんなに面白いなんて！」

「こんなの、適当ですよ」

青柳は謙遜する振りをして、また踏ん反り返った。

「否、これは凄いと俺も思います」と、中林が評価し、

「私も、思います。何の準備もなかったんですよね」と、小向がそれに続いた。

永井は、面白くなかった。いつも自分に向けられている称賛が青柳に向けられていることが。

「こんなもん、即興で撮った動画にシナリオこじつけてるだけだろ」

「桑田くんはどう思う？」

福原は遠巻きに様子を伺っていた桑田を呼ぶように尋ねた。

「はい、解ります。皆さんがおっしゃっていること」

関わりたくなくて距離を取っていた桑田は、事なかれを願って無難にそう答えた。

「へえ、解るんだ」

福原が言外の意味を多分に含んでそう返した。桑田はそれが鼻に付いたけれど、喰ってかかるほどでもなく、愛想笑いだけを返した。

「そうだ、青柳くん。せっかくだからここも撮影してみてよ。こういう何でもないところで面白い物が作れたら、永井くんも納得してくれるんじゃないかなぁ」

「わかりました！」

青柳はハンディカメラを構えて録画ボタンを押し、永井にレンズを向けた。

その瞬間、永井は身震いした。

気圧された。この傍若無人な青二才の仕事に。震え上がった自らの体に失望する思いだった。

「やってられるか」と吐き捨てて、席を蹴った。

「永井、どこに行く。まだ終わってないぞ」

情けなく引き留めてくる中林を一瞥して、永井は舌打ちをした。

「説明は終わったみたいですしもういいでしょう。聞かなくても、俺は良いもんしか創らないんで放っといてくれ」

青柳の才能を認めたくないということと、中林の情けない姿が見るに堪えないということは、永井が会議室から出て行くのに充分な理由だった。

「すまん、小向さん。頼んでもいいか」

こういう時の永井を宥めるには、小向と二人にして適当に愚痴を言い合わせるのが、手っ取り早い。中林はそれを知っていた。

築いてきた信頼関係に与えられるその仕事は、小向にとってとても誇らしいものだった。

「任せてください、中林さん！」

意気揚々と返事をして荷物を抱え、扉の方に足を向けた。その時、福原がこちらを見ていることに気付いた。何てことはない、ただじっとりと笑ってこちらを見ているだけの福原の双眸が、どうしてか気味悪く思えた。

「永井くんの後輩をやるのも、大変だねぇ」

どことなく嘲るようなそれに言外の意味を察して、可愛らしいだけだった大きな瞳が鋭気を帯びた。

「そうですね。永井先輩の後輩で、良かったです」

福原はその瞳に虚を衝かれ、一瞬、笑みを失った。小向は福原のその反応に勝ったような好い心地になって微笑み、気分の良いうちにさっさとその場を後にしようとした。

その足を引き留めるように視界の端で何かが光って、振り向いた。

青柳の、ハンディカメラだった。

不気味なまでにぎらりとした青柳の眼と小向の瞳が、レンズを介してぶつかった。

「……失礼します」

呈す苦言を思い付けず、小向は何も言わずにその場を去った。ドアが閉まって、青柳は、録画を停止した。モニターに収まった小向の慄いた瞳に、青柳は浅く息を吐いた。

福原は、いつも通りの笑みを取り戻してから、中林に問い掛けた。

「あの二人、本当に仲良いね」

福原が中林に問い掛けた。

「はい、喧嘩もよくしていますけど、二人で組ませた方が断然、良い仕事するんです」

中林が浮かべた喜色に、福原は微笑み返した。

「へぇ、相棒って奴かな。そういうの、羨ましいよね」

嘘か誠か、そう言った。


小向が、最寄りの喫煙所で煙草を吹かしている永井を見つけて駆け寄ると、永井は買ったばかりの缶のミルクティーを小向に突き出した。

「どうせこれだろ」

「ありがとうございます」

小向はそれを受け取ってから永井と肩を並べ、ミルクティーのプルタブを起こした。

「よくもまあ、そんな甘ったるいもんばっかり飲めるな」

「頭脳労働ですから、糖分がいるんですよ」

永井は、嬉しそうにミルクティーを口に含んだ小向を横目に、

「福原の野郎、今日も絶好調に厭味ったらしかったな」と、煙と一緒に吐き出した。

小向は、何度も首を縦に振ってうなずいた。

「じーっと変な目で私とか永井先輩とか見てて、絶対あの人、頭おかしいですよね。なんていうか、頭おかしい人特有の笑い方してるっていうか、すっごい怖いし気持ち悪い」

福原は月に一度か二度ほど、代官山駅と池尻大橋駅の間にある『DramaticArt』オフィスにやって来る。ただオフィスを歩き回り、スタッフを質問攻めにしたり、仕事をしている様子をこれみよがしに眺めたり。まるで子供のように振る舞う福原を、二人はよく思っていなかった。

「でも、あの人がいなかったらGTTはなかったって中林さんが言ってました。それだったら、あんな奴、利用するだけ利用してやりましょうよ」

「わかってるよ。やるに決まってんだろ。俺がGTTも『TEC』も乗っ取ってやるよ」

「その意気です、永井先輩！」

笑う小向につられて緩んだ口元を、永井は煙草を持つ手で覆った。小向に励まされたことが小向に知れてしまうだなんて、プライドが許さなかった。

「それにしても、『テクニカル』の人たちも結構個性的でしたね」

隠された微笑みに気付かず話を続ける小向に、無事に仏頂面を取り戻した永井が答えた。

「まぁ、それは向こうもそう思ってんだろうけどな」

「まぁ、こんなに可愛い女子が創ってるとは思わないですよねぇ」

「そんなに可愛い小向ちゃんは、どうして彼氏に振られたんですかねぇ」

胸を張る小向に意地悪くそう言った。小向は言葉を詰まらせた後で、深く息を吐いた。

「……ほっといてください」

「振られてからもう三か月ぐらいか。で、あれから連絡は？」

「ないです。もう完っ全に振られました」

「そうか、じゃあ失恋をバネにＧＴＴ頑張ろうな」

「ええ、もう。三か月経ったら未練も何もありませんよ」

永井は、小向の瞳が憂いを帯びたことに気付いて、

「偉い偉い」と、小向の頭を乱雑に撫でて、適当に慰めた。

「もう、髪の毛ぐちゃぐちゃにするのやめてください！」

「そんな適当なひっつめ髪、別にどうだっていいだろう」

「ポニーテールって言ってください！」

そうして騒ぐ小向と永井の声が、近くまで来ていた山下の耳に触れた。

「永井さん、小向さん」

小向と永井は駆け寄ってきた山下にすぐに気付いて、同時にそちらを見やった。

「良かった、見つけた。中林さんがどうせ喫煙所だって言うから近場のところに来たんだけど、当たってましたね」

「山下さん、でしたっけ。さっきはどうも」

永井が煙草を吹かしながら、不躾な挨拶を返した。『テクニカル』の人間に対して優しく振る舞えるほどの余裕を、永井はこの時、持ち合わせていなかった。

「もう、永井先輩……すみません、嫌な感じでしょう」

「いえ、『DramaticArt』からしたら面白くない話ですよね。自分たちの手柄を横から持って行かれるようで」

「ええ、本当に」

「永井先輩！」

小向は永井の肩を叩いた。じゃれ合う二人を前に、山下が「ふふ」と弱々しく笑った。

「本当に仲良いんだね。俺も、そんな風に笑いながら指導できたらって憧れてるんだけど、青柳相手じゃあなかなか難しいや。ははは」

笑いが乾いていることを自覚して、山下は笑うのをやめた。上手く誤魔化して笑うこともできない不甲斐なさに、深い溜め息を吐いた。

「その様子だと、あまりうまくいってないんですか」

単刀直入でぶっきらぼうな質問につられて、山下は本音を吐露した。

「うまくいってないと言いますか……あいつ四年目で、六年目の俺が面倒見てるんですが、もう大変です。とにかく生意気で」

「ああ、見ててわかります」

「すぐ横柄な態度を取るし、酒癖も悪いし、本当に世話が大変なんです」

山下は、思い出してしまった記憶の苦さを払いたくて、両手で顔を覆った。

その姿に、永井は今抱えているすべての感情を横に置いて、山下の肩に肘を置いた。

「わかりますよ、その気苦労。生意気で天狗な後輩って厄介ですよね。まぁ、うちのは酒飲んだら寝る派なんで、その辺は楽ですけれど」

「永井先輩！　誰のこと言ってるんですか！」

「なんだ、今のが自分って自覚あんのか。上等だ」

「話の流れでわかりますよ！」

小向に小突かれて、とうとう、永井は歯を見せて笑った。

山下は、いつの日か欲しいと願ったことのある信頼関係に胸を衝かれ、嫉妬に振れ始める羨望を堪えて、無理矢理に口角を持ち上げた。

「それじゃあ、また後で」

身を翻してその場を去ろうとする山下を、「ちょっと」と、永井が引き留めた。

「後でって、今日はもう終わりじゃないんですか？」

「え？　懇親会がこの後、二十時からあるでしょう」

「聞いてねぇぞ。おい、小向」永井が小向の方を振り向くと、小向は瞳を逸らし、

「中林さんがギリギリまで言うなって」と、居心地悪そうに返した。

「……あの、狸親父！」

言う成りにならない永井を動かすために、中林は時折こうして罠を張る。まんまと嵌められた永井は地団駄を踏んだ。

「ああ、くそ、それで今日何が何でも来いって言ってたのか、畜生」

「行かないと中林さん、困っちゃいますよ」

「小向に言われなくてもわかってんだよ。二十時からどこだよ」

「品川駅前の南天っていう居酒屋です」

永井の腕時計の針は、十五時過ぎを指していた。

「じゃあまだ時間あるな。俺はネカフェにでも行って寝てるわ。じゃあな」

「私も行きます、どうせ時間まで暇なんですから」

永井が足早にそこから離れようとするのに、小向は付き纏った。

「私だって時間まで暇ですし、読みたい漫画があるんです。行きましょう」

「勝手にしろ、金は出さねぇからな」

永井は口元が緩んだのを隠そうともせず、小向と肩を並べて歩いていった。

去っていく永井と小向を見送る山下に、「山下さん」と丸野が声を掛けた。山下が振り向くと、そこには丸野と、青柳がいた。

「丸野くん、ミーティングはもう終わったの？」

「はい、ついさっき。僕はこれから、青柳さんに流し撮りのやり方を教えてもらってきます」

「流し撮りって、また？」呆れた顔をする山下に、

「仕方ないでしょう！　何度教えても覚えないいんだから」と、青柳は言い返した。

「それは丸野くんだけじゃないだろう。お前、何人の心を折ってきたと思ってるんだ」

「できない連中が悪いんですよ！　皆、教えてくれって言うから教えてやってるのに、文句ばっかり」

「あのな、青柳」と、言い返そうとする山下を、丸野が止めた。

「ぼ、僕みたいな新人がこんな大きなプロジェクトにメインスタッフとして参加させてもらってるんだから、見合うぐらい、頑張らないと……」

おどおどと頼りない、『テクニカル』に勤めて一年の丸野が抜擢されたのは、小向のように功績が認められたからではない。才能が認められているからと傍若無人に振る舞う青柳は、スタッフの間ですこぶる評判が悪い。その青柳がメインスタッフとして参加するこのプロジェクトに参加しようという人間は『テクニカル』の中で、青柳に憧れている丸野と、世話係の山下しかいなかったからだ。

「丸野くんは大丈夫だよ。青柳の下手な指導について来れる子なんて、丸野くんだけだ」

山下に勇気付けられて、丸野はようやく肩の力を抜いた。

「青柳、あんまりやり過ぎるなよ」そう釘を刺して、山下はその場を離れた。

「……よし、行くぞ！　丸野！」

山下がいなくなったのを見計らって、青柳はハンディカメラを構えて駆け出した。


テレビ番組を制作して名を上げる。それだけを目標にして突き進んで来た者たちが、今、ここに集っている。誰に罵倒されても何に阻まれても、野心を燃料に夢を燃やし続けて、真っ直ぐに突き進んできた者たちが。

このまま行けば、光明が差す。たとえ番組制作局という立場であったとしても、キー局に評価されているという現状がそれを指し示している。全員が、それを確信していた。

けれど、ここは幸運の女神の遊び場だ。気紛れに揺れる足場に弄ばれて振るい落とされても、誰も文句を言えない。

それでもそこに立ち続けなければ、夢は叶わない。だから彼らは固執する。もがきながらも、この博打じみたステージに立ち続けている現実が、彼らの自信を揺るぎないものにした。

定刻通り二十時、品川駅前の南天にて、宴会は開かれた。

『DramaticArt』のメンバー四名に加え、『テクニカル』のメンバーが二十名。それに加えて『TEC』の福原と、総勢二十五名のメンバーが集った。

最初は両社とも初対面の相手に気を遣って、歓談していた。もしかしたら、ただ腹の内を探り合っていただけなのかもしれない。けれど、表面上つつがなく宴会は進行した。空気がおかしくなったのは、すっかり酒が回った二十一時を過ぎた辺りからだった。

「『DramaticArt』って、池尻大橋のあそこでしょう。何で代官山って言い張るんですか」

見下すような物言いに、強引な酌。

酔っ払って騒ぐ『テクニカル』スタッフに、中林と桑田の愛想笑いが崩れ始めた。

「仕事の修正依頼が来たから」と苦笑いを浮かべて席を立った桑田を、誰も止めなかった。

一人帰り、二人帰りとしているうちに、すっかり仕事の懇親会といった雰囲気はなくなっていった。それを好機と言わんばかりに、『テクニカル』スタッフの男性三人が小向を取り囲んで、合コンさながらに持て囃し始めた。

「あのドラマさ、本当に凄く面白かった。こんな可愛い女の子が作ってたなんて！」

新しく顔を合わせるスタッフの多い場で、小向がこうして男に囲まれることは珍しくない。小向は目鼻立ちがはっきりとしていて、化粧をしていなくても人の目を惹く。何とか良い思いをしようと、飢えた男たちが寄って来る。その小向が、今日は張り切って化粧をしている。こうなることを、懇親会が始まる前から永井は予想していた。

永井は、小向がこういう空気が苦手だと知っていて、酷い目に遭っていると思えば助け船を出したし、そうでなければ見守って後で笑い話にしてやった。

けれど、今日の小向は、いつもと対応が少し違っていた。

女としての美醜ではなく、仕事の功績を褒められているからだろう。朗らかに笑って、満更でもない、といった様子だった。永井は、それが面白くなかった。

「後は若いもんで」と、小向を残し、誰もいないテーブルに移動したのが二十一時頃。

そして今、二十二時。人も疎らになった宴会場で、永井は広いテーブルの端でひとり、スマートフォンのカメラ越しに小向とそれを取り巻く男たちを眺めていた。

本音を言えばさっさと帰って寝てしまいたかった。けれど、宴会が始まる前に、中林に「今日だけは最後までいてくれ」と懇願された手前、簡単には帰れない。大型案件と権力を前にして情けなく頭を垂れる中林を、無下にはできなかった。

しかし、永井はただこの現状に甘んじるだけで終わらせるつもりはなかった。今後のために、『テクニカル』スタッフの弱みを握ることができれば。そう画策して、レンズを向けていた。

早く何か仕出かさないものかと胸を躍らせていたら、別のクライアントからのメール着信がそれを邪魔した。文明の利器のおかげで仕事が酒の席にまで追いかけて来る。

「大変便利な時代になったもんだ」と鼻で笑った時、空席だった隣に誰かが腰を下ろした。

「何か面白いことでもあった?」

福原だった。先程まで福原がいたテーブルを見ると、中林と、ミーティングには顔を出さなかった『テクニカル』社長の須田が、二人で談笑していた。

「……中林さんと須田さんは、いいんですか」

「懇親会だからね、皆と交流を深めないと。永井くんも一人でスマホってのはないいんじゃない?」

「スマホが友達なんで、ほっといてください」

福原に画面を覗き見られていると知りながら、パズルゲームのアプリを起動した。

「永井くんもそういうゲームやるんだ、意外だね」

「そうですか」

永井の振る舞いを一切意に介さず、福原は話を続けた。

「小向さん、大人気だね」

「そうですね」

「可愛い後輩が知らない男性スタッフに囲まれてさ、気にならない？」

「ならないです」

適当に相槌を打ちながら、永井は決してスマートフォンから視線を外さなかった。

パズルのピースを揃えて消す爽快さが、福原の放つ厭味ったらしさをほんの少しだけ緩和してくれた。けれど、福原の厭味ったらしさはすぐにそれを凌駕した。

「永井くんもさ、小向さんのこと、可愛いと思ってるから世話してるんでしょ？」

スマートフォンを操作する永井の手が止まった。

画面を着々と埋め尽くしていくパズルピースに、福原は大いに喜んだ。

「どこまで手を付けた？」

スマートフォンが、永井の手の中でぎしりと軋んだ。

「男女二人が一緒にいたらすぐに付き合ってるとかどうとか言うのは、童貞か末期のゴシップ脳か、片思いかのどれかですね」

言うや否や、永井は立ち上がった。

「奥様がいらっしゃるとお伺いしてますが、心の底からお悔やみ申し上げます」

立ち去ろうとする永井に向かって、福原が声を張った。

「どこへ行くの」

「トイレです、ついてきたら痴漢だって叫びますから」

憤りをジョークで包んで、皮肉の中に隠して。宴会場の襖の引手に指を掛けて、勢いよく開いた。

たん、と、小気味良い音が鳴った。

その音が、すっかり酔いの回った青柳の気を引いた。廊下に出た永井の背中を青柳の眼が捉えたとき、襖が、ぱしん、と、鳴って、見えなくなった。

それが待ち望んだ始まりの合図かのように、青柳は、一升瓶を片手に立ち上がり、『テクニカル』スタッフに囲まれている小向に足を向けた。

「やあ、これはこれは」

小向に歩み寄る青柳を肴に、福原は酒を一口呑んだ。


苛々とした足取りで男子トイレに足を踏み入れて、永井はすぐに立ち止まった。

ドアの閉まった個室の前で項垂れている男の姿に見覚えがあった。

「山下さん、どうしたんですか」

呼ぶと、山下は顔を上げ、あからさまに不安を湛えた表情を浮かべた。

「永井さん……今、丸野くんが個室に入ってるんですけど、出てこなくて」

「潰れましたか」

「ああ……青柳にやられた」

永井は、視界の端で日本酒の一升瓶を振り回して騒いでいた青柳の姿を思い出した。

「ろくなことしねぇな」

永井は山下の背中を軽く叩いて励ましてから、丸野が入っているらしい個室のドアを殴り付けるようにノックした。それだけでも山下はぎょっとしたのに、

「丸野さん、大丈夫ですか！」と、大声を張り上げるものだから、周りを見渡して狼狽えた。

「ちょっと、永井さん」

山下の制止など聞く素振りも見せず、個室の中に耳を傾けた。そこにいるはずの丸野からは何の返事もない。

「開けるぞ」

躊躇いなく振り上げられた永井の右足の前に、山下が立ちはだかった。

「ちょっと、ちょっと永井さん」

「はい、何でしょうか」

「ドアを破る気ですか」

「はい」

返事がない。もしかすると死ぬかもしれない。すぐに丸野を個室から引き摺り出さなければならない。永井の返答には、迷いがなかった。

けれどそれは、『テクニカル』社員である山下の選択とは異なっていた。

「いやいやいや、駄目、駄目だから」

形振り構わず永井を止める山下の姿が不気味で、永井は眉を顰めた。

「何言ってるんですか。このまま放っておく方が駄目でしょう」

永井は何も間違っていない。それは山下も解っている。けれど、それでも、止めることしかできなかった。

「駄目、本当に待って」

「丸野さんが死んだらどうするんですか」

「それは……でも」

狼狽える山下の姿は、昼過ぎに会った先輩らしい威厳を微塵も残していなかった。何にそんなにも怯えているのか解らないまま、永井は足を下ろした。永井の足が着地したのを確認して、山下は胸を撫で下ろした。

怪訝な永井の視線に観念して、山下が答えた。

「そういうの、『テクニカル』の人たちが嫌うから」

掌で眉間を押さえて堪えているのは怒りか悲しみか。傍から見ている永井には解らなかった。

「青柳に限らず、『テクニカル』にはお酒を強要する人が多いんです。青柳もそれに感化されてああなった節もあります」

「じゃあ尚更、放置しちゃ駄目でしょう」

「……最近、テレビ局員の不祥事とかって凄く騒がれるでしょう？　あれが嫌で、騒ぎを大きくするのを嫌うんだ」

「俺らは制作会社のスタッフで、テレビ局員じゃないでしょう」

「『テクニカル』は出資一〇〇%の子会社です。うちが起こした不祥事は、間違いなく『TEC』の評価に繋がります」

「それは」確かにそうだと言い掛けて、永井は首を横に振った。

「でも、死んだら不祥事どころじゃ」

「調子に乗った新人の無茶呑み、で口裏を合わせれば、不祥事にはならない。死人に口はないからね」

永井は、鼻白んだ。人が死ぬことを厭わないその習わしに。

項垂れる山下は、これが正しいことではないということに気付いているのだろう。その社会で出世してきた山下が、今、震えている。

「そんなの、もうやめましょうよ」

叱責ではなく、憐みだった。良心の呵責に喘ぎながら、それでも逆らえない権力の圧。逃れたいと願っているだろうに後輩を巻き込むしかない。それがただ、憐れだった。

永井のその優しさに、山下は心を軋ませた。蔑んでくれれば、これは仕方のないことなのだと言い返してやるのに。そう話す永井の姿は、山下がずっと憧れ続けてきた人の姿だった。

「永井さん、もう少しだけ粘らせてください。どうにもならなかったら、俺が責任を持ってドアを蹴破ります」

山下の目に、決意が光った。

「……絶対ですよ」

永井はその光を信じて、そこを去った。留まって監視することは無意味だと思えた。

トイレから宴会場に戻る道すがら、玄関の近くを通る。その手前辺りで、聞き覚えのある話し声が聞こえてきて、永井は立ち止まった。

「青柳さん、本当、何とかならねぇかなぁ」

小向を取り囲んでいた『テクニカル』の男性スタッフたちだった。小言を並べながら、ぞろぞろと玄関に向かって歩いていく。永井は、二、三歩後退り、曲がり角に身を隠した。

「ほんと、ほんと。何だってあんなに酒を呑ませたいんだろうね。アルハラでしょ」

下駄箱から靴を取り出しながら、誰か一人がそう言った。それに続く会話を、敵情視察よろしく、永井は息を潜めて傾聴した。

「文句言いたくても、上の方々のお気に入りでしょ。低予算で良い番組作るからってさ」

「あいつが低予算でやり切っちまうから、俺らもそれだけの予算でやれって無茶振りされるんだよな。あーあ、青柳さんが入ってくる前の方が良かったなぁ」

「青柳さんのせいで女性社員も何人か辞めたし、合コン連れて行ったらクラッシャーだし、本当に勘弁して欲しいわ」

人は見掛けに依らないと言うが青柳はそれそのものだと、永井は薄ら笑いを浮かべた。

元の目的が敵情視察だったことを忘れて、すっかりそれを楽しんでしまっていたから、

「あの子、小向さんだっけ。青柳さんに凄い絡まれてたな」という言葉に、虚を衝かれた。

「あの子はあの子で、プライド高くて気が強くてあんまり会話も盛り上がらなかったし、顔が可愛いだけだったたな。黙ってりゃあ好みなのに」

「青柳さんに、多少痛い目見せてくんねぇかな！」

笑いさざめく声が遠のいて扉がぴしゃりと閉まると、永井は一目散に宴会場に向かった。宴会場の襖の引き手に手をかけた時、向こうから居丈高な青柳の声が聞こえて手を止めた。

「いいから呑めって」

永井は、襖を開けずに聞き耳を立てた。

「だから、日本酒は駄目だって言ってるじゃないですか」

そう拒んだのは、確かに小向だった。

「大丈夫だって、丸野もさ、そう言いながら美味い美味いって呑んでたよ。皆、良い酒を呑んだことがないからそう言うんだ」

ふてぶてしく笑った青柳の声で状況を把握して、永井はいよいよ襖を開けた。

言い合う小向と青柳、そしてそれを遠巻きに見ている福原と、中林がいた。他の連中は帰ってしまったのか、残されているのは四人だけだった。宴会場を見回す永井の眼と中林の目が合った時、中林が永井に助けを求めた。永井はすぐにそれを察して小さく頷き、青柳に歩み寄った。

「おい、ちょっと。何やってんすか」

永井は、小向の手首を掴む青柳の手首を掴んで引き剥がし、思い切り捻り上げた。

「ってぇ！」

腕の痛みに声を上げて永井を睨み付ける青柳を、永井は怯むことなく睨み返す。仕事でも喧嘩でも百戦錬磨である永井の眼は、まだ青二才である青柳を黙らせるのには充分だった。しかも、この場の大義名分は永井にある。青柳はそのことを悟って視線を外し、永井の腕を振り解いた。

「永井先輩、ありがとうございます」涙を浮かべて笑う小向に、

「変なところで女らしいのな、お前」永井が鼻で笑って返した。

そこには、目で見て解るほどの絆があった。青柳がこれまで得たくても得られなかったそれを、この二人は持っている。その羨望に、胸を焦がした。

欲しくても手に入らないものを持たれていると、人は得てして、それを奪ったり壊したりしてやりたくなる。青柳も、多分に漏れず、そう思い至ってしまった。

「『DramaticArt』の人らって、何で大した実績もないのにそんなに偉そうなんですか？」

小向と永井は笑い合うのをやめて、青柳に視線を移した。笑いが失われたという目に見える結果に

青柳は手応えを得て、尚も続けた。

「ドラマ一本当てて、五〇%出資してもらってるだけだろ?　『テクニカル』と比較にならないって
いうかさ、立場的に俺のが上なんだぜ。何で、上の奴が進める酒が飲めねぇの?」

「上とか、そういうんじゃないと思います」永井より早く、小向が言い返した。

「それは上の人間が言うからいいんであって、下の人間が言っちゃ駄目な台詞。本っ当、なってない
なぁ。調子に乗らないでくれる?」

「調子に乗ってるとかじゃなくて」

「小向さんは女だからいいよね。実力なくても、それぐらい可愛かったらそれだけで仕事うまくいく
でしょ?　永井さんとも、結局そうなんでしょ?」

「そんな仕事のやり方、したことありません!」

声を荒げた小向に、青柳は胸がすく思いだった。

「何?　実力で成功してるんです~、とでも言いたい訳?　自惚れって言うんだぜ、それ」

屈辱で我を忘れそうになった小向に冷静を保たせたのは、視界の端に映った永井の握り拳だった。

憤りを湛えて、小刻みに震えている。

このままでは、永井が青柳を殴ってしまうかもしれない。そうなればGTTどころの話ではなくな
ってしまう。小向がそれを察して蒼褪めた時、青柳がグラスを差し出した。

「今から自惚れを捨てれば間に合うさ。ほら、上の人間の言うこと聞いて、呑めよ」

永井の拳が振り上がるより寸分早く、小向が青柳からグラスを奪って、一気に中身を呑み干した。

媚びを売れない小向が思いついた場を丸く収める方法は、永井が喧嘩を買う前に自分が喧嘩を買って、
暴力なく終わらせることだった。

永井も、遠くでその様子を見守っていた中林も、小向の振る舞いに呆気に取られた。福原だけがとても楽しそうに、それを肴にして酒を口に含んだ。

「はは、やっぱり呑めるんじゃねぇか！」

思い通りに小向の喉を流れていく酒に、興奮を抑えきれないといった様子で青柳は高笑いし、空になった小向のグラスに新たに酒を注いだ。

「馬鹿、何やってんだよ」

永井は、注がれた酒を呑もうとする小向からグラスを奪った。

「女だからって、売られた喧嘩を買わないって思われるのは、癪なんですよ」

腹に落ちた日本酒がぐるりと回って、これまでそこに蓄えてきた屈辱を煽った。

どれだけ血の滲む努力をして得た結果であろうとも、女というだけで、目鼻立ちが整っているというだけで、無条件に向けられる嘲り。

目の前にあるそれを睨み返して、小向は吠えた。

「女だからって、舐めないで下さい！」

青柳は、胸を衝かれた。傍若無人に振る舞って、離れていく人は山程いたけれど、逆らう人間なんていなかった。だから、目の前にいる逆らう女がただただ腹立たしく、青柳は眉を吊り上げ、まだ二分の一ほど酒が残っている一升瓶を突き出した。

「……これを呑み干したら、対等に扱ってやるよ！」

売り言葉に、買い言葉。小向は一升瓶の首をすぐに掴んで持ち上げた。瓶の口が小向の口に近寄る瞬間が、永井にはスローモーションのように映った。

小向が、酒に殺される。それだけはさせまいと、永井は咄嗟に小向から瓶を奪い取った。その瓶をどこにやろうかと考える間もなく、小向が瓶を奪い返そうと手を伸ばしてくる。その小向の手を避けた時、青柳の顔が視界に入った。

いやらしく、笑っている。

スマートフォン片手に一人で酒を煽っていた永井の体にはすっかりと酒が回っていて、本能から湧き上がる戦意に抗えるほどの理性など残っていなかった。

「上等だ」

永井は一升瓶に口付けた。

ホストさながら日本酒を煽る永井の姿に、どうせ呑まないだろうと高をくっていた青柳は呆気に取られた。

「御馳走様でした」瞬く間に、酒は永井の腹に収まった。

先程よりも座った目で青柳を睨み、空になった瓶を、どん、と、わざと大きな音を鳴らして置いた。

「これで対等に扱っていただけますね、青柳さん。今度こんなことしやがったらただじゃおかねぇから覚悟してろよ」

茫然としている青柳の頬を引っ叩くと、鞄を持って立ち上がった。

「帰るぞ、小向。こんだけ人数少なくなったら、深める親睦もねぇわ」

先に歩き出す永井に、小向は慌てて自分の鞄を持って立ち上がった。

「それでは、お先に失礼します！　これからGTT、よろしくお願いします！」

勝ち誇ったような満面の笑顔で会釈をして、永井を追いかけていく。中林は二人を追いかけず、「全く、あいつらは」と、小さく笑った。

「……くそ！　何だよあいつら」

小向が襖を閉めた音で我に返り、目の前の一升瓶を傾けたけれど、しずくしか落ちてこなかった。中身はすべて、永井の腹に収まってしまったから。羞恥に苛立ちを煽られて、青柳はテーブルを叩き付けた。

「あーあ、青柳くん、可哀想に」

福原は手元に残っている酒を片手に、青柳に歩み寄った。

中林はそれを追いかけた目を、何も言わずすぐに伏せた。


小向が宴会場の襖を閉めたのを確認してから、永井は駆け出した。

行き先は玄関ではなく、トイレだった。未だ丸野を待っている山下を後目にその隣の個室に駆け込み、勢いよく嘔吐した。

「永井さん、どうしたんですか。さっきここで会ってから、十分ぐらいしか……」

個室を覗き込んで永井に話し掛ける山下の背後から、

「青柳さんに呑まされちゃったんです」と、小向が答えた。

「小向さん！？　ここ、男子トイレだよ」

男子トイレに女性がいるという事実に、山下はもうひと度驚いた。

「わかってますけど、永井先輩が駆け込んでいくから、追いかけるしかなくって……それに、こういうことって珍しくないですから」

恥じらう様子をおくびにも出さず、小向は永井の背中を摩った。

「『DramaticArt』はスタッフが少ないですから、男性のお世話も多くなるんです」

「小向は、男みたいなもんだからな」

永井は、咳込んでからそう悪態を吐いた。介抱してくれている女性に対して悪態を吐くなんて、と。

「ちょっと、永井さん」

山下が、諫めるように名を呼んだ。

けれど、

「そうなんです、私、オトコオンナなんです」と、小向が笑ったので、それ以上は続けなかった。

二人と出会って間もない山下には、小向がそんな風に喜ぶ理由が解らなかった。けれど、小向が建前ではなく本音で喜んでいることは、明らかだった。

「山下さん、あの青柳とかいう野郎、何とかしてください」

永井はその言葉を絞り出してから、また嘔吐した。

「本当に、すみません……でも、何だってそんなことに」

「私が呑まされてたんですけど、永井先輩が庇ってくれて」

「庇ったんじゃねぇよ。あれ呑んだら対等だっつんだから、呑んだ方がお買い得だろ」

山下は状況を察して、自らの情けなさに眩暈すら覚えた。

永井は身を挺して、小向を庇った。

山下は、丸野に無理に呑ませるのを阻止できなかったどころか、今こうして、助けることもできていない。理由は、保身だ。こんな仕事がしたくてこの会社に入ったのだろうか、と思うと、嘔吐感に似た違和感が込み上げた。

「……で、丸野さんはまだ個室ですか」

永井の問いに、山下は遠くにやっていた意識を引き戻した。

「ああ、まだ個室にいるよ」

そう言ってから目を閉じて息を吐き、瞼を持ち上げて、丸野が籠る個室のドアと向き合った。

「ドアを破るよ。今から」

従属してきた『テクニカル』のしきたりに逆らう。山下の人生に於いて一大事件だ。

心臓が飛び跳ねた。これからどうなるかわからないけれど、きっと、この違和感から逃げることはできるだろう。恐怖心を信念で押さえ付けて、足を振り上げた。

その時、鍵の開く音がして、山下が向かい合っていたドアが開いた。

「ご迷惑、お掛けしました……」

最後の力を振り絞って解錠した丸野は、そのまま床に倒れ込んだ。

「丸野くん！」山下が慌てて抱き起こした丸野は、真っ白な顔色で虚ろな目をしていた。

「大丈夫？　今すぐ救急車を呼ぶから」

山下がスマートフォンを取り出すと、丸野がそれを叩き落とした。叩き落とすつもりはなかったのだけれど、手の力をコントロールできるほど、丸野は正気を保っていなかった。

「駄目ですよ……皆に怒られますよ……」

不祥事を嫌う周りの立ち振る舞い、それに苦しんでいる良心。丸野は酩酊の中で、そう話しているいつもの山下の姿を思い出していた。

「……ごめん、丸野くん」

力尽きて床に這い蹲って、それでも尚そう話す丸野に、山下はとうとう落涙した。

「その代わり、僕の家、遠くて、一人暮らしで、だから、会社に泊まってもいいですか」

「いいよ、俺、ちゃんと介抱するから。家に帰るまで、見てるから、本当にごめん」

山下が強く頷くと、丸野は安心したように鼾を掻いて眠りに付いた。

「この状態で鼾を掻いて眠るって、少し、危ない状況かもしれません」

小向は、丸野を覗き込んでそう忠告した。山下は丸野の体を、自らの背中に乗せた。

「ひとまず、会社の仮眠室で寝かせます。何かあったらすぐに救急車を呼ぶから安心して」

山下は丸野をおぶって立ち上がると、足が震えてよろけた。落ちそうになった丸野を小向が持ち上げて、しっかりと山下の背中に乗せた。

「ありがとう」山下が言うと、小向は微笑んだ。

「僕らはタクシーで五反田駅近くにあるオフィスに向かいます。永井さんと小向さんは、どちらの方向ですか？」

「俺らは池尻大橋の辺りです」空回る吐き気に苦しみながら、永井が答えた。

「じゃあ、方向は大体同じですね。僕らは途中で降りるので、そのまま乗って行ってください。タクシー代は俺が持ちますから」

「山下さん」立ち上がるのもやっとの永井が、便器にどかりと座った。

「これから一緒にやる仲なんですから、遠慮なしでいきましょう。俺もこれから遠慮なく、青柳にびしばし、やらせていただきますから」

不敵に笑うその姿に、山下は思い知った。永井が不躾に振る舞うのは、自他共に対しての誠実さなのだと。だから、どれだけ態度が悪かろうと、人が付いて来る。

そういう風に生きられたら。山下は微かに憧れを抱いた。

「ありがとうございます」

「礼には及びませんよ……っと」永井は言いながら立ち上がり、よろける体を壁に預けた。

「行きましょうか」

　壁に体を引きずって、永井は玄関に向かった。丸野をおぶった山下がその後ろを歩き、小向は、三人が見えるように一番後ろを歩いた。

　永井は玄関に到着してすぐ、項垂れる中林の姿を見つけた。

「永井、まだいたのか」

「こっちの台詞です」

「福原さんが青柳くん連れてまだ呑むって言っててな。今から他の店に移動するところだ」

　永井は、憎まれ口を叩こうと口を開いて、何も言わずに唇を結んだ。精一杯いつも通りに笑おうとする中林の表情の中に、陰りを見つけてしまったから。

「……さっきは何も言えなくてすまなかったな。福原さんから、口出すなって言われてよ。俺も丸くなっちまったもんだ」

　俯いているだけなのか泣いているのか、判らない。けれど、永井はそれを確かめようとせず、労いを含んだ憎まれ口にうまく返せないでいるうちに、小向が中林の顔を覗き込んで笑った。

「丸くなるのは腹だけにしてくださいよ」と、中林の腹を叩いて鼻で笑った。

「中林さんのそういうところ、尊敬しています。私は、黙ってるとか無理なんで！」

　中林の目頭が熱くなった。人差し指と親指で眉間をぐっとつまんでから、言葉にできない謝意を伝えたくて、永井のジーンズのバックポケットに一万円札を捻じ込んだ。

「タク代だ。あと五分ぐらいしてから出ろよ、まだそこに福原さんたちいるから」

　中林は、二人に顔を見せないように視線を逸らして、手を振って店から出て行った。

　哀愁を帯びた中林の丸い背中を、小向と永井は何も言わずに見送った。

「タクシー、お店の人に呼んでもらいますね」と言って、小向は店員を探しに行った。

永井は、待合用の長椅子に腰を下ろした。

「もっと胸張ってろよ、狸のくせに、狐みたいな真似しやがって」

間もなく到着したタクシーは、小向と永井、山下と丸野を乗せて、『テクニカル』のオフィスビルへと走り出した。


四階建ての貸しビルを借り切っている『テクニカル』には、通常働くオフィスだけでなく、社長室一つに、仮眠室が二つ、大小含めて会議室が五つ。立派な正面玄関だけでなく、スタッフが出入りするためだけの通用口があり、その傍らには古びた非常階段があった。

二つある仮眠室の一つ、仮眠室一に据えてある二段ベッドの下段に、永井が寝転がった。

「もう無理、死ぬ」

タクシーの揺れで酔いが回ってしまった永井は、『テクニカル』ビル前に停まった時、転がるように車外に出て、側溝に嘔吐した。

その永井を見兼ねて、山下が仮眠室への宿泊を提案した。

「僕も泊まりますし、普段から外注スタッフも寝泊まりしているので、使って大丈夫ですよ」

その厚意に甘えて、今。小向は、永井が下敷きにしている掛布団を引っ張った。

「はいはい、思う存分死んでください。本当に死にそうになったら起こしてくださいね」

「小向、お前は帰れ」永井は、胃の気持ち悪さに身を縮こまらせながら、小向を睨んだ。

「何言ってるんですか。『テクニカル』にご迷惑をお掛けしないように、私がお世話しますよ」

「でも、お前も最近、ろくに寝てないし、それに」

酔いのせいか、いつもより少しだけ素直な永井に、小向が大らかに微笑んだ。

「大丈夫ですから」小向は、引っ張り出した掛布団を永井の体に掛けた。

空気を孕んだ掛布団がふわりと体に寄り添う心地好さに、永井は反論を失った。うっかり眼を閉じてしまって、瞬く間に眠りに落ちた。永井の寝息を聞いて、小向は小さく笑った。

「……お疲れ様でした」

小向は掛布団越しに永井の肩を撫でて、今日一日のことを思い返した。

青柳のせいで苦手な日本酒を呑んでしまって気分は良くないけれど、永井があぁして庇ってくれたことが、心の底から嬉しかった。

青柳のような人間は、今までにもいた。それでもうまくやって来られたのだから、これからだって、『DaramaticArt』にいる限り、永井がいる限り、うまくやっていける。

そう思いを巡らせていた時、ドアをノックする音が聞こえた。

「大丈夫ですか？」

開いたドアから顔を覗かせたのは、山下だった。

「はい、今寝ました。すみません、ご迷惑をお掛けします」

「それはこっちの台詞だよ……本当にごめんね。これ、お詫びにもならないけど」

山下は、ペットボトルの飲料水を二本差し出した。

「わあ、ありがとうございます！　買いに行かなくちゃなって思ってたんです」

「俺と丸野くんは隣の仮眠室二にいるから、いつでも呼び出して。それと……ごめんね。男の人と一緒に寝かせるようなことになって……」

「やだなぁ、永井先輩と雑魚寝なんていつものことですよ。横で寝ても手を出されないんで、女としての自信なくしちゃいますよ」

大きな口を開けて笑う小向に、山下はずっと抱いていた疑問を投げ掛けた。

「どうして嬉しそうなの？　女の人なのに男みたいに扱われて、嫌じゃないの？」

「むしろ、嬉しいですよ。対等に思ってくれてるってことです。変な特別扱いとか一切なしに。そんな風に扱ってくれるのは永井先輩だけですよ」

その答えに、山下はその微笑みの意味をようやっと理解した。

「……永井さんって、凄いね」

「ふふ、こんなもんじゃありませんから、これから期待しててくださいね」

「ああ、うん。これからよろしくね」

小向と握手を交わして、山下は丸野の眠る仮眠室二に戻った。小向はそれを見送って、仮眠室一の扉を閉めた。何かあった時に扉が開かなくては困るだろうと施錠はせず、そこから離れて、ソファに腰を下ろした。そこからは、永井の寝姿がよく見えた。ベッドで寝ている人と会話するためにここにソファを置いてあるのだろうか。だとしたら、よく考えられた配置だと感心した。

気を緩ませた途端、睡魔が小向を襲った。二段ベッドの上に上がる気力はなく、ソファに寝転がる。瞳を閉じると、瞼の裏に映った青柳が「どうせ女だから」と、小向を嘲った。

「何も知らない癖に」

憤りと日本酒が体をぐるりと巡る中で、カーテンを開けたままにした窓から差し込む月の光と、寝息が響くほどの静寂にあやされて、小向は眠りに就いた。

宴は終わったと、誰もが思っていた。


皆がすっかり眠りに就き、木曜日になった午前一時半。

電灯の付いていない『テクニカル』の廊下を、ずかずかと進む足音が響いた。

「はぁ、福原さん、俺のこと好き過ぎだろう」と、青柳が満足気に独り言ちた。

仮眠室は青柳にとって『城』だった。会社に寝泊まりをすると、玉座に座しているような気分に浸れる。それが堪らなく好きで、事ある毎に仮眠室を利用していた。

青柳は、いつも使っている仮眠室一のドアノブを捻った。施錠されていなかった扉は、簡単に開いた。自らの鼻歌が微かな小向と永井の寝息を掻き消していることに気付かず、ずかずかとソファに歩み寄り、そこに横たわる女の姿にぎくりと肩を揺らした。

「小向」

思わず呟いて、口を押さえた。小向はそれで起きることなく、すやすやと眠っている。

窓から差し込む月明かりが、小向の頬に反射する。それは先程までの威勢の良さをすべて掻き消して、小向が女である輪郭をはっきりと浮かび上がらせた。

どん、どん、と心臓が鳴り始めて、ぐるりと余計に酒が回る。

衝動を堪え切れず、恐々と、指先でその肌に触れた。ふわりと柔らかく、つるりと指が滑った。その優しい衝撃に、脳と視界が揺れた。


今なら、この生意気な女を、好きにできる。

鼓動は早く、息は荒くなる。それが恋だと錯覚しそうなほどに胸が締め付けられる。

小向の髪に、頭皮に、頬に、指を這わせる。指を滑らせた頬を、掌で包み込む。撫でる。柔らかく、温かい。今まで感じたことのない高揚感に、青柳は瞬く間に虜になった。

全身の脈が狂い出す。今まで知らなかったその甘い痺れは恋が叶った瞬間のようで、青柳の中の空虚を満たした。寝息を立てる唇を指先で撫でて、そのまま首筋までの線をなぞった。首は、手の中にすっぽりと収まってしまうほど、華奢だった。やすやすと折れそうな細い骨で組み立てられたそのうなじを撫でると、産毛が手を撫で返す。

「はぁ」と、獣の溜め息を一つこぼした。

月光が、小向の頬に睫毛の影を落として、体の凹凸を浮き彫りにする。まるで彫刻のように、神秘的な躰だった。

あの、何もかもを暴くような瞳は今、瞼で包まれていて、何も追及してこない。

今まで呑んだどの酒よりも強い酔いが、青柳の手足を操り出した。

青柳は小向の瞼を掌で覆って、唇で唇に触れた。乾いた唇同士がぶつかって擦れる。もどかしいくすぐったさが青柳の心臓を鷲掴んで、小向の唇をべろりと無粋に舐めた。

それはこれまで食べたどの甘味よりもとても甘くて、ずっと口の中に含んでいたかった。けれど、小向が起きるかもしれない。様子を伺って、舐めては離れ、舐めては離れを繰り返すも、青柳の心配をよそに、小向はすっかり夢の中だった。

小向は起きない。

その確信に煽られた劣情が、殺されて堪るものかともがいていた理性を、殺した。

貪るように、何度も小向の唇を舐めた。月明かりと静寂がとてもロマンチックでドラマチックで、それはすべてを肯定する演出だから、きっと、ずっとこのままで、これを味わっていられるのではないだろうか。

高まって、昂っていく。燃えるように血が沸騰するように体が熱くなる。熱に侵されて、小向の服の中に手を滑り込ませた。柔らかい。女の腹は、こんなにも柔らかいものだったのか。滑らかで吸い付くようで、自分の肌とは全く違う感触で。

小向は起きない。もしかすると、実はもう起きていて、自分を受け入れてくれているのではないだろうか。

じゃあ、もっと悦ばせてやろう。愚かな思い付きで、青柳は、小向の乳房を掴んだ。

その時、「ひっ」と声を上げて、小向の体がびくりと跳ね上がり、その瞼が持ち上がった。

「……何、してるんですか?」

露わになった大きな瞳に映る自分の姿に、青柳は、社会の中での死を悟った。

心臓が、先程までとは違う脈動を始める。体の熱が急速に引いて、凍るように冷えていく。頭の中は真っ白で、輝かしいはずの未来は真っ黒で。この、女のせいで。


どうせ失うなら、いっそ。


それだけを閃いて、青柳はふつりと我を失った。

無我夢中で小向に飛び掛かり、腹の上に跨った。悲鳴を上げようとする小向の口を殴るように叩き付けるように、右手で塞いだ。

今がどういう状況なのか、小向にも、青柳にも、解らなかった。二人の心臓がどんどんと暴れて、腹に残った酒を回す。見えていたものすらも、見えなくなるほどに。

青柳の左手が、小向のパーカーのチャックを掴んだ。小向はそれがどういうことなのかを理解して、その手を引き剥がそうとしたけれど、やすやすと振り払われた。そしてすぐに、小向の右手は青柳の左手に捕まった。

右手で口を、左手で小向の右手を封じて、青柳の両手が塞がった。青柳は小向の右手をどうにかしてどこかに固定できないものかと見回してから、思い付いて、自らの左膝と床の間に挟むことにした。自由になった左手で、今度は、小向の左手を右膝の下に敷いた。

そうして、小向の両手は自由を奪われ、青柳の両手は自由になった。解放感に唾を呑み、腑の奥から込み上げる劣情のままにもう一度、青柳は小向のパーカーのチャックを掴んだ。

小向は押さえられた口で必死に唸って体を捩った。恐怖と、悔しさと、憤りと、女であるという無力さの中でも、無事を諦めなかった。

そうしているうちに、小向の口を塞ぐ青柳の右手がずるりとずれた。青柳は舌打ちをしてから、もう一度塞いでやろうと、少し、体を前のめりにした。

その瞬間、青柳の右膝が僅かに持ち上がり、小向は咄嗟に左手を引き抜いた。その左手で青柳の手を必死に振り払い、頬を叩いた。

「……ってぇな！」

唐突に与えられた痛みに憤りを煽られ、青柳はやにわに小向の首を絞めた。

空気が通らなくなった喉が、ひゅう、と鳴った。当たり前にできていた呼吸ができないという事実がただ恐ろしく、それをもたらす手を引き離そうと掴んだ。力及ばず意識を失いそうになった時、青柳の手の力が緩んだ。どっと流れ込んだ空気が小向の喉を引っ掻いて、咳が溢れ出た。

涙に溺れた小向の瞳が青柳を見上げた。そこにいるのは、月明かりに照らされた、獲物を食おうとしている獣だった。

「どうせ、言うんだろ、明日」

荒い息に混じって放たれた青柳の言葉を、小向は聞き取ることができなかった。次は聞き取らなければと、耳を澄ましてしまったから、はっきりと聞こえてしまった。

「言えないようにしてやる」

やすやすと折れそうな細く白い首に、無骨な指がまた食い込んだ。

首に絡めた手にほんの少し力を込めるだけで、生意気で言うことを聞かない女を意のままにできる。それだけのことが楽しくて堪らなくて、青柳は笑った。

首を絞めるとのぼせたように肌が真っ赤になって、手を離すと、その色が引く。その様相は、その移ろいを楽しむための嗜好品のようだった。赤く、青く、赤く、白く。点滅するようなそれはとても滑稽で、青柳は少しの間、小向の呼吸を弄んだ。

「はは、あはははは」

笑い声を上げてそれを楽しむ青柳の姿を目の当たりに涙が込み上げ、喉を焼いた。


私は、この男の手に負けるのか。


絶望が、小向の視界を覆い尽くした。これまで受けてきた称賛も喜びも、助かりたいという思いすら、黒ずんで、沈んでいく。ずるずると、ごぼごぼと、溺れて、暗闇に。

もう助からない。悟って、脱力した、その時だった。

「おい」

永井の声が響いて、青柳は飛び上がった。

「何してるんですか、青柳さん」

永井に気を取られた青柳の手から力が抜けて、小向は大きく息を吸い込んだ。

「助けて！」

往生際悪く、青柳は、もう一度小向の口を塞ごうと振り返って手を伸ばした。

けれど、起きて来た永井に首根っこを捕まれて、後ろに引っ張り倒された。永井は床に這い蹲る青柳を後目に、小向に歩み寄った。

「大丈夫か」

手を差し出した時、腹に残る酒が永井の頭を揺らした。眩暈に負けて床に膝を着く。

「……すまん、小向」

そう言って眼にした小向は、着衣を乱し、瞳と首を真っ赤にして、頬が溶けたように濡れていた。脳裏にあるいつもの小向の姿を破かれるような酷い衝撃だった。

「青柳、てめぇ」

残る酒に足を奪われながら、頭をどこかでぶつけて蹲って震えている青柳に歩み寄った。

「自分が何したか解ってんのか！」

永井は青柳の腕を掴んで強引に引き起こすと、青柳は、まるで自分が被害者だと言わんばかりにぼろぼろと滝のような涙を汚く流していた。

「何でお前が泣いてんだよ！　お前がやったんだろう、これ！」

永井は憤りに任せて叱責した。我を忘れてがなり立ててしまって、青柳が「ぐうう」とくぐもった唸り声を出していることにも、次第に震え出したことにも気付かなかった。

「おい！　聞いてんのか！」

反応のない青柳に痺れを切らした永井がその腕を強く引いた時、青柳は確信した。


死にたくない。


その一心で、青柳は奇声を上げた。

唐突に耳に襲い掛かったそれに不意を喰って怯んだ永井を、青柳が突き飛ばした。永井は後ろに勢い良く倒れて、二段ベッドのフレームに体をぶつけた。

「いって……」

ただでさえ残る酒に苦しんでいる体に与えられた鈍痛は、永井の体の自由を奪った。

永井を助けようと、小向は、震えて力の入らない体で這いずって永井に近付こうとした。

「永井先輩」

そう呼んだ時、背後から、狂ったような荒い吐息が聞こえた。

恐々としてそちらを見ると、焦点が合わない眼でこちらを見下ろす青柳が、いた。

小向の大きな瞳に自らの姿を映し出されて、青柳は身震いした。


この瞳を屈服させることができれば、もう、何も。

極限の状況で、青柳はそう願った。

小向の髪の毛を掴むと、飼い犬のリードでも扱うかのように引っ張った。

「やめてください」と言いかけた小向を、平手打ちで黙らせる。痛みに屈して引き摺られるがまま進む小向に、ああこうすれば良かったのかと、青柳はより一層、興奮を深めた。

廊下に出て隣の仮眠室二のドアを開けて、中に小向を放り込んだ。ドアを閉めて、内鍵を掛ける。逃げられないことを小向に教えるように、錠の下りる音が響いた。

震えて座り込む小向の上体を蹴り倒して、あばら骨の上にどっかりと腰を落とす。ぎしぎしと軋むあばら骨の痛みに、小向は声を上げた。抑えられるはずがないその本能からの悲鳴が、青柳にとってはただけたたましく、疎ましく。黙らせたくて、小向の首に手を添えた。

「黙れ、殺すぞ」

そう告げると、小向の体からするりと力が抜けて、瞼がゆるりと落ちた。

たとえあばら骨が折れてしまっても、犯されても、死にはしない。それならば、生死を弄ばれるより、その方がましだ。そう気付いて、小向は反抗の意を手放した。

青柳が恐る恐る首から手を離すと、小向は、何も言わず暴れもしなかった。

ああ、やっと。

自由になった両手を伸ばして、小向の衣服の下に滑り込ませた。欲望のままに渇望したそれに触れると、唾液が口内に溢れ、恍惚と期待で心臓が暴れ出す。

ドアノブが、外から何度か荒々しく捻られた後で、どん、と強く扉を叩く音と、永井が叫ぶ声が聞こえた。抗えない現実を嘆くそれは、もう、何も青柳を邪魔するものはないと教えてくれているようだった。

だから、

「これは、どういう状況？」

という、室内から投げられた疑問を理解するのに、少し時間が掛かった。

その声は、自分の声でもなく、小向の声でもない。永井が仮眠室二に入室する前に鍵を掛けた。戸惑って辺りを見回して、青柳は、二段ベッドの上段に山下の姿を見つけた。

「山下さん」

息を呑んで目を凝らすと、下段にも誰かが眠っている。それが丸野だと青柳はすぐに察した。

「青柳……お前」山下はすぐに状況を悟り、二段ベッドの梯子に足を掛けた。

ぎしり、ぎしりと梯子を軋ませて、もうすぐ山下がここに来る。捕まれば、逃げられない。

青柳は、「あ」だとか「う」だとか狼狽の声をこぼして立ち上がり、ドアノブを掴んだ。

「青柳！　どこへ行く！」

ドアの開錠音に不意を喰った山下は、つるりとした梯子の足場に足を掬われた。落下して床に体をぶつけると、鈍痛が全身に響いた。それに耐えて上体を起こした時、目に留まったのは、床に体を預けて脱力する小向の姿だった。

青柳の足音は慌ただしく遠ざかっていく。追いかけるのを諦めて、小向に歩み寄った。

「小向さん、大丈夫ですか」

山下の声と、遠ざかる青柳の足音。

小向は恐怖の余韻の中で、助かったということを理解した。

途端、喉で塞き止めていた涙と嗚咽がどっと溢れ出た。次々に溢れる涙は、月明かりのせいでとても美しかった。

「小向さん……」

山下が呼んだ時、ドアの方で人影が揺れた。山下はすぐにそちらに目をやった。

「山下さん……すみません、青柳に逃げられました」

息を切らせて壁に体を預ける永井がそこにいた。

「永井さん、これ、一体、どういう状況で……」

「こっちが聞きたいぐらいですよ、ああ、いってぇ……」

壁に体を引き摺ってようやく辿り着いたソファに、永井は体を落とした。山下はその様子から、永井もこの状況については何も知らないのだと察して、目撃したことを述べた。

「俺はベッドの上の段で寝てて、物音で起きて、話し声が聞こえたから覗き込んだら、こんな」

山下は述べながら、この証言には大した意味がなく、永井の求めている情報ではないと解っていた。それでも、話すしかないと、知り得る限りを言葉にした。

永井はその様子から、山下が当事者でも共犯でもないことを察し、目撃したことを述べた。

「俺も似たようなもんです。起きたら青柳がいて、小向のことを襲っていました」

「襲って……」言葉にした途端に帯びた現実味に、眩暈を覚えた。

山下も、状況からそうだろうと推測していた。けれど、心のどこかでまだ、もしかしたら違うかもしれないと信じていた。

青柳はもう、ただの手に負えない後輩ではなくなってしまった。

その自覚が山下の全身から血の気を奪い、肌が白んだ。

永井は、ソファの背凭れに掛けてあったブランケットを小向に投げた。ふわりと体の上に落ちたそれを、小向は身を守るように必死に巻き付けた。

掛ける言葉のない静寂の中で、永井が頭皮を掻き毟る音が響いた。

「とりあえず、警察だな」

警察。その一言が、山下の腑の中を掻き回した。

通報すれば、間違いなく不祥事となる。そうなった時の責任は、当然のことながら、上司である山下が負うことになるだろう。想像に難くないそれに、山下は吐き気を覚えた。

「……くそ、電話、あっちの部屋に置きっぱだ」

永井はポケットを探って小さく舌打ちをしてから、ソファにもう一度寝転がった。

「山下さん、お願いしていいですか」

「ああ、はい」

山下はそう答えて、スマートフォンに、一一〇、と入力し、手を止めた。

発信すれば、もう、戻れない。

もし、押せば。青柳は逮捕されるだろう。問題はメディアを通じて広まり、山下も上司として追及から逃れることはできない。

もし、押さなければ。もしかしたら、話し合いで済むのかもしれない。そうすれば、追及されないで済む。世間から。会社から。社会から。

ブランケットに包まって泣く小向を一瞥して、冷や汗を流した。

「永井さん、小向さんがこの状態じゃ、通報するのは酷だ。落ち着いてからにしましょう」

「何を悠長なことを言ってるんですか。どんな状態でも、掛けなきゃ駄目でしょう。身内を庇いたい気持ちはわかりますけれど」

建前で取り繕った山下の本音をあっさりと見抜いて、永井が苦言を呈した。

「ち、違う。そんなつもりじゃ」

「じゃあ、掛けてください。それとも俺が掛けましょうか」

手を差し出しても電話をよこさず、発信もしない山下に痺れを切らして、永井が立ち上がった。扉に足を向けた永井の腕を、山下が咄嗟に掴んだ。

「……何ですか」

あからさまな嫌悪を込めて睨む永井の眼に慄きながら、それでも、山下はその腕を離さなかった。手を離せば、この状況よりも恐ろしい未来が待っていると、確信していた。

「違う、違うんだ、そうじゃなくて」

山下は考えた。何と言えば、自分の立場を守りながら、永井を止めることができるのか。

青柳はもうここにはいない。何の証拠もない。

証拠はないのに、傷付いた女と二人の男がここにいる。

山下の耳元で、悪魔が囁いた。

「今、通報して、俺らの仕業だって思われたらどうしますか？」

山下の口を借りて、悪魔は永井にも囁く。

「そんなこと」ある訳がないと否定する言葉を言い切らずに呑み込み、目を泳がせた。山下は、永井の胸のうちを探るように、こう続けた。

「青柳はもう逃げてしまいました。今から警察に通報したって、もう現行犯じゃない。どこに行ったのかもわからないし、証拠も何もないんです」

「小向と俺たちが証言すればいいだけの話でしょう」

「疑っている人間の話を、警察は聞いてくれますか？　小向さんを脅していると思われたらどうしますか？　それよりも、青柳を取っ捕まえて、警察に突き出せばいいじゃないですか。先に警察に通報して、青柳に逃げられてしまったり、俺らが犯人だと決め打ちで話を進められたりしたら、どうしようもないでしょう」

最悪のその予想は想像に難くない。みるみるうちに永井は表情を曇らせた。

山下はその様子を見て、畳みかけるしかない、と、多弁になった。

「永井さん、そう思いませんか。内輪の話で済ませようとしているポーズを見せて、青柳に自分がやったことを認めさせましょう。そうしてから突き出した方が、確実に」

嘘を吐いている訳ではない。騙そうとしている訳でもない。それなのに、良心が咎めて冷や汗が止まらない。早くこれを正義にしなければ、重圧に圧し潰されてしまう。山下は、それから逃れたい一心だった。

永井は、そうして息を弾ませる山下を見やってすぐに視線を逸らし、一考し、溜め息を吐き、ソファに腰を下ろした。

「……わかりました、山下さん。通報する前に、青柳を取っ捕まえましょう」

山下の表情が緩んだ陰で、小向の表情が曇った。

「そうしましょう。小向さんも永井さんも、今夜はゆっくりと休んで」

重圧から逃れて胸を撫で下ろす山下に、

「何でですか」と、小向が問い掛けた。

山下は一瞬だけ小向を見やって、すぐに目を逸らした。山下の振る舞いを罪だと銘打ち、追及するようなその純粋な眼差しに、心が圧し潰されそうだった。

「私、ちゃんと言います。二人は助けてくれただけだって」

山下は眉を顰め、シャツの襟を正した。

「小向さんがそう言う前に疑われてしまったら、話を聞いてもらえないでしょう？　俺は別に青柳を助けたいとかじゃなくて、ちゃんとしたいと思って、だから」

焦っていないように振る舞いながら、何と言えば小向が黙るのか、責任から逃れられるのか、それだけを模索していた。

「それに、青柳の話だって聞かないと、不公平じゃないか」

「不公平って」

呆然とした小向を目の当たりに、山下は咄嗟に口を押さえた。言ってはならないことをこぼしたという、自覚があった。どう取り繕うべきかと考えあぐねながら小向を一瞥し、その軽蔑を含んだ眼差しに、ぎくりと肩を揺らした。

「小向、落ち着け」

永井に呼ばれて小向はそちらを見やり、追及から逃れた山下が胸を撫で下ろした。

「とりあえず、最悪の事態は免れたんだ。怪我もないんだろう」

「ないです、けど、でも」

「だったら、俺に任せてくれ。青柳を取っ捕まえて、事情とやらを聞いて、謝らせてやるから。きっちりと公平にジャッジしてやるよ」

小向は、いつもの永井を知っている。人と話す時、永井の眼は、じっと相手の目を捉える。逸らして話す時は、思ってもいないことを言わなければならない時だと。

だから、眼を逸らしてそう話す永井がの姿に、胸が切り裂かれるように痛んだ。

「そうだ、そうだよ、永井さんの言う通りだ。小向さんも今は驚いて興奮しているんだ。そんな状態じゃ、ちゃんと話できないでしょう。だから、ゆっくり休んで」

場にそぐわない山下の軽やかな声が、強烈な違和感を含んだ永井の眼差しが、ずるりと小向の体の中に入り込む。それは虫のようにがさがさと皮膚の裏側を無遠慮に駆けずり回り、その悍ましさに小向は息を呑んだ。

せっかく、助かったのに。

「小向、とりあえず座れ」

ソファの座面を叩く永井に逆らって、小向は、廊下に繋がる扉のドアノブを掴んだ。

「おい、どこに行くんだ」永井は、少し声を張ってそう尋ねた。

小向は、じろりと永井と山下を一瞥し、

「トイレです、ほっといてください」とだけ言って、その場を去った。

山下は、永井の顔と、小向が去った後の扉とを、狼狽えた様子で見比べた。

「山下さん、今は一人にさせてやりましょう」

その一言で、小向を追いかける責任と、重圧から逃れられて、山下は胸を撫で下ろした。

途端、どん、どん、と、心臓が大きく脈動を始めた。まるで、罪の意識が血流に乗って、どっ、と、心臓に流れ込んだような、重圧以上に暗く重たい罪悪感に見舞われた。

山下は、何も言わなかった。責任を被りたくなかった。

永井はそれを後目に、パーカーのポケットの中で潰れた煙草を取り出した。

目撃者である山下ですら、青柳を庇おうとした。『テクニカル』はそういう会社だ。もし、永井が容疑者とされて身動き取れなくなれば、誰も小向の味方がいなくなってしまう。だから、容疑者になる可能性を潰さなければならない。誤認逮捕を恐れながら、それが理由ではなく、小向を守ること、それが通報をしないたったひとつの理由なのだと、心の中で何度も繰り返した。


小向は、静寂が響く廊下をトイレとは逆の方向に進み、非常階段に訪れた。誰もいない場所であればどこでも良かったし、少しの復讐心を込めて、告げた通りの場所には行きたくなかった。

非常階段のドアは、ドアノブを捻るだけで簡単に開いた。吹き込んだ初夏の夜風はぬるく優しく温かく、小向の気を惹いた。ペンキの剥がれた古ぼけた非常階段の踊り場に踏み出すと、じゃり、と鳴った。わざと踏み躙って、じゃり、じゃり、と鳴らす。確かに聞こえるその音が、不確かに思えて座り込む。小向の手が鉄製の床を撫でると、鉄製の床が小向の手を擦り返した。

じゃり。じゃり。じゃり。繰り返されるその音が頭に響くのに、現実のものだと思えない。今この場所は水の中のように薄ぼんやりとしていて、どれだけ音が鳴っても、暖かくても、手が擦れて痛くても、それらはすべて嘘のようで。

寝転がってみると、昼間に熱を蓄えたのだろう鉄製の床は、思っていたよりも暖かかった。体を仰向けにすると、思っていたよりも東京の空には星が輝いていた。

幼い頃、公園の芝生で寝転がって、汚いからやめてと母に叱られたことがあった。今の姿を見れば同じことを言うだろう。けれど、今この瞬間、小向にとってそれは何の意味も持たなかった。

だって、どれだけの人が知っているのだろう。夜中の非常階段の踊り場の床が温かいことを。夜明けが近付いた東京の空にも星が輝いていることを。首を絞められると、苦しい、だなんて考える間もないことを。すぐ傍にある、手や、欲望や、保身が、簡単に人を殺せることを。唐突にそれを突き付けられる恐怖を。

　踏みつけられるためだけに存在している地面は今、誰よりもずっと優しい。体が溶けて、地面との境目がなくなって、自分ではない、別の物になっていく、ような。


私は、『物』だ。

物だから、彼らよりも、この吹きっ晒しの中、ペンキが剥げた生ぬるい非常階段の方が、私に近い。取り扱われて打ち捨てられても、それが妥当なのだ。

ああ、何だか、視界が蒼黒く染まって、息がしにくい。

そうか。ここは、海の底なのだ。青柳の手に突き落とされて、沈んでしまったのだ。そう考えれば、すべてが自然で、当然で。

私は打ち捨てられた粗大ごみのようなものなのだ。


嵐のような音が耳を塞いで、何も聞こえなくなっていく。息を吸うと、狭くなってしまった喉が、ひゅ、と鳴った。


同じ頃、青柳の体は汗でびっしょりと濡れていた。

酒と焦燥、すべてを失うかもしれない恐怖。仕出かしてしまったことへの罪悪感を含んだ汗は、いつもよりどろりとしていた。

最寄りの国道まで全力で疾走し、周りに誰もいないことを確認して、その場で脱力した。不安を煽るような激しい脈動が苛立たしくて、胸を掻き毟る。

もう逃げ切ったんだと確信したくて笑ってみるも、暴れる心臓が邪魔をして上手く笑えず。腹立たしくて、恐ろしくて、それを宥めるために、ゆっくりと息を吸い込んだ。


あいつが俺を睨まなければ、従順にしていれば。

誰もが評価する俺の言いなりにさえなっていれば、こんなことはしなかった。

俺は天才だ。俺は自由だ。

だから、何人たりとも、この世のどんな現象も、俺を邪魔することを許さない。

俺は、何も、悪くない。


心臓が、暴れて痛む。どん、どん、と、皮膚を叩く。頼りない皮膚を突き破ってこぼれ出てきそうだ。それか、ひりついている喉から出てくるかもしれない。喉を右手で包んで、左手で心臓を皮膚の上から掴んだ。静まれと、それだけを願って。走ったせいなのか、酒のせいなのか、小向のせいなのか、わからない眩暈の中で、青柳は記憶を反芻した。

永井だけでなく、山下にも見られてしまった。

永井と小向だけであれば、『あの企画』を知ってしまった『DramaticArt』の策略だと言い張ることだってできた。けれど、山下がいてはそれが通用しない。山下は『テクニカル』のスタッフで、あの企画についても既に知っている。何の文句も言わずにそれを進めて来ている以上、山下が反乱を起こしたとするのは無理がある。

どうすれば失墜せずに済むのかと思いあぐねて、青柳は、丸野がいたことを思い出した。

築き上げてきたものが、そう簡単に崩れるはずがない。

そう解っているのに、すべてを否定するように喉を掻き毟る湿気が酷く煩わしかった。


午前六時。永井と山下は、眠ることもできず、話すこともなく、静寂の中で朝を迎えた。

嵐のような事件が過ぎ去って四時間と少し。冷静に状況を判断し始めて、二人は事の重大さに焦りを覚えていた。

永井は、腹に残る酒に未だ頭を揺さぶられていて、ソファにじっと座っているのが精一杯だった。煙草と、山下が買ってきた缶コーヒーのぼやけた苦味が、正気を保たせていた。

山下は、二段ベッドの下段、眠る丸野の横に腰を下ろして、青柳が仕出かした問題の重大さと、通報を止めた責任の重圧で、心がめきめきと軋む音に耳を澄ましていた。

「……山下さん、青柳、出勤しますかね」

小向がどこかへ行ってしまってから、六本目の煙草を空き缶で磨り潰して、永井が尋ねた。話して解決することはないけれど、黙しているよりもずっと前に進めるだろう。まずは、一歩進みたいと願ってそう切り出したけれど、山下は何も答えない。それを横目に、永井は話を続けた。

「俺は来ないと思っています。襲っているところを目撃して、それを止めて揉み合いになりました。誰にも見られていないなら来るかもしれませんが、目撃者がいるとなると」

「ごまかし切れないことをわかっていて、来ないかもしれない……ということですよね」

言いたいことはわかっている、と言わんばかりに話を打ち切る山下が癪に障ったけれど、コーヒーと一緒に八つ当たりの言葉を飲み込んだ。今、山下と口論することは、ただ疲労を増やすだけだとわかっていたから。

「そういうことです」

「永井さんの言いたいことはわかります。俺だって青柳がやらかしている最中を目撃した。普通だったら、来ないでしょうね」

それでも山下は、青柳が出社すると確信していた。その理由を永井に説明するには、もう、あの企画を隠してはおけない。意を決してスマートフォンを取り出した。

「これを見てください」

山下が差し出したスマートフォンの画面には、『GTT青柳秀治ドキュメンタリー企画』と題されている電子書類が表示されていた。

『新進気鋭！　バラエティ番組制作の鬼才・青柳秀治』

『前代未聞・エンタメドラマで世界を沸かせるその奇跡の軌跡をドキュメンタリーに』

反吐が出そうな煽り文句のそれを、永井は食い入るように読んだ。

「山下さん、これは一体」

予測していた永井の質問に、山下は用意していた答えを告げる。

「『DramaticArt』には内密に進められている、『テクニカル』と『TEC』の、GTTドラマ企画のひとつです」

「内密って、どういうことですか？　『DramaticArt』の作品が一本、『テクニカル』が一本、両方、普通のストーリードラマのはずでしょう」

「『DramaticArt』には伝えられていませんが、GTTのドラマ枠は、三枠です。永井さんが言っている二本に加えて、青柳のドラマ制作ドキュメンタリードラマがあります」

話の内容が呑み込み切れずに黙す永井を一瞥して、山下は、淡々と続けた。

「永井さんたちは、『TEC』が『DramaticArt』のドラマブームに便乗して金儲けしようとしているだけだと思っているでしょう。実際には、手柄そのものが『TEC』のものである、ということにしようとしています」

「ふざけんなよ」永井は身を乗り出し、苛立ち露わに山下を睨めた。

「すみません」項垂れて返す山下を目の当たりにして、永井は、これがただの八つ当たりだと自覚した。眼を逸らして、ソファの背凭れに背中を預けた。

「『DramaticArt』への出資額が、何故五〇%になったのか、知っていますか」

「……知りません」永井は、無知を取り繕うことなく答えた。

山下は、すっかり草臥れてしまったシャツの襟を正した。

「中林さんが一〇〇%の買収を拒否したからですよ。作品創りのすべてをお上に決められるのが嫌だって言ってね。出資を断ろうものなら、潰されていたかもしれません。だから話し合いの末、五〇%の出資と、社長に『TEC』の人間を据えることで手を打ったんです」

「違う、中林さんは元々金勘定が苦手だから、経営判断で吉田が来たって」

「そう言わないと、永井さんが怒ると思ったんじゃないですか」

何もかも知り尽くしていると自負していたからこそ狼狽える永井を、何も知らないだろうとわかっていた山下は、眉を顰めて見守った。想像以上に、胸が痛んだ。

「俺たちは、細々とやっていけたらそれで。そんな出資、断れば」

「永井さん、本気で言っていますか？」

一段と低くなった山下の声が、永井の喉を詰めた。

「知っているでしょう。この業界がどんな世界なのか」

山下の言う通り、永井は知っていた。この業界が権力社会だということを。

「逆らえば簡単に仕事なんて無くなる。細々とだなんて夢は叶わなくなりますよ」

買収が決まってからへりくだり続ける中林の姿は、『DramaticArt』を牽引してきた姿からは想像できないもので、永井は反吐が出る思いだった。それが、会社だけでなく、永井たちを守るためであるということも知らずに。

己の幼稚さを突き付けられて平然としていられるほど、永井は幼くなかった。

沈黙の中で、吸われないまま燃え尽きた煙草が、灰になって絨毯の上に落ちた。山下はそれを目で追っただけで、何も言わなかった。

「……話が逸れました。とにかく、『TEC』はGTTの手柄をすべて自分たちのものだと世間に認識させようとしている。だから、子会社であるうちの青柳がスタークリエイターとして祭り上げられることになったんです」

「そんなの、『グローブテレビ』の許可は」

「許可なんて要りませんよ。『グローブテレビ』は『TEC』と合同プロジェクトを立てているんですから、面白いと世間が評価するものさえ作れたら、それで」

このことがもう覆しようのないことなのだということが、山下の淡々とした口振りで解った。屈するしかない無念さに、永井は奥歯を軋ませた。

「誰がこんなことを進めているんですか！」

情熱的な憤りを露わにするクリエイターの質問に答えないでいられるほど、山下はビジネスマンに徹することはできなかった。

「福原さんです」

福原の双眸が、永井の脳裏を掠めた。

「……あいつか！」

永井は、座っているソファの背凭れに拳で苛立ちをぶつけた。けれど、気は晴れず、余計に募るだけだった。永井の振る舞いに動じることなく、山下は話を続けた。

「今日からそのドキュメンタリーの撮影が始まります。だから、青柳は、必ず来る……あいつ、馬鹿だから」

その一言に垣間見た青柳への親愛の情が、永井の温情をくすぐった。山下は情けを掛けて欲しくてそう言った訳ではなく、ただ、溢れてしまっただけだったのだけれど。

「じゃあ、待ちましょう。家を訪ねて取り乱されても嫌だしな」

「はい。出社したらどこか会議室に呼び出します」

「山下さん、もう少しだけ隣の仮眠室で休ませてもらってもいいですか。小向が帰って来るのを待ちたいんです。できれば……探しに行きたくない」

探しに行って見つけたところで、何と声を掛ければいいのかわからない。小向が勝手に元気になって戻って来て、笑ってくれたら、すべては解決する。永井はそう期待した。

「わかりました。何かあったら連絡しますから、電話番号だけ教えてください」

永井は、山下が差し出したスマートフォンを受け取り、自分の電話番号を入力して発信をしてから、それを返した。

「色々と、ありがとうございます」

「いえ……全部、うちのせいですから」

否定できない現実を憂う山下に、適当な慰めを与えることは躊躇われた。だから永井は、煙草の吸い殻が入ったコーヒーの空き缶を手に取って、

「コーヒー、御馳走様」と、山下の肩を叩いた。

「ありがとう……永井さん」

振り返らず仮眠室二を出て行く永井の背中に、聞こえないほど小さく呟いた。

丸野はそこで繰り広げられていることを何も知らないまま、昏々と眠り続けていた。


不意に、小向のパーカーのポケットの中で、スマートフォンが大きく鳴った。

それは、毎日鳴るように設定してある、朝の七時を告げる目覚ましの音だった。非常階段の踊り場で眠ってしまっていた小向は飛び起き、慌ててその音を止めた。

丁度、スマートフォンの電池がゼロになり、電源が落ちた。それをポケットにしまって立ち上がり、朝日の差し始めた景色を眺めた。

シャツが湿っているのが見てわかるほど、汗を掻いていた。弾む息を整えて、深く息を吸い込み、ひとまず仮眠室一に戻ろうと、立ち上がった。

永井も山下も、悪意で通報しなかったのではない。悪いのはすべて、青柳だ。今頃きっと心配してくれているだろう。少しだけ眠ったおかげか、そう考えることができた。

非常口のドアを引くと、蛍光灯の光が小向を照らした。朝日とは違って、刺すような光だった。希

望の光なのか判らないそれに向かって一歩踏み出した。

仮眠室一のドアを開けると、ソファに寝転がっていた永井が飛び起きた。

「小向」

不安と温情を含んだ声に、小向は胸を撫で下ろした。やはり、永井は心配してくれていたのだと。そう思えるだけで、幾分か心が楽になった。

「……とりあえず、座れば」永井はソファの右端に体を寄せて、座面を手の甲で叩いた。小向は促されるまま、ソファの左端に腰を下ろした。

「おい、それ」永井は、手に持っていた煙草を咥えて、眼でサイドテーブル指し示した。

そこには、少しだけ汗を掻いたミルクティーの缶が置かれていた。

「さっき買って来たところだ。俺はそんな甘ったるいの飲まないからな。飲めよ」

永井は決して視線を合わせようとしなかった。それでもその眼差しが、先程のものと違っていた。照れている時に眼を合わせない、いつもの永井だった。

「ふふ」

堪え切れずに小向がこぼした小さな笑い声に、

「なぁにがおかしい」と、永井が返事をした。

「何もないです」

缶に触れると、まだ冷たかった。本当にただ気が向いて買って来たのかもしれない。けれど、もしかしたら、小向を探していたのかもしれない。その言い訳のために、買って来たのかもしれない。色々な想像ができたけれど、今はただ、その優しさが胸に沁みた。

「……美味しいです」

甘いミルクティー。煙草の匂い。朝日の温もり。小向と永井。

すべてはいつも通りなのに、いつも通りではない、初めて味わう気疎い空気がそこに漂っていた。

それを打破したくて、小向も永井も会話の取っ掛かりを探した。

「永井先輩」と、小向が先に口を開いた。

永井はそちらを見やり、瞳を伏せる物憂げな姿に見入ってしまった。

「こういう事件が世の中に起こっていることは知っていました。でも、自分には関係ないことで、その人たちが可哀想だと思っても、対岸の火事ぐらいに思っていました」

小向の手が震え始めて、永井は眼を逸らした。慰めの言葉が思い付かないことを、気付いていないせいにしたかった。

「軽いセクハラみたいなのは今までにもありました。でも、その程度しかないって思っていました。酷いことをする人間は、私の周りには現れないって」

喉に詰まる涙に声を阻まれて、話を切った。啜り泣く小向を横目で捉えながら、永井は決して、直視はしなかった。

「何でそんな風に思えてたんでしょうね」

視界の端で、女が震えている。男の手に掛けられた女が、泣いている。たったそれだけのことは永井を動揺させるには充分で、動じていない振りをしながら、その眼を泳がせた。

もし、冷静だったら、その涙の責任の所在を間違えずに捉えられたのかもしれない。けれど、ぼたりぼたりと落ちる涙に追い詰められて冷静を欠いて、永井は愚かにも責任の一端を感じてしまって、浅はかにもそこから逃げたいと思ってしまった。

「それは、お前の読みが甘かったんだろ」

居直る永井に、小向は顔を強張らせた。空気が凍り付いたことに永井はすぐに気付いたけれど、愚にも付かないプライドのせいで、後に引けなかった。

「芸能絡みの伸るか反るかのこの世界で、体のやり取りなんて当たり前なんだ。そんな倫理観の人間を前にして、油断しているから」

「永井先輩は、私が悪いと思うんですか」

「ああ、思うね。青柳が一番悪いのは当然だが、小向にも非がある。お前がもっと女としての自覚を持ってちゃんとしていたら、こんなことにならなかっただろ」

「女としての自覚って、何ですか」

小向は唇を噛み締めて、面を上げた。そうして合ってしまった瞳が、永井を煽った。

「鍵も掛けずに知らない会社の仮眠室で寝て、そんなの、青柳じゃなくてもそうしたくなる奴なんて山程いるだろう」

腹が気持ち悪いのは、残る酒のせいなのか、それとも、すべてを暴こうと追及してくる小向の瞳のせいなのか。わからないまま、突き動かされた。

「これまでは運が良かったんだ。隙だらけで、いつかはこうなると思ってたよ」

「そんな、私は普通です！　他の女性スタッフと変わらないじゃないですか」

「他のスタッフと違ってずけずけと物を言って結果を出して目立ってんだろう！　ＧＴＴだって、契約社員からの抜擢はお前だけだ。そんな風に目立っていて、何が普通だ！」

永井の言葉に腑を掻き回されて、小向は吐き気に見舞われた。

「……何だよ、いきなり黙って。何か言えよ」

濁る視界と吐き気に襲われる中、必死に正気を保とうとする小向を、永井の言葉が殴る。その痛みのない鈍痛に、小向は立ち上がり、声を荒げた。

「私が凡庸で何の成果も上げずにいたら、こんな目に遭わなかったってことですか！」

「そんなこと言ってないだろう」

「言ったじゃないですか、私が成果を上げずにいたら目立たずに、こんな目に遭わなかったんでしょう。だったら、私に成果を上げさせた、永井先輩のせいですね！」

「何だと、てめぇ」

永井は立ち上がり、小向を睨んだ。小向は怯まず、睨み返した。ただ苛立ちをぶつけ合うだけの、無意味な火花が散った。

「そうじゃないですか！　永井先輩が私の意見を採用せずにいたら、私は今ここにいなかった！　永井先輩の望み通り、一介の契約社員として社で雑務をこなしていたでしょう」

「ここにいたって何の目にも遭わない奴は遭わないんだよ！　お前の振る舞いが悪いっつってんのに、何で俺のせいになんだよ、ふざけんなよ！」

「さっきは私が成果を上げたからって言ったじゃないですか、何で話を変えるんですか！」

「何でお前はそう、揚げ足ばっかり取るんだ！」

力に任せてソファを蹴り飛ばした音が、存外に大きく響いた。サイドテーブルがぐらりと揺れて缶が倒れた。流れていくミルクティーに、永井の脳の端がすっと冷えた。

涙の責任を取りたくなくて、小向に泣き止んで欲しくて、だから、沈黙を破らなければならないと思った。なのに、今、眼の前で破れ始めているものは沈黙ではない。別の、大事なもので。

「違うんだ、小向」と言ってはみたけれど、永井本人にすら何が違うのかわからないのだから、勿論、小向にも伝わらない。

「帰ります」

ここにいるべきではないと判断して、小向は身を翻した。

「待て」

言い訳が終わっていない永井にとってそれは不都合だったから、引き留めたくて咄嗟に腕を掴んだ。

小向の二の腕に、ぐっ、と、永井の指が食い込んだ。

瞬間、ばち、と、電流のような刺激が小向の全身に走った。

驚いて永井を見やると、そこには、青柳がいた。

「嫌！」

青柳の腕を強く振り払うと、そこには呆然としている永井がいた。

それが幻覚だということ、自らの気が狂い出していることに、小向はすぐに気付いた。うるさく脈動していた心臓がひと際高く鳴って、蒼褪め、そこから逃げるように駆け出した。

「小向！」

永井の制止は意味を成さずに虚空に消えた。胃が、ぎり、と痛むのを理由に追い掛けず、ソファに腰を下ろし、煙草を咥えた。

ライターが、かし、と空回る。かし、かし、と繰り返し鳴る手応えのない音は、ひとつひとつ、永井の理性を潰していった。


どうして、火が点かないのか。どうして、小向は俺のせいにして。どうして、俺は。

着火を拒み続けたライターから唐突に炎が上がった。不意に煙がどっと肺に流れ込んで、咽る。煙と涙でぼやける視界が捉えたのは『仮眠室は禁煙です』と書かれた貼り紙だった。

どうして、皆、俺を否定するんだ。

絨毯にすっかり染み込んだミルクティーを、永井は、拭おうともしなかった。


仮眠室二のソファでうとうととしていた山下が、廊下から聞こえた物音で目を覚ました。青柳が戻ってきたかと思って慌てて廊下を覗いて、小向らしき背中を目撃した。慌ただしく走り去る小向の様子に不安を覚えて、追いかけようとした時、「うう」と、丸野が小さく呻いた。

「丸野くん！」山下は、丸野の眠る二段ベッド下段に駆け寄った。

「もう、朝ですか？」と尋ねながら、丸野が上体を起こした。

「ああ、朝の……七時過ぎだ」

山下は、開けたままのドアを一瞥した。もう、廊下からは何の音も聞こえない。小向はとっくにどこかへ行ってしまったのだろう。今は目の前の丸野の介抱をすることに注力しようと、ドアを閉じた。永井がいるから大丈夫だ、と信じて。

「ぐっすり寝てたね」

枕元に置いていたペットボトルの水を飲む丸野の横に腰掛けて、山下が尋ねた。

「はい、山下さん、ずっといてくれたんですね。もう帰宅していらっしゃるかと……」

至極申し訳なさそうに頭を下げる丸野に、山下は唾を呑んだ。

丸野は、昨夜のことを気付いているのだろうか。

もし、気付いていないのなら、昨夜の出来事を隠すには好都合だ。けれど、証明するには不都合だ。通報を止めたことを後悔しながらも、どちらが正義でどちらが悪か判別できない山下は、流されるべきはどちらなのかと、丸野に選択を委ねようとしていた。

「さっきまで、永井さんと小向さんもいたんだよ」

期待と不安で山下の声が微かに震えていることに、まだ酔いが残ってぼんやりしている丸野は気付かなかった。

「えっ、『DramaticArt』の、ですか?」

「ああ、気付かなかった?」

「はい。かなり酔っていたみたいです……お店にいた時のことですら、最後の方は記憶が……」

山下は、知ってしまった。丸野は昨夜の出来事を知らないということを。

あの狂気の傍らで、静かに眠り、夢の中。腹の中を巡る酒と戦っていた。獣になった青柳のあの眼も、補食されていた小向の瞳も、見ていない。事実がぐるりと脳で混ざって、濁った。

「今日はあれですよね、青柳さんのＧＴＴのミーティングと、その撮影!」

一切の猜疑なく未来だけを見据えている光が、丸野の目から溢れた。

「まさか青柳さんがドラマを撮影するなんて思いませんでしたけど、でも、昨日のツチノコのあれといい、シナリオを作るの上手だと思うんですよ。だから、僕、凄く楽しみです!」

山下はその光に目を奪われ、今、自らがどんな顔をしているのかわからず、俯いた。

「ああ、楽しみだな」

時刻は午前七時半。半日戻れば、まだ昨日の懇親会前。窓から差し込む朝日は、非日常な夜を浮き彫りにするほどいつも通りだった。

その時、丸野のスマートフォンが鳴り、丸野は山下に会釈をしてから応答した。

「はい、もしもし……あ、青柳さん！　お疲れ様です、おはようございます！」

丸野が快活を気取って呼んだその名に、山下はぎくりと肩を揺らした。

「はい、酔い潰れてしまって、仮眠室で寝てしまいまして……ははは」

丸野の話すことから察するに、青柳は昨夜のあの時点で丸野が起きていたかどうか探りを入れているのだろう。それは、青柳が仕出かしたことを隠し通そうとしていることを意味していた。

「時間ですか？　すみません、全く記憶が……正直、昨日、お店を出た時の記憶もなくて」

目撃してしまっただけの山下が苦悩しているのに、青柳は電話の向こうで胸を撫で下ろしているのだろう。想像に難くないその姿に、山下は酷い憤りを覚えた。


同じ苦痛を。それ以上の辛酸を。


それだけを願って、山下は丸野に手を差し出した。

「電話、代わるって言わずに、代わって」

小声でそう告げた山下に、丸野は戸惑いながらも逆らえず、スマートフォンを手渡した。受け取ったスマートフォンを耳に当てると、青柳の上機嫌な声が耳を突いた。

「本当さ、昨日はあの後、福原さんが俺を連れて二軒目に連れてってくれちゃってさぁ。福原さん、俺のことすっごい気に入ってくれてるみたいで、いやぁもう、参った」

山下は、通話をスピーカーに切り替えてから、

「へぇ、楽しそうで何よりだ」と、青柳の話を打ち切った。

「……や、山下さん？」

「ああ、俺と丸野くんが一緒にいることは知ってただろう？　お前は夕べ、ここに来たんだから」

「えっ、青柳さん、こちらにいらしてたんですか？」

青柳がひゅっと息を呑んだのが、電話越しでもわかった。

「ああ、丸野くん、本当に熟睡してたよね。あんなに騒いでも起きないんだから」

「騒いで……らしたんですか？」

何かがおかしいと、丸野はすぐに気付いた。けれど、何がおかしいと明言できるほど、何かが違う訳ではない。歴然とした理由のない明白な違和感が、丸野の腑をくすぐった。

「ああ、青柳がね、丸野くんのすぐ横で」

「山下さん！」びりびりと割れる青柳の声が、軽やかに吐き出される山下の言葉を止めた。

「……何、青柳」

山下は、往生際が悪い奴だと思う一方で、言わずに済んで助かったとも思った。今ここですべてを丸野に打ち明けることが正しいことなのか、まだわからない。わからないまま進むことを躊躇って、スピーカーを切った。

「青柳、スピーカーは切った。もう丸野くんにお前の声は聞こえてないよ」

「……え、あの、や、山下さん……あの」

安堵して言い訳を始めようとする青柳を山下は許さなかった。

「十三時に第五会議室に来い。話はそこでだ」と告げて、返事を待たずに電話を切った。

「ごめんね、丸野くん。ありがとう」

努めて柔和にスマートフォンを返す山下に、丸野は気を緩ませた。

そして、少しだけ、違和感の正体を探りたくなった。

「昨日、何かあったんですか？　青柳さんが騒いでらしたって、言ってたのが、その」

ただ騒いでいただけのように思えなかった、と、続けようとしたけれど、

「何でもないよ。騒いでたのがうるさくて俺起きちゃったから、腹が立ってね」

山下がそう話を打ち切って笑ったので、それ以上は問い質さなかった。そんなの嘘だと追及するほどの違和感も証拠もなく、丸野は、その答えに納得するしかなかった。

「山下さん、今日、すごく良い天気ですね」

丸野が窓を開けた。初夏の空気が寝不足の肌を撫でて、とても心地好かった。

その美しい風が、不安も疑念も、失ってはならないものまで、何もかもを押し流した。


小向は、家に帰りたいと願いながら、初めての場所からどちらへ向かえば帰れるのかわからず、ただ出鱈目にひた走った先で、ようやっと地下鉄の駅の階段に辿り着いた。千切れそうなほどに脈動する心臓に、揺れる視界。人肌のような生ぬるい風が皮膚を撫でて、不快だった。それでも、ようやく帰れる。喜んで階段を駆け降りて、息を呑んで立ち止まった。

人が、行き交っている。それは朝の通勤時間の当然の光景で、だから、それが恐ろしかった。

あんなにもあんなことが数時間前にあったのに。社会が淡々と回り続けているということが。

階段を降りてすぐの場所で立ち止まる小向を、人々は疎ましげに一瞥していく。それが恐ろしくて見ていられず、項垂れて、背筋を凍らせた。

地面が、溶けたように歪んでいる。

どうして今まで信じていられたのだろう。地面がゆるりと溶けてずるりと別の世界に引き込まれることなんて在り得ないと。今この瞬間、地面が崩壊して地の底に落ちていったとしても、何もおかしくないのに。

唐突に、ばぁん、と、物が倒れたような、ぶつかったような音が遠くで鳴った。その音が合図だったかのように、青柳の手が記憶の深海から這い上がり、柔らかく首に絡み付いた。

小向は、咄嗟に体を縮こまらせた。

「お客様、大丈夫ですか」駅構内で座り込む小向を心配した駅員が、歩み寄って来た。

小向は、穏やかな顔をした名も知らぬ駅員を、睨み付けた。

この人が何もしてこないと、どうして今まで言い切れていたのか。

歪む視界に歪まされた思考で、駅員の制止を振り切って、そこから逃げ出した。階段を駆け上がって地上に出ると、日常的な街並みが広がっていた。出勤途中だろうスーツ姿の男性が、小向の前を通り過ぎていく。スマートフォンの画面に夢中になって、前を確認することなく。

彼は、信じられているのだろう。目の前の道が崩壊しないということを。

ごうごうと嵐のような音が耳を塞いで、視界がどぶどぶと蒼黒く濁っていく。

呼吸が儘ならず、思考が溺れた。


ああ、やはり、ここは海の底なのだ。

小向は、確かにそこにある不確かで溶けてしまいそうな地面の上を歩き出した。地面はいつも通りしっかりそこにあって、溶けることも、地の底に体が落ちてしまうこともなかった。

その認識と実態の喰い違いが、小向の思考を現実から余計に剥離させた。


八時半頃、電話の着信音が、自室のベッドで着の身着のまま眠っていた永井を起こした。

「はい、もしもし……」

スマートフォンを乱暴に充電器から外して、寝転がったまま応答した。寝惚けた永井の声の緊張感のなさに、山下は笑いをこぼした。

「おはようございます、山下です。仮眠室に行ったらいなかったので、今、どちらに」

「自宅です。すみません、連絡してませんでした……」

「大丈夫です。さっき青柳と連絡が取れました。十三時に『テクニカル』の第五会議室に呼び出しています」

永井は寝ぼけ眼をはっきりと見開き、勢いよく上体を起こした。

「ありがとうございます。俺、どうしたらいいですか」

「ご連絡いただければ、通用口まで俺が迎えに行きます」

「わかりました……俺が来ること、青柳には」

「伝えてません。永井さんが来ると伝えたら、逃げるかもしれませんから」

「じゃあ、ばったり外で会って逃げられないように早めに行きます。大体十二時ぐらいで」

「助かります、永井さん。ありがとうございます」

「それじゃあ、また後で」

電話を切って、小向からのメールが届いていることに気付いた。枕元に置いてあった煙草を咥えて、それを開封した。

〈今日は欠勤させてください〉そのたった一言だけのメールに、

〈了解〉と、一言だけ返した。

どうせ今日は、急ぎの仕事が何もない。言われなくとも休めと言おうと思っていた。けれど、先に言われたことが、癪に障った。

「勝手にしろ」と吐き捨ててから、眠気を払うために顔を擦った。そして、今日これからの予定を思い描く。

十三時に青柳と対面して、その後、何時になるかわからないけれど、『DramaticArt』でＧＴＴの企画会議がある。青柳の件は行けば何とかなるとして、その後、帰宅せずに向かうことになるだろう企画会議について、今から準備を進めなくてはならない。

デスクの上の企画書を数冊掴んで床に放り投げ、乱雑に並んだ表紙を覗き込んだ。

永井はドラマの企画草案書を書き溜めていて、企画会議には、その中から合うだろうものを持って行く。大体、永井の思った通りに事が運ぶ。ビッグプロジェクトと言えど、これまでのスタンスを変えるつもりがなかった。

「さて、どれを持っていくかな」

ろくに寝ておらず呆ける頭で表紙を見比べた。鉛筆のラフ画で溢れる企画書の中に一つだけある、カラフルな企画書に眼を留めた。それは、小向の創った企画書だった。

大人の弱小オーケストラ楽団の根性物語。楽器の演奏とチームワークで大人の青春を満喫する男女の、汗と涙と愛がテーマ。その演出をＣＧで派手にやって、スポ根漫画みたいなドラマにしよう、という企画だった。

永井はこれを初めて見た時、あっと言わされたことを覚えている。

無難な企画書ばかり出してくる連中の中で、飛び抜けて奇抜な内容。なのに、実現不可能ではない。そして、永井が得手とする情熱的な演出、桑田が得手とするＣＧ。それらを駆使した、今いるスタッフで創ることのできる最高のドラマ企画だった。

小向は人であれ流行りであれ、すぐにその特性を掴んでドラマに落とし込む。ＧＴＴのきっかけになった件のドラマも、小向のそうした意見を取り入れての産物だった。永井は自らが持たないその才能を評価し、一目置いていた。

ただ、素直にそう伝えるのが癪で、舞台設定の陳腐さを批判してやった。やすやすと落ち込んだ小向に、「とりあえず持っといてやるよ」と告げた時の、歓喜の表情。一生忘れることがないだろうと思っていた。

なのに、今、手を振り払われた時の顔しか思い出せない。


もう一度、あの顔が見たい。


『DramaticArt』では、予算と納期の関係で実現できずお蔵入りしていた。けれど、ＧＴＴであれば、実現できる。実現できれば、小向は。

永井はその思惑と企画書を鞄にしまって、煙草を灰皿で磨り潰した。

十一時半。永井は、『テクニカル』ビルの通用口近くで煙を燻らせていた。

「永井さん！」

永井が声の方を見やると、通用口扉から山下が顔を覗かせて、手招きをしていた。煙草を携帯灰皿に突っ込み、そちらに歩み寄った。

「山下さん、すみません、早すぎましたか」

「いいえ、大丈夫です。今日は皆、十五時からのＧＴＴのミーティングに照準合わせているので、今はまだ人も少ないです」

「多少騒いでも大丈夫ってことですね」

「まぁ、多少騒いで大丈夫なのは、第五会議室ならいつでもって感じなんですけどね」

山下の言うことの意味が解らずに首を傾げる永井に、山下は決まり悪そうにこう返した。

「第五会議室は……不倫だの裏取引だの、そういうのに使われることが多いんですよ。だから防音もそこそこしっかりしてるし、内鍵も丈夫なんです」

永井は心底ぎょっとして、眼を瞬かせた。

「昨日の救急車の件といい、『テクニカル』って、そんな会社なんですか」

「……まぁ、そんな会社です」

「とんでもねぇな」

本音を包み隠さない反応と親しげに崩れ始めている敬語が嬉しくて、山下は饒舌になった。

「俺もそう思うよ。でも、このこと、外部に漏らしたらこの界隈で働けなくなるから要注意ね。永井さんはもう一緒にやる人だから言っちゃったけど」

「ふん、天下の『TEC』様ってか。反吐が出るね」

「ははは！　永井さんと話してると、気が楽になるよ」

どこか気取ってばかりの山下の腹からの笑い声に、永井は面喰らった。

ひとしきり笑ってから、山下は、その永井の様子に気付いた。

「皆、逆らえないから。陰でも批判すらできないんですよ。俺も話したの、初めてです」

「……山下さんって、馬鹿真面目なんですね」

「そう、馬鹿真面目なんです。損するタイプですよ」

そうやり取りをした後で、二人は通用口から『テクニカル』ビルに入った。

入ってすぐの右手は袋小路になっていて、左にしか進めない。そちらに十メートルほど進むと、今度は右にしか道がなくなる。その曲がり角を曲がってすぐに『第五会議室』とプレートが据えられた物々しい鉄製のドアがあった。そこまで、通用口から一分と掛からなかった。

会議室、という名称があまりにも似合わない物々しいドアを永井が鼻で笑った。

「わかりやすいドアでしょう」

山下が苦笑いを返すと、永井は精一杯お道化て舌を出した。

「ああ、『テクニカル』は面白いところですね。絶対に入社したくねぇ」

「貸しビルだった時には、簡易的な防音室として使われていたこの部屋を、『テクニカル』が会議室に仕立て上げたらしいです。とんでもないですよね」

語りながら、そのドアを押し開けた。

第五会議室の中には、ホワイトボード一台に長机二台、六つのパイプ椅子と、何故かベッドほどの大きさの革張りのソファが一台据えられていた。

「なるほど、不倫現場」

永井は無遠慮にそのソファに腰を下ろして、机の上に見つけた灰皿を指で引き寄せて、パーカーのポケットから煙草の箱を覗かせた。

「いいですか？」

「いいですよ。永井さんはヘビースモーカーですね」

「仕事合間の短い休憩で楽しめる娯楽なんざ、これぐらいですよ」

フィルター越しに火を大きく吸い込むと、じりじりと煙草の先が燃えた。口に溜まった煙を吐き出して、うっとりと眼を閉じる。沈黙を機に、山下が今朝の話を始めた。

「……青柳の奴、丸野くんに電話で確認してました。昨夜は起きてたのかって」

「ふん、小物だな。大物らしく堂々としてろよ」

「それはそれで腹立つけどね。丸野くんが気付いてなくって、安心してたよ」

「ってことは」

「ああ、青柳は、今回の件をなかったことにするつもりだろう」

青柳の予想通りの愚昧さが、まだ永井の腹に残っている酒を掻き回した。不快さを堪えるために、眉を顰めて煙草の煙を吸い込んだ。その隣で、山下は溜め息を吐いた。

「青柳が呼び出しに応じたのは、俺を説得するつもりなんだろう、黙っていてくれってね」

「俺っていう目撃者がいて、小向っていう被害者がいて、逃れられるとでも」

「逃れられるだろうね」山下は不本意ながらそう答えた。

「『テクニカル』と『TEC』は、『DramaticArt』の手柄を奪おうとしている。それを知った君たちの復讐だとか、何とでも言い訳は付けられる」

「ふざけんなよ」と、取り繕うことなく憤る永井に、山下は動じなかった。

「落ち着いてください、ただの想像です」

永井は煙草越しにひと呼吸してから、がしがしと頭皮に爪を立てた。

「……すみません、熱くなりました」

「部下のためにこうして怒れる人、俺は好きですよ」

山下が吐き出したその綺麗事のせいで自らの心がそうした美しいものではないと気付いてしまって、胃がちくりと痛んだ。その後ろ暗い自覚を悟られないように、煙草で口を塞いだ。

山下も話題に事欠いて沈黙が訪れたのは、十二時を少し過ぎたところだった。

「永井さん。俺は一度オフィスに戻って青柳を待ちます。十三時頃に連れて来ますから、それまでここで待っていてください」

「わかりました」

山下が去り、独りになった第五会議室で、永井は三十分だけでも寝ておこうと、ソファに寝転がった。スマートフォンのタイマーをセットして、眼を閉じた。

「……ここで不倫するのか」

ソファの革を撫でて空想を繰り広げながら、浅い眠りに就いた。

そうして見た夢は、ろくなものではなかった。


十二時五十八分、青柳はまだ出勤していない。

山下は、二階のオフィスで雑務をこなしながら、青柳が出社するのを待っていた。元々時間前に来るタイプの人間ではないにしろ、今この状況で遅れて来るだなんてどんな神経をしているんだと肝を煎り、八つ当たりよろしくパソコンのキーボードを強くタイプした。

「青柳さん、おはようございます」ドアの方から聞こえた時、時刻は十二時五十九分だった。

山下がすぐに立ち上がってそちらを見やると、そこにいた青柳と目が合った。

「随分、ぎりぎりの出社だな」咄嗟に目を逸らした青柳に、山下が詰め寄った。

「すみません。疲れが取れなくて」

「お前だけじゃねぇよ！」言うや否や、山下は青柳の腕を掴んだ。

「や、山下さん、せめて、荷物を置かせてください」

「知るか、黙れ！　こっちは話が聞きたくてずっと待ってたんだ」

山下の腕を振り払うなど、青柳の腕力なら造作もないことだ。なのに、青柳は逆らわない。山下はその振る舞いに反省の心を垣間見た気がして、そちらに目をやって、後悔した。

汚く、笑っている。

逆らわないのは反省しているからではない。これ以上、山下を怒らせないようにしているだけだ。まだ、許されようとしている。やはり、青柳を許してはいけない。そう思うのに、どうしても、憎み切れない。馬鹿で、純粋で、どうしようもないこの男を。通報しなかったことの罪悪に打ち拉がれる中で、通報しなくて良かったと安堵もしている。それらに揺さぶられて、何が正義で何が悪なのか、山下はすっかり判らなくなってしまっていた。

「先に入れ」第五会議室の前で山下は立ち止まり、青柳にそう促した。

「何でですか」

「俺が先に入ったら、お前が逃げるかもしれないだろう」

「そんなこと……」

「昨日までだったら信じられた。いいから、黙って入れ」

言われるがまま、物々しいドアを押し開けた。視線を床に落として入室した青柳が、永井の存在に気付いたのは、山下に退路を断たれた後だった。

「え」と呟いて一歩後退った青柳を、山下が突き飛ばした。突然の衝撃に耐え切れず前のめりに転がった青柳に続いて、山下も入室し、ドアを閉め、鍵を掛けた。無骨な錠の下りる音が響いた。

「山下さん、鍵、なんで」

血を失って狼狽える青柳に、永井はゆっくりと歩み寄ってすぐ傍で屈み、

「青柳さん、今、逃げようとしました？」という言葉と、煙を吹きかけた。

「あ、あ、何でここに」

照明を背にする永井の表情は、逆光と煙で、どうなっているのか青柳には全く判らなかった。

「そりゃあ、青柳さんが襲ったのが、俺の後輩の小向だからですよ」

「襲ったって、そんな大袈裟な」

「あのさ、俺が現場見てんの、わかってるよな？」

永井と山下の冷たい眼差しに社会の中での死を悟って、青柳の体が大きく震え始めた。強く噛み締めたせいで唇からは血が滲み、初夏とは思えない滝のような汗を流している。そうして「あ」だとか「う」だとか狼狽の声を漏らす青柳の底気味悪さに、永井と山下は息を詰めた。

ただ情けなく落涙するだけで物言わぬ青柳に痺れを切らして、山下が口を開いた。

「青柳……お前の口から、ちゃんと昨日のことを話してくれ」

「ちょっと、山下さん何を」青柳に優しく問い掛ける山下に物申す永井を、山下は無視した。

一度だけ、青柳を信じたかった。今ならまだ間に合うかもしれない。きちんと話して、きちんと謝

罪をして。示談、だなんて言葉は仰々しいかもしれないけれど、そのような形でまとまれば。

青柳は山下の優しさに縋り、吠えるように泣き喚いた。山下がしばらく背中を摩り続けると、次第に青柳の泣き声は萎み、言葉を紡ごうと口を開いた。

「……きに……」

涙で喉を詰まらせて上手く話せない青柳の背中を、山下が撫でた。

「青柳、何を言ってるのかわからないから、もっとはっきり、な」

青柳は頷き、大きく息を吸い、咳込み、また咽び泣いてから、はっきりと言った。

「好きになってしまったんです」

その青柳の告白は永井にとって毒で、その涙は山下にとって泥だった。二人は、周りが見えなくなるほど、突き付けられたそれの悍ましさに気を取られた。

「会った時から可愛いなって思ってて、でも、飲み会で会って話して、生意気だと思って、ずっと頭から離れなくて。それで、福原さんと呑んでから仮眠室に、そしたら小向さんがいて、触れるって思って、触ったら、もう」

「触っただけじゃないだろ。何であんなことになったんだよ」

「少しだけ触ったら、もっと触りたいって思ってしまって、かーっとなって……気付いたら……本当に、申し訳ないことをしました」

告白を終えて満足気に許しを待つ青柳に、山下は眉を顰めて疑問を呈した。

「申し訳ないことをしたと思ってんのに、なかったことにしようとしてたのか？」

「そ、そんなこと……今日の仕事が一通り終わったら謝りにいこうって、俺、思ってて」

「じゃあ、何で今朝、丸野くんにあんな電話してたんだ」

「それは」青柳は、すっかり忘れていた今朝の電話を思い出した。

「なかったことにしようと、してただろう」

往生際悪く眼を泳がせ始めた青柳に、山下は詰め寄った。

青柳がそう考えていることを認めたくないと世界で一番願う山下の目の前で、青柳は、

「はい。なかったことにしようと、していました」と、頷いた。

山下の望みを、その泥はあっさりと呑み込んだ。

「だって俺は『テクニカル』のヒーローで、俺がいなくなったら駄目だし、福原さんだって俺のこと、

『テクニカル』だけじゃなくて『TEC』を背負っていく器だって」

泥は垂れ流され続け、山下の願いだけでなく、青柳への親愛の情のようなものをも呑み込み始めた。

その冷たさと重さに絞り出された浅い息が、はぁ、とひとつこぼれた。

「それに、だって、レイプした訳じゃないし、大したことじゃないじゃないですか」

尚も流れ続ける泥にすっかり視界を覆われて、山下は、何も見えなくなった。

「そうだな。これが公になって、青柳が駄目になるのは、本当に勿体ないよな」

「山下さんも、勿体ないって、そう思ってくれるんですか？」

いつまでもいつまでも逃げ道を探し続ける青柳を前にして、身を委ねるべきは安堵ではなく罪悪の
方だと気付いた。

「どうしようもない酒癖だけど、上に媚びて下に威張り散らすどうしようもない奴だけど、一生懸命
で、不器用なだけなんだなって思ってたよ」

「山下さん、そうなんです、俺は不器用なだけなんです」

何ひとつわかっていない馬鹿面を向ける青柳の慢心を、山下は腑の底から憎んだ。

思い知らせてやりたい。この苦痛を。殺してやりたい。その慢心を。

その一心で、言葉を研ぎ澄ませた。

「死ねよ強姦魔、気持ち悪い」

刃と化した山下の言葉が、狙い通り青柳の慢心を突き殺した。

山下は、期待していた通りの青柳の泣きっ面に達成感を覚えた後ですぐ、後悔に苛まれた。今突き殺したのは青柳の慢心だけではない。これまで青柳を大事に思ってきた自らの心をも、殺してしまった。二度と息を吹き返さないそれへの想いで、胸が引き千切られるように痛んだ。

「……永井さん、すみません、後で連絡します」

山下は身を翻し、第五会議室のドアノブに手を掛けた。

「山下さん！」

名を呼ぶ青柳の泣きっ面を一瞥して、すぐに目を逸らし、ドアを引き開けて出て行った。

ひと際大きく震え始めた青柳を、永井は黙って見ていた。

「だって、そんな、そこに好きな人が寝てたら、手を出したくなって当たり前じゃないですか。こうするのは俺だけじゃない、俺だけじゃないのに、どうして俺だけ」

青柳は涙交じりに、もう懺悔でも何でもない、ただ情状酌量を乞うだけの毒を吐き出し続けた。それを腑の中を注ぎ込まれて、永井の吐き出す煙が震えた。

「あんな我が強くて、自分の思い通りにならなさそうな子なんて、力尽くで思い通りにできるならしてしまいたいじゃないですか。なぁ、男なら、そうでしょう」

永井は、青柳の赤く濁った眼を向けられて、小向の企画書と、それを鞄に入れた今朝の思惑と、革張りのソファの上で見たろくでもない夢を思い出した。

小向を革張りのソファの上で組み敷いて、劣情のままに思い通りに扱う、夢。

「……俺も、もう行くから」

初めて引き開けた第五会議室の物々しいドアは吐き気を催すほど存外に重く、永井は廊下に一歩踏み出してすぐ、通用口扉に向かって駆け出した。外に出てすぐ、傍にあった用水路に顔を突き出して嘔吐した。震え上がって胃液までをも絞り出し空になった胃に、昨夜降った雨の重たい湿気が流れ込んで、もうひと度咳込んだ。何度も何度も吐き出して、それでも、すでに回り始めた毒は吐き出せなかった。

「生意気だと思って」
「力尽くで思い通りにできるなら」
「なぁ、男なら、そうでしょう」

ああそうだ、と、心の中で答えてしまった。だから、もう、青柳を否定できない。

「好きになってしまったんです」

永井が抱えてきた、名もない思い。青柳はそれに名前を付けた。
「ああ」と嘆き、胃の辺りの皮膚に爪を立てて。楽になりたいとだけ願って、体を縮こまらせた。

青柳は永井が出て行ってすぐ、オフィスのある二階に駆け上がった。

「山下さん！　待ってください！」

オフィス前の廊下で、どこかへ行こうとしている山下を見つけて、その腕を掴んだ。山下はすぐにそれを振り払って睨み付けたけれど、青柳は怯まなかった。

「山下さん、ちゃんと話をしましょう」

「もうお前と話すことはないよ」

「そんなことないです。まだ、話してないこととか、たくさん」

「じゃあ、後で聞くよ」

青柳を押し退けて先を急ごうとする山下の腕を、青柳はもう一度掴んだ。

「どこへ、行くんですか」

山下の今日の予定は十五時からのＧＴＴの打ち合わせしかないはずだ。それなのに、先を急いでいる。山下の行く先を、青柳は察知した。

山下は、青柳が察していることを察した。いつも考えが足りない癖に、動物のような直感は優れている。それならば、と、追い詰めることにした。

「須田社長のところ」

「な、何で、何で須田さんに、何の用が」

「わかるだろ。お前のことを報告するんだよ、青柳」

「何で、何で、まだ話してないこともありますし、そうだ、小向さんとも話してないし」

「先に話そうが後で話そうが、青柳のやったことは変わらないからな」

「報告して、どうするんですか」

「処罰を決めてもらうに決まってるだろ」

冷たく言い放つ山下に憤り、青柳は思わず言い返した。

「そんなこと、須田さんに言ったところで信じてもらえませんよ。何の証拠もない。このタイミングだったら、俺の抜擢、大出世を嫉妬してると勘違いされちゃいますよ」

山下は、その愚昧さへの失望を気取られないように、努めて平然とした声色で、

「ああ」と答えてから、スマートフォンを取り出した。訝しげな青柳を横目に再生ボタンを押すと、第五会議室で垂れ流された青柳の懺悔が、ノイズ混じりでそこに流れた。

「さ、さっきの……録音して」

「俺はお前のことはよくわかってんだよ。まぁ、まさかそんな下衆なことを考えているだろうなんて予想、当たって欲しくなかったけどな」

山下の指が音量ボタンを押し込むと、ノイズ混じりの青柳の声が膨らんだ。

「お、音量、やめて」音を消そうとしてスマートフォンを掴む青柳に、山下は抵抗も動じもせず、

「離せよ」と言って、ただ眺めた。

青柳は、暴れる心臓に揺るがされるまま、このままスマートフォンを壊してしまおうかと思い付いて、手に力を込めた。

「データはもうクラウドにアップロードしてある。スマホを壊しても、意味ないからな」

青柳の短絡的な思惑を見透かした山下の冷たい声に、青柳の心臓が縮み上がった。

「……そんなことしたら、『テクニカル』の立場が」

「知るか」山下は青柳の手を振り解いた。

振り向きもせず、社長室に向かって歩いていく山下を、青柳は追いかけなかった。追いかけても意味がないことを、足早に歩く背中が語っていた。

日常を守ろうと取り繕おうとすればするほど、当たり前にあったものが崩壊していく。


俺は、そんなに悪いことをしたのだろうか。


ぐるぐると巡る思考に意識を呑まれて、立ち尽くした。

「ただ触っただけじゃないか……」そう独り言ちた時、

「青柳くん」と、背後から呼ばれて、振り返った。

「福原さん、どうしてここに」

福原は大層優しい笑みをその顔に湛え、青柳に語り掛けた。

「この後、青柳くんのドキュメンタリー撮影が始まるでしょう。それを見に来たんだけど、どうしたの？　こんなところで泣いて……」

言われてから自らの頬に触れ、青柳は自分が泣いていることを知った。気付いてしまうと、それは余計に止め処なく流れた。

「今、山下くんと話してたのは、何の話？　処罰がどうの、物騒な言葉が聞こえてきたんだけど」

青柳はぎくりとした。

福原は『TEC』の上層部の人間だ。このことを知ったら、処罰されるに違いない。どうすればこの場を切り抜けられるのか、青柳は意地汚く考えあぐねて冷や汗を流した。その青柳をじっと見つめて、福原は優しく微笑んだ。

「僕は何があっても青柳くんの味方だよ」

福原はポケットから取り出したハンカチで、優しく青柳の涙と汗を拭った。予想だにしていなかった福原の応えに、青柳は唖然とした。本当に山下との会話を聞いて、そのようなことを言っているのか。俄かには信じられなかった。

「詳しく話を、聞かせてくれる？」

優しい声色でそう話す福原はまるですべてを許す父のようで、青柳は堰を切ったように泣き出し、情状酌量を乞うための正当化を多分に加えて、縋るようにすべてを話した。

「俺は小向さんのことが好きだっただけなんです」

免罪符のように恋心を語って締め括った青柳を前に、福原は一考する素振りを見せてから、

「つまり小向さんは、レイプされた訳でもないのに、騒ぎ立てているんだね」と、微笑んだ。

青柳にとってその台詞はあまりにも理想通りで、返す言葉を失った。

「だって君の話を聞く限り、犯罪というほどのものでもないよ」

すべて、許された。地位を持つ人に。

それだけで、心に翳っていた曇がさあっと引いて、晴れ渡る思いだった。

「山下くんは青柳くんよりずっとキャリアがあるのに、ＧＴＴでは君が主役だから、嫉妬してるんだよ。弱味を握られてしまったね」

「嫉妬……」

薄々感じていたそれを福原に認められて、青柳はすっかりそれが真実だと確信した。

「やっぱり、嫉妬なんですね！」

福原は青柳の肩を撫でながら、腑の中で笑った。

「大丈夫、僕が何とかしてあげるから」

青柳は、胸を撫で下ろした。まだ半日ほどなのに、まるでもう何日も何週間も追い詰められ続けたような心持ちだった。今、福原の後ろにそこからの逃げ道を見い出して、どこへ辿り着くのか見当もつかない道を、ただ眩さだけで信頼して一歩を踏み出した。


『テクニカル』の社長室は名前ばかりで、取り立てて豪華なものではない。普通の会議室に専用の家具やらが置かれている程度のものだけれど、『社長室』と書かれたプレートは、それだけで威容を誇っていた。山下はその薄っぺらいドアをノックした。

「どうぞ」と返ってきたの聞いて、ドアノブを捻る。

「失礼します」一礼して顔を上げると、須田がいつも通り椅子に座っていた。

「ああ、山下くんか」いつものように黒目だけがぎょろりと動いて山下を捉えた。

猫背で、爪をがしがしと毟り、パソコンのモニターに齧り付いている。絵に描いたような気味の悪さが、山下はどうしても慣れなかった。

「これ、見てよ、ほら」と、パソコンに視線を戻して手招きする須田に、山下は、

「はぁ」とやる気なくこぼして歩み寄り、モニターを覗き込んだ。ビキニ姿の美女が集まって賑わう動画は、またこれか、と言いたくなるほど、何度も見せられたものだった。

「これ、これね、これ」と、須田ははしゃいで動画を一時停止した。ビキニ姿のグラビアアイドルの、乳房が露わになった瞬間の映像だった。グラビアアイドルは、普段誌面では見せないような驚嘆の表

情を浮かべ、流される水着を手で追い掛けている。

「これ、俺が考えたコーナーで起こった放送事故でね、目の前でさ、盛り上がったなぁ、へへ」

「そうですか」山下は苦言を呑み込んでモニターから目を逸らし、須田に向かって頭を下げた。

「須田社長、ご相談があって、参りました」

いつも通りの気障で慇懃な山下の振る舞いが、須田はどうしても好かなかった。須田にとって山下は、ふざけて和んだ空気の中で、義務だとか義理だとか責任だとかそういう面倒なことを言い出す疎ましい奴、だった。

「何、改まって」社長である須田は、一社員である山下に遠慮する必要など一つもなく、あからさまに眉を顰めた。山下は須田のそんな態度など意に介さず、スマートフォンを操作しながら、

「青柳が『DramaticArt』の小向さんに、乱暴を働きました」と告げた。

「は？」須田は間髪入れずに頓狂な声を上げて、目を瞬かせた。

山下は、予想通りの須田の反応に、予定通りにスマートフォンを差し出す。

「これを聞いてください」

再生される、第五会議室での青柳の懺悔。ノイズなのか泣き声なのか判らないそれに、須田は聞き入った。再生が終わってもさっぱりわからないといった様子の須田のために、繰り返して再生した。

二度目の再生を聞き終えて、須田はようやっと状況を理解した。

「こ、これを、これを俺にどうしろって言うんだ？」

「相応の処分を、願います」

「もう一度聞かせて」と、だらだらと汗を流す須田に応えて、それから三度、計五回の再生を終えた後で、須田はこう述べた。

「乱暴、働いてないんじゃないの」

山下は目を閉じ、失望と落胆に耐えた。

「あ、青柳くん、レイプしてないって言ってるでしょ。じゃあ、触っただけってことでしょ」

「俺もその現場を目撃しましたが、触っただけなんてもんじゃなくて」

「しょ、証拠は？」

「……ありません」

「大袈裟だなぁ、山下くん。触っただけなら、乱暴じゃなくてセクハラでしょ、やだなぁ」

逃げ道を見つけて喜ぶ須田に、山下は、逃げ道を探していた昨夜の自分を重ねた。羞恥にも似たその思いに突き動かされて、山下は声を張り上げた。

「セクハラなんだとしたら、セクハラとして処分してください！」

須田は気圧されて狼狽え、一瞬、口を閉ざした。眉を吊り上げて見下ろしてくる気障な下っ端が腹立たしくて、須田も声を荒げた。

「せ、セクハラとして処分って、どうしろって言うんだよ！」

須田の社長らしからぬ愚かしさに山下は輪を掛けて憤り、反駁を続けた。

「それは社員の僕が決められることじゃありません。須田社長、あなたが決めるんです」

「だから、決めたじゃないか。セクハラじゃないんだから、処分しない」

「今、あなたがセクハラだって認めたんでしょう！」

冷静を保てなかった山下が、憤りに任せてデスクを叩き付けた。書類が雪崩落ちるのに目もくれず、須田を睨んだ。

「もし処分しないのであれば、労働基準監督署に行きます。須田社長、あなたがセクハラだと認めつつ処分しないことも、まとめて報告することになりますよ」

「きょ、脅迫か！」

「正当な処罰を求めることの、何が脅迫ですか！　もしこれが脅迫なのであれば、この世のほとんどの交渉は脅迫ですよ！」

お互い気が付かないうちに、大きな声でがなり合っていた。防音性皆無のドアは口論を廊下に垂れ流し、福原はすぐ傍で静かにそれに聞き入っていた。

「そろそろかな」と独り言ちてドアを開け、

「須田くん、どうしたんだい？　何やら外まで言い合う声が聞こえているけど」と、まるで今ここに来たように振る舞った。

「福原課長！」そう言って駆け寄ってきた須田を後目に、福原は山下に話し掛けた。

「どうしたの、山下くん。おっかない顔して」

「青柳が」と言い掛けた山下を、

「何でもないんです」と、須田が遮った。

「何もないことないでしょう！」

山下が怒鳴ると、須田は委縮した。福原のようなお偉方の前でなら山下も黙るはず、という目論見を外して目を泳がせる須田を後目に、山下は福原に向き直った。

「福原さん、青柳が問題を起こしました」

「問題って、何？」

福原は、何も知らない振りをしてそう問い返した。その綽々とした態度が不気味だったけれど、それを気にしている余裕など、山下にはなかった。

「『DramaticArt』の小向さんに乱暴を働いたんです」

「ら、乱暴じゃない！」須田が突然喚き出した。

山下は驚き、思わず言葉を切ってそちらを見やった。

「しょ、証拠がないんだろう、ないんだろう！？　変なことを言うな、何なんだお前！」

「だから」

「だから何なんだ！」

「ですから」

「証拠、証拠は！」

須田は、山下が口を開く度に、それを叩き潰すようにがなり立てた。山下は成す術なく、

「……わかりました。言い直します。青柳が小向さんにセクハラをしました」と、白旗を掲げた。

そうであったとしても青柳が処罰されることに変わりはないと踏んでのことだった。だから、

「へぇ、セクハラ」と、福原が大して驚く様子もなく返したのが、いやに鼻に付いた。

「何があったのか知らないけど、セクハラだとしてさ、山下くんはどうしてほしいの？」

「どうしてって……それは勿論、相応の処分を」

「相応の処分って、何？　減給？　停職？　懲戒解雇？」

答えられるほど明確に考えていないと福原は見抜いていて、柔和な声色で山下を追い詰めた。

「ああだこうだと須田くんを責め立てるより、『上』に話を通した方がいいんじゃない？」

「上、って、須田社長が一番上でしょう」

「いいや、『テクニカル』は『TEC』の子会社さ。子会社は親会社の判断に従わなくちゃいけないんじゃないかなぁ」

湿気が感じられるほどに、福原はじっとりと笑った。

「それは、つまり」

「そう、『TEC』の、上、の人と相談したらってこと。さすが山下くん、察しが良くて助かるよ」

どうせ行かないいんだろうけどね、という言外の嘲りが、山下の腑をくすぐった。

「上の人って、誰ですか」

そんな台詞が山下の口をついて出た。福原は、笑みを失った。

「福原さんの言う『上』の人は誰ですか。相談しに行けばいいんでしょう！」

自棄だった。そう言わなければ、福原に、須田に、青柳に負けてしまう。良識を教えられ法律で守られているこの社会で、法律に従った主張が通らないなんてこと、あるはずがない。山下の胸には、そんな当たり前の自信と正義が満ちていた。

福原は、それを見透かして、笑った。

「……そうだね、総務部の平野次長辺りに相談したらいいんじゃないかな。あの人、うちのハラスメント対策委員会の委員長だから、そういうの得意なんじゃあないかな」

「わかりました。では、今日この後、すぐに行って来ます」

福原が挑発しているのに気付きながら、今はそれに乗るしかないと、山下は腹を括った。須田はわかりやすく声を震わせて狼狽えた。

「こ、この後って、ＧＴＴのミーティングは」

「出ません。俺は進行管理なんで、企画段階の今は居ても居なくても一緒でしょう。部下の問題を処理するのも業務のうちです、行くなとは言わせません……」

「さすが山下くん、自分の立ち位置がよくわかってるじゃない！」

福原の笑い声が、山下の話を打ち切った。一度は冷えた山下の腑が、燃え上がるように熱くり、手が、体が、憤りで震えた。

「ごめんごめん、馬鹿にした訳じゃないから、怒らないで。じゃあ、僕はもう行くから」

「あっ、福原課長、玄関までお見送りします」

須田は頭を低くして、出ていく福原を追いかけた。社長室には、山下一人が残された。

疲労を振り払おうと頭を振った時、乳房を露わにしたグラビアアイドルの姿が目に入って、山下は小向の姿を思い出した。思わず熱くなった自らの頬をぴしゃりと叩いた。

腹が立った。乳房の絵に小向を思い出した自らにも、きっかけを作った青柳にも。

辛うじて残っている理性が拳を止めているうちに、山下は、社長室を後にし、真っ直ぐ二階のオフィスに戻った。勢い良く引っ掴んだ鞄が弧を描いて、積まれていた書類の山を崩した。

「ああ……くそ」

うまくいかない苛立ちに眉を顰め、落とした書類を集め始めた。

「あの、大丈夫ですか？」

そう言って散らばった書類に手を伸ばしたのは、丸野だった。

「ああ、大丈夫、バッグが引っかかって書類が落ちてしまっただけだから……」

「ではなくて……さっき、社長室から山下さんと須田社長が言い合う声が聞こえたから」

躊躇いながら告げられた丸野のそれに、山下は書類を揃える手を止めた。

「丸野くん、聞いてたの？」

「いえ、聞いちゃいけないって思ってすぐにその場を立ち去りましたから、具体的な内容は何も」

「……そう」

聞かれていたら良かったのに。偶然に聞かれてしまったことを肯定するだけの方が、幾らか楽だったのに。山下がそう落胆するのに、丸野は気付かなかった。

「青柳さんも見当たらないんです。もうすぐ十五時なのに」

「……腹でも壊してるんじゃない。昨夜、無茶な呑み方してたし」

「そういえば、夜中に騒いでたんでしたっけ。はは、青柳さん、元気だなぁ」

無邪気な天才の粗相を笑う丸野のいつもの姿が、山下の胸を刺した。その痛みで、山下は気付いてしまった。青柳は、丸野のことも裏切ったのだということに。

いっそ、言ってしまおうか。そう思って丸野と向き合うと、日常や未来を信じて疑っていない純粋な目が、山下を捉えた。その目が悲しみに暮れるのは、本望ではなかった。

「……俺、行かなくちゃいけないから、また後で」

落ちた書類をざっと掻き集めてデスクの上にどさりと置くと、逃げるようにそこから立ち去った。

丸野は、山下らしくない挙動に、歴然とした理由のない明白な違和感を覚えながらも、確信がないという理由でそれを無視して、不揃いに積まれた書類を整え始めた。


同じ頃、小向は自宅の布団で夢から覚めた。

どうやって家まで帰ってきたのか覚えていない。ただ、帰宅してすぐ、倒れるようにして眠ったことだけ記憶している。夢も見ずに眠ったのに、倦怠感がどっしりと体に居座っていた。皮膚がじんわりと汗ばんでいるのは、初夏の湿った空気のせいなのか、非常階段の生温い床の記憶のせいなのか、それとも。

その時、がたん、と、玄関から何かがぶつかるような大きな音が聞こえて、小向の体がびくりと跳ね上がった。どくどくと激しくなる左胸を、右手で押さえつけた。

小向はこの音の正体を知っている。俳優に憧れてフリーターをしている隣人が食料調達をして帰って来た時に、よく鳴る音だ。重たい荷物を運ぶことに必死になって周りを見ていないようで、よくドアにぶつかる。八畳ひと間にキッチンが付いただけのそう大きくない部屋で、その音は定期的に聞こえてきた。だから、小向は正体を知っていた。

知っているのに、思い起こされたのは朗らかな隣人ではなく。

「言えないようにしてやる」そう放った青柳の姿だった。

姿が、重みが蘇って、心臓が暴れた。嘔吐感に突き動かされて、洗面所まで走った。

ひとしきり吐いて、鏡を見る。たまのことだからと頑張った化粧が溶けて、どろりとしている。洗顔料を顔に塗り付けて洗い流して、もうひと度、鏡を覗き込んだ。

そこに映っているのは、確かに自分の顔だった。なのに、自分だと思えば思うほどに違和感が募る。何度、顔を洗ってもそれは拭えず、そこに映る女が別の人間のようにしか見えなかった。

この洗面所の鏡で毎日、身だしなみを整えたり、笑顔の練習をしたり。ドラマのヒットが話題になったあの日は、鏡に映る自分を褒めた。初めて自分が凄い人間なのだと認められた。鏡が映す姿が真実なら、あの日の小向は確かにそうで、今この時の小向は、確かにあの日と違っていた。

小向が知っている小向は、青柳に手を掛けられる前の小向。

鏡に映っている小向は、青柳に手を掛けられた後の小向。

たったそれだけの差異を鏡はありありと映し出し、その姿は、これまで一線を引いてきた頭の狂った人のようだった。

吸い込んだ空気を肺が拒んで押し返して息が弾み、水滴と共に涙が洗面台に落ちる。これまで積み上げてきたものがそうやすやすと壊れるものかと、鏡に映る自らの姿を否定し始めた。


十六時頃、山下は『TEC』の総務部室前にいた。

山下がいつも『TEC』に訪れた際に立ち寄るのは会議室やスタジオばかりで、総務部室にはあまり訪れない。ドアが開け放たれた入り口から中の様子を伺うと、雑然と資料が詰まれたデスクが整然と並んでいるオフィスが見えた。小学生の時、初めて職員室に訪れた時を思い出した。

「あの、すみません」

山下が入口の傍にいた女性に、平野がどこにいるのかを尋ねると、部屋の突き当りにあるデスクを指し示された。そこには、恰幅の良い初老の男性がいた。

「平野次長って、もしかして、あの人か……」

知らないと思っていた『平野次長』のことを、山下は知っていた。しっかりと思い返す間もなく、平野の方が山下に気付いて手を振ってきた。

「おおい、君かい？　私に用事がある『テクニカル』のスタッフというのは」

その呼びかけに急かされて平野に駆け寄ると、すぐ隣に中年女性がいた。平野と同じように恰幅が良く、赤い口紅と薔薇模様のカーディガンが不似合いな女性だった。山下は、その中年女性が獲物を見つけた獣のような目をこちらに向けたのに気付かないふりをして、

「平野次長、初めまして。『テクニカル』の山下です」と言って、平野に向かって会釈をした。

「はい、どうも。平野です。まぁ、そんなに畏まらないで」

挨拶を交わす間も注がれる中年女性の熱視線に耐え兼ねて、山下は恐る恐るそちらを見やった。朗らかに笑った彼女の顔が、山下の目には不敵に笑んだように映った。

「彼女は渡利洋子さんだ。総務部の古株でね、頼りにしてるんだ」

平野に紹介された渡利が、無邪気に微笑んで山下の手を掴んだ。

「うふふ、お見知りおきを」

握手なのか捕食なのかわからないそれに慄きながら、そこに噂の信憑性を垣間見た。

平野と渡利は『テクニカル』にいる山下もその名を耳にするほど、悪名高かった。

平野はある日、六十歳を過ぎてから突然入社して来て、その際、総務部にこれまでなかった『次長』というポストが立てられ、そこに据えられた。こうした状況証拠から、彼は天下りだと周知されている。しかし物証がなく、天下りだと明言してはいけないという暗黙のルールがあった。

渡利はもう二十年以上ここに勤めている、働かないことで有名な事務員だ。辞めさせられない理由は、渡利が『TEC』重役の娘だからで、誰も自分に逆らえないことを知りながら気に入った男性スタッフに手を出すことでも知られている。「こんなことを訴えても情けないだけだ」と辞めていった男性社員も少なくないという。

そんな渡利が数年前から大人しくなったという噂も、山下は聞いたことがあった。『大人しくなった理由』についても。

今まで噂でしか知らなかった二人を目の当たりにして、山下は奇妙な心地になった。けれど、決して気分を害さないように、初対面の振る舞いに徹しようとした。だから、

「セクハラがあったんだって?」と、平野が切り出したのに、酷く胸を衝かれた。何故そのことを知っているのかと考えを巡らせていると、平野がこう続けた。

「福原くんから連絡があってね」

ああやっぱり、と、山下は頷いた。

思い出される福原の挑発的な双眸に腹が立つけれど、今はそんなことを言っていられない。今追及すべきは、福原の心根の腐りようではなく、青柳の問題だ。

「あら！　福原くん？　あなた、福原くんと一緒に仕事してるの？　私も福原くんとはとっても仲良しでね、よく呑みに行くんだけど」

「は、はぁ……」捲し立てる渡利にたじろぐ山下の隣で、平野が咳払いをした。

「山下くん、ここじゃあ何だから、あっちの会議室に行こう」

平野が指し示す先には『会議室』というプレートが掛けられたドアがあった。

「はい、よろしくお願いします！」

山下はその指示が、渡利の捕食から逃れる助け船のように思えた。早くここから脱したいと思い喜んでそちらに足を向けると、渡利が後ろを付いて来た。

「あの、渡利さん。すみません、今から平野さんとお話が」

「あら、私も参加していいでしょ？」

当たり前のように言う渡利に、山下が何も返せずにいると、

「渡利さんはハラスメント対策委員会じゃないんだから、ほら、自分の仕事をしておいて」

と、平野がやんわりと追い払った。渡利は赤い唇を少女のように尖らせた。

「山下くん、また後でね」

手を振る渡利に精一杯の愛想笑いと会釈を返し、平野に続いて会議室に足を踏み入れ、まるでドラマの世界のような厳かな内装に驚いて部屋を見回した。

大きな楕円卓に、革張りの椅子。大きな窓から一望できる景色は、すべてを支配したつもりになれるほど何もかもが小さく見えた。気圧されて呆然としていると、

「早くドアを閉めて」と平野に促されて、遠くにやっていた意識を引き戻し、慌てて扉を閉めた。

「すまんね、渡利さんはよく喋るから、びっくりしただろう」

「あ、いえ……大丈夫です」

「それで、セクハラがあったの？」

平野はいくつかある革張りの椅子のうちのひとつに腰を下ろして、窓の外を眺めながら言った。山下は姿勢を正し、意を決して口を開いた。

「厳密に言うと、僕はセクハラだと思っていません。しかし、『テクニカル』社長の須田に報告したところ、セクハラだと判断されました」

「そうかそうか、何があったのか聞かせてくれるかい？」

優しい声色に安堵させられ、逆光で見えない表情で不安を掻き立てられ。その空間は、とても柔らかい針でできた筵のようだった。

「うちのスタッフの青柳が、『DramaticArt』の小向さんという女性を押し倒しました」

「押し倒した？」

「はい、僕もこの目で見ましたし、青柳も認めています。この録音を聞いてください」

平野は、スマートフォンで録音データを再生しようとする山下を、

「別に聞かなくていいよ」と、止めた。思いがけない一言に、山下は面喰らった。

「だって、君は見た。青柳くんはやったことを認めている。私が確認する必要はなくないかい？」

「は、はい……」

平野は山下の話を信用し、肯定してくれている。奇妙であるにしろ、理想通りでもある。今は違和感を無視して喜ぶべきだと思った時、平野はこう続けた。

「それは、セクハラではないよね？」

「は……？」

山下は思わず、頓狂な声を上げた。

「だって、押し倒すって犯罪だよね？」

「はい、僕もそう思います」

「じゃあ、ハラスメント対策委員会じゃなくて、警察に行くべきなんじゃないの？」

動じることなくそう提案する平野に、山下の目が泳いだ。

「それが、事が起こったのは昨日の夜中で、現場は見たものの、青柳はすぐに逃げてしまって証拠もなくて、それで」

山下自身、何が言いたいのかわからないまま、ただ言葉を並べ立てた。その山下の動揺を知れば知るほど、平野の心にゆとりが生まれた。

「うん。だからこそ、警察に行くべきなんじゃないの？」

「しかし、社の対応は……今日ここに来たのは、この問題が社内ではなく、『テクニカル』と『DramaticArt』という『TEC』を介して繋がる会社同士で起こった問題だからで、『TEC』の判断に従うと、社長の須田も申していて」

「そうだね。私たちは警察の判断に従うよ」

それ以上言うことはない、といった口振りだった。真意が解らず翻弄される中で、背筋が凍り、これ以上の会話は無駄だと悟った。今は引き下がるしかないと、頭を下げた。

「それでは『TEC』の対応は一旦なしということで、関係者に伝えておきます」

身を翻して退室しようとする山下を、

「こらこら」と、平野が呼び止めた。

「社の対応は、警察の判断に従うって言ってるでしょう？」

「ですから、一旦なしと」

「あのさ。なし、だなんて言ってないでしょう。伝えるならちゃんと伝えてくれないと困るよ」

その不気味さに反駁の意を持ちながらも、

「……はい、承知致しました」と頭を下げて、会議室から一歩出た。

山下が会議室に滞在していたのは、およそ五分ほどだった。

たった五分の間に、エアコンの効いた室内でびっしょりと汗を掻き、決意を無下にされ、それを承知した。人ひとりを否定することなど、この社会では五分あれば充分だった。

「早かったのね山下くん、お疲れ様！」

会議室の扉の前で立ち竦んでいた山下に、渡利が駆け寄ってきた。

「スケジュール帳確認したんだけど、今週末だったら時間取れるの。ねぇ、飲み会しましょう」

媚びるようなその微笑みも、どんよりと濁った目に映る自らの姿も、底気味悪く、山下は見ていられずすぐに目を逸らした。

「すみません、僕の予定がわからないので」と突き放すように告げて、足早に総務部室を出た。

平野も、渡利も、他の人と同じような他愛もない人間の形をした、全く違う性質の生き物だった。べたべたと皮膚に苛立ちを貼り付けてくるような、不気味な。貼り付けられた苛立ちは、皮膚を掻き毟ってもしぶとく剥がれずにいて、それどころか貼り薬のように少しずつ体に染み込んでくる。その悍ましさに気が狂いそうで、山下は廊下を走りながらスマートフォンを取り出した。

人と話がしたい。そう願った山下が電話を掛けた相手は、永井だった。


永井はその電話を、『DramaticArt』のオフィスに近い行きつけの純喫茶で受けた。

ぼんやりと眺めていたスマートフォンの画面に、唐突に通知された山下からの着信。微かに吐き気が込み上げて、応答を躊躇った。

青柳に同調してしまった自らが、情けなく、後ろ暗く、惨めだった。山下はいつか、青柳の罪を暴くついでにこちらのことも糾弾するのではないかと、逃亡犯にも似た思いだった。

そんな妄想と吐き気を煙草で押し込めて、応答ボタンを押した。

「はい、お待たせしました、永井です。お疲れ様です」

「山下です。お疲れ様です。今、どちらにいらっしゃいますか？」

「会社の近くの喫茶店です。いつ会議が始まるかわからないので、待機してます」

「そうですか……」

一瞬言い淀んでから腹を括り、山下は、永井と別れてからのことを話し始めた。

「青柳のこと、うちの社長の須田に報告しました」

その声色で、それが良い報せではないと永井は察した。察したことを察して、山下は続けた。

「まず、青柳のしたことは暴行ではなくセクハラだと言い張られました。レイプしていないと言ってるんだから触っただけで、それはセクハラだと」

「女を引き摺って連れて行って、組み敷くのがセクハラですか？」

それは、咄嗟に出た言葉だった。

確かに永井は、青柳の懺悔に同調した。もし動機が恋心であるならば、情状酌量の余地があるのではないかとすら思ってしまった。けれど、何も知らない他人にそう判断されると、違和感が浮き彫りになった。その違和感は永井を肯定するようで、己の言葉に救われた思いだった。

「永井さん、俺も今回の件がセクハラだなんて思っていません。でも、俺らの詰めが甘かった。第五会議室での青柳との話の中にそうしたくだりは出てこない」

「第五会議室での会話って」

「ええ、録音してました」

「山下さん、用意周到ですね」

「いえ、そんな……でも、あれだけだと、セクハラとしか受け取ってもらえませんでした」

「んな訳あるかよ、胸糞悪い」と、永井は舌打ちをした。

「俺もそう思うよ。でも証明できなかったから、セクハラとして処分してくれと願いました。何もないよりはましだと思って。けれど話にならなくて。そこに偶然、福原さんが来て」

「福原？」

唐突に出てきた厭味ったらしい男の名前に、永井は眉を顰めた。

「はい、俺と須田社長が言い合ってる声が外まで聞こえてしまっていたみたいで、それを聞いた福原さんが中に入ってきて、上に相談しろ、と……」

「上って、何だよ」

「『TEC』総務部の平野次長です」

「何でそいつが出てくるんだ」

「『TEC』のハラスメント対策委員会の、委員長を務めていらっしゃるとかで」

委員会という言葉にどこか薄気味悪さを覚えながら、永井は何も言わず話に耳を傾けた。

「俺、どうしても青柳のやったことがセクハラって思えなくて。小向さんを押し倒したって平野次長に報告したんです。そしたら」

山下は、ここで息を切った。

言いたくなかった。口にしてしまえば、それを認めてしまうようで、恐ろしかった。

それでも、言わざるを得ない。これが現状なのだから。山下は深く息を吸い、眉間に皺を寄せて、目を閉じ、息を吐き出して腹を決めてから、口を開いた。

「押し倒したならセクハラじゃないから、警察の判断に任せるって。警察の判断に従うから、判断されるまでは対応は保留だって」

永井は、その指示の意図をすぐに察した。

「なるほどな。つまりは、何もしないってことか」

行き過ぎた怒りは呆れに変わった。社会はもっと美しく回っているものだと未だ信じていたという自覚と、自身が葛藤していたことが馬鹿馬鹿しくなるほどの現状に、永井は落胆した。

「さすが、不祥事隠蔽の『TEC』様だ」

その減らず口と、同じように考える人がいることの心強さに励まされて、山下は眉を開いた。

「すみません、本当に」

「山下さんのせいではないです。一人でそこまでしていただいて、ありがとうございます」

山下は、涙で喉を詰まらせて、言葉を切った。

一度は否定された正義らしきもののすべてが、今、肯定されている。間違っていないと思える、それだけの有り難みに打ち震えた。電話越しに山下の震えに気付いて、永井は、

「警察に行って、俺らが証言すれば、きっとすぐに対応してもらえますよ。そしたらすぐに、何かしてもらいましょう」と、続けた。

「そうですね。今はとにかく、行くしかないですね」

警察という言葉に、山下は後悔の念を禁じ得なかった。

結局こうなるのであれば、あの時すぐに通報をしていたら良かった。そうしていれば、こんな風に悩まなかったかもしれない。あの時、何故、何かを庇いたいだとか考えてしまったのだろう。あの時、良識に基づいていれば、こうして苦しむこともなかったのに。

そう後悔する山下を、正当化の誘惑はどこまでも追いかけた。

「でも、今から行って意味あるんでしょうか。痴漢は現行犯逮捕じゃないと駄目なんでしょう」

行っても意味がないなら行かなくても。そう意見が合致することを願う山下に、

「大丈夫ですよ」と、永井が答えた。

「これは痴漢でもセクハラでもない。どっちかって言ったらレイプに近いと俺は思ってます。そうだったら、後日警察に行くなんてよく聞く話でしょう」

「そうか……そうだな。永井さんは冷静だな」

罪の意識から逃れようと荒くなる山下の呼吸から、永井は後悔の意だけを汲み取って、それをとても美しい正義の嘆きだと受け止めた。そして、自らを恥じた。

加害者である青柳に同調してしまった後ろ暗さ、被害者である小向を追及してしまった幼さ。その未熟さの自覚で、揺るぎない自信を支えている確信が揺らいだ。

「大丈夫です。絶対に取っ捕まえてやりましょう」

そうして正義らしき台詞を発すると、後ろ暗さが晴れるようで、気分が良かった。

「山下さん、俺から小向に連絡しておきます。警察に行くことになったからって。俺はこれから打ち合わせだし、何時になるかわからないけど」

永井は声を気取ることが得意だったから、そんな思惑を電話の向こうの山下に気付かれることはなかった。

「わかりました、俺も警察に行くの付き添います。時間とか決まったら教えてください」

「はい、小向と連絡が取れたらすぐに連絡します。待ち合わせ場所だけ先に決めておきましょうか」

「そうですね。事が起こったのは『テクニカル』だから、五反田駅に近い警察が管轄ですね。俺、車出しますから、永井さんと小向さんの都合の良いところで待ち合わせましょう」

「いいんですか」

「移動するのも大変でしょう。このぐらい、させてください」

せめてもの償いを差し出す山下に対抗できるものが永井には何ひとつなく、人としての差を見せつけられるような惨めさに強く奥歯を擦って、それをおくびにも出さなかった。

「俺と小向は、駅で言うと代官山か池尻大橋なら集まりやすいですね」

「代官山なら……旧山手通りの筋にある、オープンテラスのカフェ知ってますか？」

「ああ、わかります。あのやったら緑が多い、ジャングルみたいなところですよね」

「そう、そこです。車からテラスまで声が聞こえて、待ち合わせに便利なんですよね」

慣れた調子で決めていく山下に、ふと、永井はある想像を膨らませて、口元を緩ませた。

「へぇー……」

永井が含んで返事をすると、山下はその含みにすぐに気が付いて、

「何ですか、その何か言いたそうな感じ」と、永井と同じように口元を緩ませた。

「山下さん、やらしいなぁと思って」

「や、やらしいって、何が」

「オープンテラスのカフェに、車で待ち合わせすることがよくあるんでしょう。いやぁ、やらしいな」

意地悪く永井が笑うのに、山下は戸惑った。

「そういうのでなくて、いつもうちの」

山下の言い訳を打ち切ったのは、ピー、ピー、という、無機質な電子音だった。

「すみません、永井さん。俺の電話の充電が切れそうです」

「長電話してしまってすみません。俺と小向で時間を決めたら連絡します、それじゃあ」

そう言った後ですぐに電話が切れて、永井は、暗くなったスマートフォンの液晶に映り込んだ自らの顔を、一切の陽気さを失ってじっと見た。

いつもと同じ顔。いつもと同じスマートフォン。いつもと同じ煙草。いつもと同じコーヒー。

見渡せば見渡すほど、いつも通りだった。今置かれている状況以外は。

小向の電話番号を表示して、発信ボタンを押さずにホーム画面に戻った。指が震えて、押せなかった。今、小向の声を聞いて、冷静に話ができる自信がない。

負の感情はめきめきと根を伸ばし、あっという間に腑の中に蔓延った。


今、俺がこんな気持ちなのは、青柳のせいなのだろうか。

違う。脳裏に浮かぶのは、青柳ではなく、小向だ。

そうだ。俺を睨む瞳。振り払った手。俺を今こんな気持ちにさせているのは小向だ。

そうだ。あいつが青柳に煽られたからって、酒なんて呑まなければ良かったんだ。

そうだ。あいつが一人ででも家に帰って、仮眠室で眠らなければ良かったんだ。

そうだ。あいつは知らなければならない。自分が、加害者でもあるということを。


頭蓋骨に張り付いた声が、思いが、しがらみが、腑に揺蕩うもやと混ざってヘドロと化していく。それは頭蓋骨の裏側をどろどろと流れ、ずるずると広がり、べっとりと貼り付く。剥がさなければ気が狂ってしまいそうなのに、掻き毟っても剥がれない。

それに翻弄されて、永井は、ただ小向の名前を心の中で叫んだ。


十九時頃、ベッドの上に寝転がって天井を眺めていた小向の枕元で、スマートフォンが鳴った。それを手に取って、メールの受信通知に添えられた『永井智則』の文字を見た途端、手を振り払った瞬間の永井を思い出した。

傷付けたかもしれない。けれど、先に傷付けたのはあちらなのだから。けれど、でも。

「……私は、悪くない」そう言って自問自答を打ち切って、震える指でメールを開封した。

〈明日山下さんと一緒に警察に行くことになった。会社からの指示。待ち合わせ場所は旧山手通りにあるジャングルカフェ。何時なら行ける？〉

ジャングルカフェがどこなのか、すぐにわかった。「そんなに緑に飢えているなら代官山じゃなくてジャングルに行け」と揶揄したのを聞いて笑ったのは、つい最近のことだった。

小向が理解できなかったのは、警察、という言葉だった。

会社から指示されれば行くのか、という感想と、何故今更警察に行くのか、という疑問と。何がどうなってこのメールに行き着いたのか皆目見当がつかず、小向は永井に電話を掛けた。

いつもの、聞き慣れた呼出音。なのに、いつもと違う音に聞こえて、気味が悪かった。早く電話に出て欲しいという小向の願いは叶わず、永井は応答しなかった。

苛立ちは隠さない代わりに寝て起きたら忘れるのが信条だ、と、永井が語っていたことを思い出した。仕事をうまく動かすための嘘しか吐かない永井は、その言葉通り、どんなに理不尽なことがあってもそれを翌日に持ち越したことはなかった。

だから、メールがどんなに不愛想でも、眠ってしまえば大丈夫なのだと信じて、

〈わかりました。十時でお願いします〉と、震える手で返信を打った。

もう一度体を横たえると、記憶の深海から青柳の手が深海から這い上がってきた。

その実態のない手は優しく首に絡みつき、ゆっくりと喉を締め上げた。息が上がり、体が震えるのに、手はそこにない。小向は体を縮こまらせて、自らの髪の毛を掴み、引き千切らんばかりに引っ張った。頭皮の痛みが、青柳は今ここにいなくて、自分がここにいて、それだけが現実なのだと教えてくれる。それは、今の小向にとって、唯一の優しい存在だった。痛みを手放せばその安寧はすぐに四散して、青柳の手が、山下の判断が、永井の暴言が、残った。

逃げたい。逃げられない。それは紛うことない自らの体の中にある記憶であり思想であり、引き剥がすことなんてできない。叫びたくて震える自らが狂っているようで悍ましく、それが許せなくて、いつも使っているバッグを引っ掴んだ。

撮影現場では、ガムテープや段ボールなど、色々な物を切る機会がある。「必ずスタッフの数だけ準備してあるとは限らないから常備しておけ」と、入社して間もなく永井に指示され、言われた通りにいつも持ち歩いているカッターナイフを、そのバッグの中から取り出した。

親指でカッターナイフのスライダーを滑らせて露わになった刃先には、ガムテープの糊が絡みついていた。それを目の当たりにした時、腑の底から悔しさが湧き上がった。


これまで何があっても耐えて、すべて乗り越えてきた。

それなのに、あんな馬鹿な男のせいで、狂ってしまうなんて。

リストカットの跡という狂人の印を刻まなければならないなんて。

どうして、どうして！


ざくり、と小気味良い、空間を切り裂くような音の後で、髪の毛が床に散らばった。それは、すべてが非現実的な中で、地に足が着いて正気が取り戻せるような現実味を帯びていた。

ざくり、ざくり、ざくり。何度も髪の毛を刻むうちに、切り落とされた髪の毛が小向をぐるりと囲んだ。ベランダの硝子に映るざんばら頭の女は、洗面所の鏡に映っていた女よりもずっと、見知った自分に近いように思えた。

「はは」と小さく自嘲してみると、螺子が飛んでしまったようで、留め具を失った歯車が転がっていくように笑いが止まらなくなった。

「はは、あいつ、もう少しで逮捕されて落ちぶれるのね、あははは！」

望んだ訳ではない復讐を想像してひとしきり笑うと、膝の力が抜けた。重力に引かれるがまま寝転がると、床が固くて冷たくて心地好くて、それに寄り添って瞳を閉じた。

眠れば、何も考えずに済む。たとえ悪夢に追いかけられたとしても、今、この現実から逃れられるなら、それでいい。

刺すように冷たい床の優しさと止まない嵐の中で、眠りに落ちた。暗闇を恐ろしいと思う間もなく深淵に突き落とされるような眠りは、虚無だとかいうそれの片鱗を匂わせた。


二十時頃、「おはようございます」と皮肉交じりの挨拶をして、永井が『DramaticArt』の会議室のドアを開けた。

「おっ、おはよう！」

「おはようございます、永井さん」

いつも通りの永井の皮肉を意に介さず、中林と桑田がそう返した。

「すまんな、なんだかんだとやることが多くてこんな時間になっちまった」

「いいですけど、今日は日付変わる前に帰りたいです」

「今日はそんなに掛からんよ。ＧＴＴの企画を『TEC』に提案できるレベルまでまとめれたら」

「企画立案と、キャスティングイメージぐらいですか」

「そうだな。どれぐらいの規模でやるかもわからんうちから外注うんぬんは言えんしな」

「じゃあ、一時間で終わりますかね」桑田が二人の会話に割り込んで尋ねると、

「終わらせましょう！」と、永井が手を叩いて鼓舞した。

企画会議が始まる時の空気で良い物になるかどうか解る、と言うのは、永井の持論だ。そこに弦を張れば音が鳴りそうなほどに空気がぴんと張り詰めて、巻き込むようにして流れていくのだと。視覚では捉えられないその空気を確かに三人は同じように感じ取って、血を沸かせた。

この空気の中で、永井は無敵になる。すべての不安も不満も、病ですら吹き飛んで、ただ山の頂を

真っ直ぐに見据えることができる。今この時ですらあらゆるを忘れて、未来だけを見つめられた。

「じゃあ、資料を配るぞ。大体、これまで話してきた内容がまとめてあるだけだ」

永井は中林が配った資料を一読した後で、ページを戻り、一考してから口を開いた。

「『テクニカル』はどうせフルハウスのようなコメディを持ってくるでしょう。差別化を安易に考えればシリアスの方がいいのですが、俺は……」

「そうは言ってもな……」

永井と中林が着実に話を進めて行く中、桑田は書記をしながら、

「ああ、それいいですねぇ」と、時折相槌を挟んだ。

そうした議論は二十分ほど続いて、ひと段落した。

「さて、あらかた話が決まったところで」

永井は、すべて自分の思い通りだと言わんばかりに手を叩き、鞄から書類を取り出した。

「俺が提案するドラマの企画草案はこれです」

「おう、見てやるよ」

その生意気な振る舞いに、中林は心を躍らせて書類を手に取り、目を丸くした。

「永井、この企画書」

二の句も継げないでいる中林に興味を引かれ、桑田はそれを覗き込み、一驚を喫した。

「これ、永井さんの作った奴じゃないですよね」

「はい。小向が以前に作った企画です」

「ですよね、小向さんに見せてもらったことがあります。俺が遊びで作ったムービー見せた時に、こういうの使ってドラマ作りたいですって言って、この企画を考えたって」

「永井、何でこれを」と、中林が尋ねるのに、永井は得意気に、不敵に笑った。

「オーケストラという題材は世界共通です。その中で、武士のようなジャパニズム精神論解釈を織り交ぜてスポ根物語を展開すれば、日本文化好きな外国人の人気を得られるでしょう。まだ荒い部分はありますが、詰めていけば実現不可能な案ではありません」

取って付けただけのはずの採用理由を、あたかもそれがたったひとつの本音であるかのように流暢に話した。そつのない説明に、中林はただ頷くしかなかった。

「……お前が、他人の企画書を出す日が来るなんてなぁ」

中林が永井を知ったのはもう十年以上前だった。

美術系の専門学校に通いながら小さな劇団で裏方をしていた永井は、今よりももっと尖っていた。創作論の衝突で殴り合いの喧嘩までしていたし、自分の考えた物こそが至高だと豪語していた。その生意気さに見合うほどの作品と、理想を実現するためなら何も惜しまない根性を買って、中林がスタートアップメンバーに永井をスカウトしたのが『DramaticArt』の始まりだった。

理想が高く口が悪い永井は、良かれと思って他人の企画に口を出し、議論が口論になることがある。そのせいでスタッフが辞めたことも、プロジェクトがなくなったこともあった。その度に中林が諌め、永井は反駁しながらも反省し、今、ディレクターとして現場を指揮できるぐらいの大らかさを身に着けた。これ以上の成長はもっと先のことだろうと、中林は半ば諦めていた。

それなのに、今、後輩である小向の企画書を持って来ている。

「お前が他人のことを認められる日が来るなんてなぁ……」

「歳取って丸くなったんですよ。中林さんと違って、腹は丸くなってないですけど」

そんな永井の憎まれ口も気にならないほど、中林は目頭を熱くした。

その予想以上の反応が永井にとっては後ろ暗く、皮膚越しに胃を掻いた。

「……よし！　この企画書は草案書として採用する。永井はこれを企画書に立て直してくれ」

「はい、承りました」

永井はそんな本心などおくびにも出さず、不敵に笑った。

「小向さんをここまで持ち上げるなら、正社員の話もさっさと進めた方がいいな」

中林が呟いたのに、「ああ」と、永井が返した。

「そうですね。国保の保険料が高いって前にぼやいてたんで、小向は喜ぶと思いますよ」

「あー、俺が社長の時にやっといたら良かった……めんどくさそうだなぁ」

「経費削減のツケですよ、頑張ってください」

意地悪く笑う永井を、中林が小突く。その様子を黙って見ていた桑田が口を開いた。

「……小向さんは出世が早いなぁ。俺が勤めて三年目だった頃は、道具の整理とか管理票に従っての進行とかしてたよ」

「桑田さんは大手にいたんだから仕方ないでしょう。弱小だから有り得る出世話ですよ」

「そうですけど、でも、凄いなぁ」

「契約社員の案を採用するっていう、俺の英断のおかげですよ」

得意気に話す永井の横で、中林は腕を組んで小向に感心を示した。

「女が苦手な永井にここまで面倒を見させるんだから、本当に凄い子だよ」

「えっ、永井さん、女の人が苦手なんですか？」

苦手なものなど一つもなさそうに振る舞う永井の弱点を初めて知り、桑田は驚いた。

「あんまり好きではないですね。付き合ったらすぐに、健康のために煙草をやめてとか、仕事と私とどっちがとか、そんな安月給のブラック会社なんて辞めてとか言い出しますし」

永井は語りながら、自らの思い出を鼻で笑った。

「永井は女運がないよなぁ」

「女運がないんでなく、女を見る目がないんですよ。来る者拒まずですから」

「去る者を追ったりとか、しないんですか？」

「去る者は追い出しますね。去る去る言いながら去らずに泣き喚くのばっかりなんで、皿の一枚でも投げます」

「……女の人が苦手、とかそういう話じゃないような気がしてきましたね」

桑田が苦笑いする横で、永井は女の金切り声を思い出していた。

どうして女というものは、別個体であるにも関わらず、同じような声で同じような言葉を吐き出すのだろう。一緒にいる心地良さを覚え始めた頃に、生活のあらゆるを否定して、人生をコントロールしようとしてくる。そんな生活の中で、どうして安穏を得られようか。

苦悩の末、永井は恋人を作らなくなった。そもそもこれまで恋人と呼んでいた女たちが、恋人だったのかすら怪しいほどの恋愛観だけれど。

それらを思い出しながら、小向を思い出した。

小向は、他の女と違った。どれだけきつく当たっても「ドラマを創るのって楽しいですね」と、笑う。皿を投げれば投げ返してくる。それは永井が築き上げてきた価値観を壊すほど大きな存在だった。

それが、恋、だとは思わなかった。だって、小向には入社当初から恋人がいて、それを知っていてそんな風に思うなんて、惨めだから。

小向に恋人がいない今、あちらからこちらへ寄ってくるのなら、受け入れてやってもいいと思っていたのに。

小向は、俺の手を払い除けた。


思い出された痛みに、青柳に名付けられた思いが軋んだ。胃が、ぎり、と痛んだ。

「そんなことより、中林さん、キャスティングイメージなんですが」

話せば惨めになる思いを、呑み込んだ。この無敵の空気の中で、どうして手を払い除けた小向のために、思いあぐねなければならないのか。そんなことは、永井のプライドが許さなかった。

「そうだな。海外にジャパニーズドラマとして配信するんだから、黒髪で日本人らしいのがいいな。国内での広告塔にもなってくれるような……」

「やっぱり、瀬口ミコじゃないですか？　黒髪ロングで清楚な大和撫子のイメージで、オーケストラ系のドレスも似合うでしょう。ドレス姿の綺麗な女性が、汗水垂らして青春しちゃう感じ」

永井はノートに鉛筆を走らせて、女優の瀬口ミコをキャラクターに見立てたイラストを描き上げていく。あっという間にでき上がったラフ画に、中林は笑みをこぼして頷いた。

「ああ、これいいな」

「そうですね、いいですね、きらっきらの汗エフェクトとか入れたいですね、それと俺としては」

具現化されたイメージに、桑田も多弁になった。

ああして、こうして。紙の上で広がる創造に夢中になった後で、中林が深く息を吐いた。

「まぁ、でも、瀬口は難しいだろうな。今は映画も決まってるから手が空かないだろうし、ＧＴＴと言えど予算に限界があるからな。何人も俳優が必要になるこの企画ではちょっと」

「でしょうね。まぁ、企画書にはイメージとして写真を使わせてもらいましょう。イメージさえ決まれば他の女優でも決めやすいですから。それと、ヒーローは江波洋一で……」

永井はノートに、ヒーローのイメージを描き出した。

「江波洋一？　何でまた」

「江波みたいな三枚目イケメンの方が、汗臭い青春ドラマには似合う」

「けど、もっと綺麗どころ……例えば藤圭太を使って、女性ファンを集めた方が」

「国内だけなら藤でいいでしょう。が、海外の反応を考えれば江波です。藤は線が細くて海外ではウケないと思います。江波なら国内からもそれなりに人気がありますし、武士のような雰囲気が海外からもウケるでしょう。例えば、ほら、こんな感じで」

永井が描き出したのは、和服を着た筋肉質の男性が、サックスを吹いているカットだった。シュールとも評せるそのカットに、中林は笑い声を上げた。

「なんだよ、これ！」

期待通りの反応に、永井が片笑みを浮かべた。

「イメージですよ、イメージ。オープニングとかはいっそこう、コミカルな感じにして」

軽口の中に潜む熱が、欲を帯びて溢れ出す。先程までの浮ついた空気は、もうここにはない。白熱して、空気が白む。永井の背筋を恍惚が撫でて、溢れる唾液を呑んだ。


そうだ。これが俺の日常だ。

そうだ。そんな当たり前の感情で、やすやすと破壊されるはずがない。

そうだ。こんな当たり前の感情のせいで、犯罪者になるなんて、そんなことは、有り得ない。

その全能感を孕んだ空気は永井にとって正義以外の何物でもなくて、それを生み出せる自らが間違っているなんてことはあってはならないと心の底から確信して、違和感に狼狽える自らを押さえつけて、腑の奥底に沈めた。胃が、ぎり、と痛んだ。


少し休むだけのつもりで立ち寄ったネットカフェで眠ってしまい、二十一時。山下は『テクニカル』のオフィスに戻った。そのまま帰宅しても良かったのだけれど、青柳の様子が気になり、戻らずにはいられなかった。

「あっ」という驚くような声が、オフィスに足を踏み入れてすぐ耳に触れた。

そちらを見やると、血を失った青柳が立ち尽くしていた。

「青柳……」

山下が名前を呼ぶと、青柳は一目散に自分のデスクに戻り、鞄を掴んだ。

「今から帰るところだったんです。山下さん、お疲れ様でした」

「小向さんには謝ったのか」足早に去ろうとする青柳に、山下が尋ねた。

青柳は足を止めはしたものの、眼を逸らして下唇を噛み、返事をしなかった。その様子から、何もしていないことは明らかだった。

「……何でだよ、悪いことしたってわかってるんだろ？　何で謝りに行かないんだよ！」

山下の周囲に聞こえるほど大きな声は、視線を集めて、青柳の頬を冷や汗が伝った。

「や、山下さん、こんなところで」

「何で、お前は、いつもそうなんだ！」

「そうなんだって、そう、って、何ですか」

山下がどれだけ思いの丈を伝えようと足掻いても、青柳には何も伝わらなかった。


どうして俺だけが、贖罪しなければならないんだ。


伝わらない怒りを何としてでも知らしめてやりたくて、山下は手を振り上げた。

「駄目です、山下さん！」と言って山下の腕にしがみ付いたのは、丸野だった。

「何があったか知りませんが、落ち着いてください。殴っちゃ駄目です！」

激昂する山下に怯えながらも懸命に二人を守ろうとする丸野の姿に、山下は我に返った。

「ごめん、丸野くん」

山下が頭を下げて、丸野が胸を撫で下ろした。その時、

「と、とりあえず……俺は帰りますね」と、青柳が汚く笑って会釈をした。

何の関係もない丸野が震える傍らで、青柳が、へらへらと笑って帰ろうとしている。

青柳は犯罪者だ。ずっと呑み込み切れずに反芻していたその真実が、ようやく腑に落ちた。もう吐き戻せないほどに深く沈み、腑の底に馴染むと、途端に気が楽になった。

悩む必要などなく、ただ呑み込んでしまえば良かったのかと、山下はすべてを悟ったような思いだった。固く結んだ唇を緩めて、ふっと笑った。

「そうか、お疲れさん」

唐突に優しく振る舞った山下に怯えながらも、青柳は逃げることを優先して、会釈をした。

「じゃあ、お疲れ様でした……」

「ああ、そうそう」わざとらしく思い出したように、山下が青柳を呼び止めた。

「須田社長と、『TEC』総務の平野次長に報告してきたから、青柳のこと」

青柳は血を失って、山下に詰め寄った。

「何で」

「須田社長に報告したら福原さんもいて、上に報告しろって言われて、大変だったんだからな」

「何で！」

同じ言葉を繰り返すだけの青柳を、何て馬鹿な男だろうと、山下は鼻で笑った。

「何でだと思う？　皆に聞こえると思うけど、お前がしたこと、ここで言っていいのか？」

「止めて、止めてください」

乱暴に体を揺さぶってくる青柳の手を振り払って、胸倉を掴み、耳元で呟いた。

「明日、小向さんたち、警察に被害届を出しに行ってくるって。平野次長から、お前がやったことは犯罪だから、行ってこいって言われてな」

言い終えてすぐに青柳を手放し、別れの挨拶のために手を振った。

「じゃあな、青柳。もう帰るんだろう。また明日な」

「や、山下さん、待ってください」去ろうとする山下の腕を、青柳は乱暴に掴んだ。

「警察って、俺、そんなに悪いことしたんですか？　俺、犯罪者になるんですか」

丸野に聞かれていることを気にして小声で話す青柳に、山下は眉根を寄せた。

「なるんじゃなくて、もう犯罪者だ」

この世で一番嫌いな人間がこんなにも身近にいたのだと、山下はこの時、思い知った。

信頼らしきものを積み上げるために掛けた長い年月の思い出が溶けて、涙になってひと筋だけ流れた。山下がそれをすぐにシャツの袖で拭き取ってしまったから、青柳は、気付けなかった。

「俺も明日、警察に同行するよ。証言もするし、録音も出す。せいぜい、馬鹿な警官に当たることを祈ってるんだな」

ただ、青柳を追い詰めたかった。それが悪なのか正義なのか、考えもしない。

血を失って俯く青柳の姿を見て、ざまあみろ、と、腑の中で呟いて、そこを去った。

丸野は去っていく山下を見送り、目の前で繰り広げられた小声のやり取りの内容を知らないまま、一人項垂れる青柳をどう励まそうかと考えあぐねた。その時、

「青柳くん、大丈夫かい？」と、背後から声が聞こえた。青柳より先に丸野が振り返ると、そこには福原がいた。丸野が声を掛けようとしたのを、

「福原さん！」という青柳の声が阻んだ。

「どうしたの、青柳くん。そんなに泣いて」

「福原さん、話が違うじゃないですか。福原さんが、何とかしてくれるっていうから、だから俺、安心して、なのに警察って」

丸野は話の内容を問おうと口を開いたけれど、何も問うことなく口を閉ざした。こちらを一瞥した福原の光る双眸が、恐ろしかったから。

「ここじゃなんだし、外に行こうか」

子供のように咽び泣く青柳をあやしながら、福原は、彼の背中を押して歩き出した。

丸野にはその姿が、青柳をどこか連れて行ってはいけない場所へ連れて行こうとしている気がしてならなかった。

「あの、福原課長、僕も一緒に」

そう言って一歩踏み出した丸野を、福原は一瞥した。

「大丈夫だから」

その福原の笑みはまるで分厚い壁のようで、その壁を乗り越えることはどこか行ってはならない場所へ行くことのように思えて、丸野はそこで足を止めた。歴然とした理由のない明白な違和感は、ただの思い違いであると信じて、二人を見送った。

「話が違うってどういうことか、教えてくれるかい？」

廊下を歩きながら福原が問いかけると、青柳は泣きながらこう答えた。

「山下さんが、福原さんに言われて『TEC』まで報告に行ったたって、俺、福原さんが大丈夫っていうから安心してたのに、何で、どうして福原さん」

「何が心配なの？」

「何がって、警察に行かれたら、そんな！」

「大丈夫って、言ってるでしょう」

狼狽える青柳を黙らせたくて、福原は語気を強めた。思い通りに黙した青柳の頭を、ご褒美に撫でてやる。

「可哀相に、怖いだろう。でも、大丈夫。僕がちゃんと守ってあげるから。さぁ、今日も美味しい物を食べに行こう」

福原の言っていることは一切的を射ていないのに、何故かとても頼もしく心地好く、青柳は次第にその安堵に身を委ねた。ほんの少しのわだかまりを覚えながら。

そうして訪れた日常が破れた初夜を、いつも通りの木曜日の夜だと信じたまま、各々は過ごした。

翌朝、金曜日、十時頃。刑事課前の廊下で、大谷誠二の忙しない足音が響いた。刑事課に入ったその足は、書類の積まれたデスクの前で止まった。

「おお、大谷。戻ったか」

隣の席に座っている佐藤が、椅子に座った大谷の顔を覗き込んだ。

「どうせ何にもなかったんだろう。だから証拠のない相談なんて受けるべきじゃないんだって」

大谷は、刑事とは思えないだらしない姿とその言い草に、大きく溜め息を吐いた。

「証拠がないからこそ、俺たち刑事がしっかりとそれを押さえないと」

「疑わしきは罰せられませーん。大谷、刑事やって何年目だよ」

「二年目です」

「はぁ、若いって嫌だねぇ」

軽々しく嘆く佐藤を前に、大谷は閉口した。

警察官から刑事になって二年目。少しでも多くの人を助けることを理想に掲げて、大谷は職務に従事してきた。それは、甘くなかった。

狂言、妄想。架空の罪を作り出すことで理想の世界を創ろうとしている人間は、少なくない。それでも、そんなものに惑わされてはいけない。真摯に、すべての声を聞いて、本当に助けを求めている人に手を差し伸べたい。

「どうせ被害届を受理して必死こいて書類送検しても、赤字になりたくない検察から断られるんだ」

と、現実に屈する佐藤のような刑事にはなりたくなかった。

「佐藤さんは佐藤さんでやったらいいでしょう。俺は俺なりにやりますから」

「大谷の負担がこっちにも来るんだよ。ちったぁ俺のことも考えてくれ」

「被害者優先です」

「俺のが被害者だっつうの」

佐藤は束になった書類を大谷の前に出した。

「大谷が被害届を受理したしょうもない事件関連、こんなに事務仕事が残ってんだよ。重大事件が起こっても、こんな雑務があるんじゃあ対処できない」

「俺が全部やりますから、放っておいてください！」と、大谷が声を張った。

大谷には、佐藤の言っていることが納得できなかった。

この社会には事件が多過ぎる。だから、仕事を減らしたくて、『些末』な事件は被害届を受理しない方向で進めるのが、大谷の職場では当たり前だった。すべての警察署でこのような処理が行われているのかは知らないが、被害届を起訴する検察が『赤字』を嫌って不起訴にするのは既に当たり前らしい。加害者や加害者の周りの人の人生を狂わせてしまうことを恐れて、検察や警察の言うなりに示談を選択する被害者も多いようだった。大谷は、それが許せなかった。

もし示談で構わないのであれば、最初からそうしているだろう。脅迫めいたことを言われて示談を選ぶ被害者の心を思うと、遣り切れない。

大谷は、公務員という安定を求めて警察官になった訳ではない。人が良く、いつも騙されたり利用されたりして苦しんでいる母親を助けたいと願っての志望だった。母が亡くなった今では、母のような人を一人でも多く助けたい。そうすれば、喜んでくれるはずだから。

だから、書類の山に屈して、被害者を名乗る人を疑うことをしてはいけない。すべての人から話を聞いて、正当性が垣間見えれば届を受理して、調査をする。

それが、大谷の刑事としてのスタンスだった。

「……あっそ、じゃあよろしく」とだけ言って、佐藤は足をどこかへと向けた。大谷は道すがら買ってきたパンを口に詰め込んで、書類を開いた。


それと同じ頃、予定通りにジャングルカフェの前で落ち合った三人が警察署に到着した。

落ち込んで何も話さない小向に、至極不機嫌でずっと黙っている永井、場を和ませようと盛り上がらない会話を続ける山下。そんな居た堪れないドライブを終えて。

真っ先に車を降りて警察署内に入った永井は、迷うことなく受付に向かって行き、

「被害届出しに来たんですけど」と、そこにいた女性警官に不躾に伝えた。

「えっと、何の……」

「強姦ではないな、暴行？　そういうやつ」

「どなたが……」

「こいつ」永井は親指で、後ろに立っている小向を指差した。

慣れた様子で手続きを進める永井に、山下は呆気に取られ、小向は驚きもせず俯いていた。

「では、順番にお話を聞きますので、刑事課の方に」

女性警官が歩き出したのに永井が続き、その後ろに付いて小向が歩き出した。

山下はその光景に呆気に取られて立ち止まり、小向が「こんなもんじゃありませんから」と笑ったのを思い出した。

「山下さん、何してるんですか」

そう声を張った永井のせいで、衆人の視線が山下に注がれた。その居心地の悪さから逃げたくて、山下は永井に駆け寄った。

女性警官と共に階段を上がり、三人は、二階にある刑事課へ訪れた。

「えっと、まずご本人にお話を聞きたいので、取調室にご案内しますね」

女性警官に連れられて取調室に向かう小向を見送ってから、永井は、そこに据えてある古びた長椅子にどっかりと腰を下ろし、煙草を咥えた。

山下は、初めて足を踏み入れた警察署内の光景に戸惑っていた。

辺りを見回し、パーテーションで区切られただけの取調べコーナーのようなスペースに、思わず興味を注いだ。じっと目を凝らすと、中にいる疲れた顔をした中年男性と視線が合ってしまって、ぎくりと肩を揺らした。

「山下さん」

永井が窘めるように名を呼び、長椅子の座面をとんとんと指で叩いた。促されるまま、山下は永井の隣に腰を下ろした。

「こんなところにいる奴なんてまともな精神状態じゃないんだから、刺激しないでくださいよ」

「すみません、警察署内に入るのなんて、初めてで……」

「山下さんは、真面目なんですね」

「あっ」と声を上げたのは、長椅子の隣にある自動販売機から缶コーヒーを取り出した佐藤だった。

永井と山下がそちらを見やり、その視線に気付いた佐藤がそちらを見て、視線がぶつかった。

「間違えて砂糖入りコーヒー買っちまったんだけど、飲む？」佐藤は缶コーヒーを差し出した。

「いいえ、甘いの苦手なんでいらないです」と、永井が答えたのに続いて、

「えっと、俺も……」と、山下が答えた。

「そうか、残念だ」

二人に手を振って刑事課に戻っていく佐藤の後ろ姿を見送ってから、山下が口を開いた。

「刑事さんって、あんな適当な感じなんですね」

「所詮、刑事も人間で公務員ですよ。とんでもない奴だっています」

「小向さんに当たる刑事が、まともな人だったらいいですね」

「……そうですね」

永井は、煙草を咥えて息を吸い、小向がああいう刑事に傷付けられて泣いて帰って来たらいいという本音を煙と一緒に呑み込んだ。煙草の先が熱く色付いて、じりじりと燃えた。


それと同じ頃、小向は、南調室と名付けられた取調室の一番奥にあるパイプ椅子に座っていた。

クッションの破れたパイプ椅子、窓のない罅割れた壁、灰色の机。まるでドラマのセットそのもののようだった。ドラマの世界に引き摺り込まれたような、まだ恐ろしいものだと判断し得ぬ恐ろしいものを目の当たりにしているような。初めて覚える手足のむず痒い痺れに、小向はただじっと姿勢を正して扉を見据えることしかできなかった。

あまりもの現実味のなさに、少しずつ、小向は現実を疑い始めた。ドラマのセットのような取調室。腰を据えているパイプ椅子。足元にある地面。自らの手。青柳の手。永井。山下。信じてきたもの。手に入れたもの。守っていたもの。

すべて、現実ではなかった。そう言われた方が、腑に落ちるように思える。

現実が最も非現実的で、非現実が最も現実的で、だとすれば、現実を話したところで誰が信じてくれるのだろうか。

「青柳が一番悪いのは当然だが、小向にも非がある」

永井の声が頭の中に響いて、ぎくりと肩が揺れた。誰もいない、何もない空間で、まるで狂人のように震え出した体を否定したくて、両の二の腕に爪を立てた。


それと同じ頃、妄言に振り回されて疲れ切り、未処理の書類を枕に眠ってしまった大谷の額を、「だから言ってんのに」と、佐藤が缶コーヒーの底で小突いた。その姿を眺めていると、「大谷さん」と呼ぶ声が背後から聞こえた。

佐藤が振り返ると、いつも受付をしている女性警官がそこにいた。

「大谷は今お休み中だけど、何？」

「今、被害届を出したいと相談しに来られた方が……」

「被害届？　何の？」

「はい、女性の方で、男性に襲われたとおっしゃっていて……」

「レイプ？」

「そうではないみたいです。女性の刑事が全員出てしまっているので、大谷さんに対応を」

「どこに通した？」

「南調室ですけど……」と言った女性警官の肩を叩いて、

「大谷はお疲れだからな、俺が相手してやるよ」と返し、佐藤は南調室に向かって歩き出した。

「ちょっと、佐藤さん！」と呼び止める声を無視して、足を止めなかった。

そうして、佐藤が南取調室の扉を乱暴に開いた音で、この『事件』の取り調べが始まった。

扉の開く音に驚く小向を気にも留めず、

「あんたが、レイプされてないのに襲われたって言ってんのか」と、佐藤は語気を強めて尋ねた。

「はい」突然の問い掛けに訳が解らないまま、小向はそう答えた。

佐藤はすぐに扉を閉め、手前にあったパイプ椅子に腰を下ろし、足を組んだ。

「何をされたのか、言ってみろ」

小向の戸惑いなど一切気に掛けず、佐藤は尋問を始めた。その粗暴な物言いに腑を掻き回された吐き気を呑み込んで、小向は、口を開いた。

「押し倒された……んです」

それは、小向が遭った事件の、解りやすいまでに解りやすい説明だった。

「どこでだ」

佐藤は、まるで小向の罪を暴こうとするように、そう問い返した。

「……相手の、会社の仮眠室です」

「何でそんなところにいたんだ、あんたは」

「合同の飲み会で酔っ払って……そちらの会社の方の懇意で」

「あんたが酔っ払ってたのか！　よくもまあぬけぬけと押し倒されただなんて言えたな！」

腑で掻き回されたものが込み上げて、喉に詰まる。嘔吐を堪えて口を手で塞ぐ小向を前に、佐藤は饒舌に話を続けた。

「酔っ払って相手の会社の仮眠室って、そりゃああんたが非常識だろ！　そんなことで人生が狂う相手の身になれ。レイプされてないなら、謝罪させてそれで終わりでいいだろう」

想像以上に想像通りだった灰色の取調室で、正義の味方であるはずの刑事らしき男が、被害者らしき女を責める。

これが現実なのだろうか。吐き気が喉に張り付いて、視界がぐらぐらと揺れて、男の姿がぼやける。不確かな輪郭が、ごうごうと騒いでいる。

私は、警察署内で断言されてしまうほど、罪を犯した人よりも、罪深いのだろうか。


そう思った時、慌ただしい足音が扉の向こうから聞こえた。

それは、「あの佐藤が瑣末な事件の事情聴取に向かった」と知らされて飛び起き、南調室に駆けてきた大谷の足音だった。扉を勢いよく開き、大谷は声を張った。

「佐藤さん、何してるんですか！」

「おう、おはよう。忙しそうだったからな、俺が代わりに片付けといてやろうかなって」

「外まで聞こえてますからね、佐藤さんの声！こういうのは片付けるって言いません」

「とか言って、全然、書類片付いてなかったじゃないか。大谷の片付けるって言うのは」

「ありがとうございました！　ここからはお任せいただいて、ご自分のお仕事に戻ってください！」

その姿を鼻で笑ってから、佐藤は、大谷の言う成りに立ち上がってやった。

退室しようとする佐藤に安堵した大谷の目を、佐藤が覗き込んだ。

「どうせ立件されねぇさ」

にやりと口元を歪めて大谷の肩を叩き、軽々しく手を振ってその場を後にした。

大谷は、その振る舞いに憤りを覚えながらも、今この場で言い返すことはせず、唇を噛んで扉を閉めた。そしてすぐに小向の肩を振り向いて、丁寧に頭を下げた。

「ご無礼、申し訳ございません！」

無礼を働いていない大谷からの謝罪を、小向は、受け入れる他なく、

「気にしないでください」と返した。

「自己紹介が遅れました。私、刑事の大谷と申します。改めて、お話を聞かせてください」

大谷は話しながらノートパソコンとノートを開き、ボールペンを握った。

「まず、お名前から」

「はい、小向理恵と申します」

「小向さん、よろしくお願いいたします」

大谷は、ノートパソコンのキーボードを叩いた。その音は、静かなその場所でとても響いた。

「まず、何があったのかをお聞かせ願いたいのですが、一体どんな被害に」

「えっと」と、どう話すべきか悩んだ後で、

「……その、押し倒されて……」と、一度否定されてしまった言葉を繰り返した。それが事実なのだから、それしかできなかった。

「相手のお名前は」

大谷は小向の言葉を疑うことなく、質問を返した。

「青柳、です」

「青色の青に、木の柳で間違いありませんか」

「はい」

「何があったのか、具体的にお話を聞かせてください。ゆっくりで構いませんから」

小向を否定することなくこのことを『事件』として取り扱う大谷を目の当たりに、小向は、これが『事件』であることを思い知らされた。

今までどこかぼんやりとしていて形容し難くて恐ろしくて仕方ないもの。それが、『事件』という言葉で明確に現実の中に存在している。それが奇妙にすら思えた。

「最初に」と、話し出そうとして、言葉に詰まった。

青柳の姿。荒く呼吸する音。指が首に食い込む、感触。

喉が狭まり、ひゅっ、と鳴った。

「今回の……その、事件、が起こったのは、相手の会社でのことです」

ペンがノートの上を滑り、キーボードが叩かれる。それらの音は、ここで話したことすべてが『事件』として取り扱われるのだと、小向に知らしめるようだった。

何か間違えても、それが真実になる。何を話しても嘘を吐いているような心地でしかなく、そうではないと知りながら、自らが青柳を追い詰めている悪人のように思えた。

「仮眠室のソファで寝てしまいました。それで」

喉が詰まって、息を切った。乾いた唇を舌で湿らせて、前歯で下唇を噛み、言葉を紡ぐ。

「誰かが体を、触っている感触で目が覚めて」

腑が熱く煮えて、背が凍る。幼い頃に恐れた地獄そのものの感触に、小向の呼吸が荒くなった。それを煽るように、声が、脳裏に響いた。

「どうせ、言うんだろ、明日」

青柳の声だった。小向は慌てて耳を塞いで、すぐに幻聴だと気付いた。

「大丈夫ですか？」大谷が小向に尋ねた。

大谷は、小向のその形相に覚えがあった。本当に恐ろしい目に遭って疑心暗鬼に陥っている被害者が呈す、それ。それだけで、事件は確実にあったのだと確信できた。

そんな大谷の胸中を知らず、小向は、狂い始めている自らに怯えた。

狂い始めていることを、誰にも気取られてはならない。気取られては、言っていることがすべて嘘だと思われてしまう。もし、そう思われてしまったら。


「そりゃああんたが非常識だろ」


本物ではない佐藤の声が、小向の息と心臓を弾ませた。

「小向さん、一旦、休憩しましょう。その間に、他の二人から話を伺いますから」

「大丈夫です」と、小向は首を横に振った。

「でも」

「大丈夫です、大丈夫ですから、お話しますから」

とうとう泣き出したひたすら痛々しい小向の姿に、大谷は眉を顰めた。

その大谷の面持ちに、狂っていることを気取られたのかと、小向は肩を竦ませた。

小向がこれまで生きてきた社会の中で、狂っている人というものは、とかく鼻摘まみ者として扱われていた。思想は妄想、言葉は妄言、歩く姿は生粋の道化師。そこに仲間入りさせられるかもしれないという恐怖に、小向は、ただ慄いた。

「小向さん、では、ゆっくりお願いします」

優しく語り掛けてくる大谷を見やると、輪郭がぼやけて、青柳の影がちらついた。そこにいるのは青柳ではないと解っていても、その幻覚は、ひたすら悪戯に熱と悪寒を煽った。

それを幻覚だと認められるだけまだ狂ってはいないのだと信じて、唾で喉を無理矢理に潤した。

「それで、起きて、そしたら青柳さんが」

あの時の、青柳の姿。真っ暗な部屋の中、月明かりのせいで輪郭も表情もはっきりとしていて。

「一度離れたけど、飛び掛かってきて」

想起される感触があまりにも生々しくて息を呑み、冷や汗を流して、震える声で続けた。

「永井先輩が、助けようとしてくれたけど、突き飛ばされて、隣の仮眠室に引き摺られて、けど、そこには、山下さんと丸野さんがいて、山下さんが気付いてくれて、それで……」

「この時、丸野さんは、お気付きにならなかったのでしょうか」

「はい。寝ていたと思います」

「そうですか」

大谷がそれを書き留めたのを見て、小向は蒼褪めた。

些末なことだと思われてしまった。人が眠っていても起きないほどの、通報しなくてもいいと判断されるほどの。

「あの、丸野さんは、懇親会の時点で既に顔が真っ青で死にそうなほど酔い潰れていて、本当に、タクシーからも山下さんが担いで行ったぐらいで、多少のことがあっても、起きなかったんだと」

小向の体が震え、瞳が忙しなく泳いでいるのに、大谷はすぐに気付いた。一つは、青柳のことが怖いのだろう。そしてもう一つは、被害が些末なことだと思われるのが怖いのだろう。大谷は、後者の恐怖を植え付けた佐藤を酷く憎んだ。

それから、一時間ほど掛けて、すべてを話し終えた。あんなにも恐ろしかったのに、言葉にすれば陳腐でありふれたことのようで、事件そのものは三十分もなかった。

たかが三十分ほどの、たかが触られただけの問題。それだけで日常が壊れるなんて、日常を過ごす人たちのどれだけが信じてくれるのだろうか。些末なことだと判断する方が、真っ当なことのように思えた。

「小向さん、ありがとうございました。同行されている方がいらっしゃるとのことなので、そちらの方のお話を伺います。被害届はそれから書いていただきますので」

大谷は、南調室のドアを開けて、小向が外に出るのを待った。被害者を救うことだけを考えて実直に仕事をこなすその姿が、小向にとって、淡々とこなす程度の些末問題だと言っているように見えて、大谷の輪郭がぼやけた。

「こんなしょうもないこと、事件になるはずないでしょう」

頭に響く幻聴に心を逆撫でられながら、小向は南調室を後にした。

古びた長椅子に座る永井と山下の元に、事情聴取を終えた小向と大谷が姿を現した。その姿を永井よりも先に見つけた山下が、立ち上がった。

「小向さん、お帰り。大丈夫？」と、小向に駆け寄って手を掴んだ。

「……大丈夫、です」

小向が肩を竦ませたのを、大谷は見逃さなかった。山下は事件のせいで小向が男性を恐れていることに気付いておらず、優しさで彼女を追い詰めている。これも、刑事をしているとよく見かける光景だった。

「お待たせ致しました。順番にお二人から話を伺いたいのですが、小向さんとのご関係は」

「山下と申します。青柳の上司です」

「俺は小向の上司の永井です」

「どちらが先にお話しされますか？」という大谷の問いに、

「じゃあ俺から」と、山下が手を挙げた。

「では、行ってきます」

その目は使命感に満ちて、意気揚々としていた。

永井と二人そこに残された小向は、泣いていたことを永井に知られたくなくて俯き、少し離れた位置に腰を下ろした。そのいつもより遠くに見える小向の姿が、永井の癪に障った。

「……あのさ、俯いて隠したって、わかるからな。泣いてたことぐらい」

びくりと肩を震わせた小向の姿を視界の端に捉えて、永井は、この気疎い空気を打破する糸口を掴んだ気になってしまった。

「思い出して泣くとか、小向にも女っぽいところがあるんだな、はは」

いつもの軽口のつもりだった。けれど、小向の頭の中で、昨日の永井の台詞が響いた。

「お前がもっと女としての自覚を持っていたら」

今と昨日で符合する『女』という言葉が、血流に乗って全身を駆け巡った。その符合が何を意図しているのか全く理解できない。ただ恐ろしくて、小向は黙って体を震わせた。

「……女はいいよな。とりあえず泣いて黙ってたら、誰かが味方してくれるんだから」

応えて欲しいという幼稚な願いを、小向にぶつけた。大人になってしまった永井にとって、上の立場にいる人間に逆らうことは、幼稚であるということ以上に罪悪だった。だから、今この場で悪いのは自らではなく、小向なのだと言い切ることができた。


南調室に入って、山下はすぐに『IT機器使用禁止』の貼り紙に眼を留めた。

「スマートフォン、使用禁止なんですか？」

「はい、被疑者が何か画策して問題を起こさないようにそう取り決めてあります」

「青柳の、自供データをスマートフォンで録音していて……」

「ああ、それはもちろん、聞かせてください」

山下は胸を撫で下ろして、スマートフォンを取り出した。青柳の音声データを大谷と共に聞いてから、次いで目撃したことや、通報を止めたことを述べた。

犯行現場を目撃し、自供を録音し。そこまで手を回しているのは贖罪なのだろうと、懺悔するように後悔を語る山下に、大谷はそれを感じ取った。

「ありがとうございました。山下さんからの証言を受けて、小向さんの証言と相違がないことはわかりました。後は永井さんから話を聞いて、問題がなければ被害届を作成して受理し、捜査を始めようと思います」

すっかりすべてを成し遂げたつもりだった山下にとって、その言葉は不穏に受け取れた。

「捜査……ですか？」

「はい。被害届を受理した後、その被害に関しての捜査を行わなければいけません。まずは現場検証や、青柳からの事情聴取という形になりますね。ただ、青柳の事情聴取は、任意でしか行えません」

「あまりこういうことに詳しくなくお恥ずかしいのですが、任意とは」

「強制ではないということです。もし、青柳が来たくないと言えば、何もできません」

「ということは、すぐに解決、という訳にはいかないんでしょうか」

「はい、捜査は難航する可能性は高いです。現行犯であれば、逮捕状なしで逮捕できたのですが」

大谷の話を聞けば聞くほど、山下は、通報しなかった自らを責めた。

「すみませんでした……俺が、通報を止めたばかりに」

「山下さんのせいじゃありませんよ。それにすぐに通報していただいたとしても、青柳が逃げた後であれば現行犯逮捕にはならない可能性もあります。保存されている現場や、その時すぐの小向さんの状況を見ることで状況が変わったことは否定しませんが……」

ここに来る前から、ずっと思いあぐねていた。

もしあの時、不祥事を覚悟で通報していれば。勿論、上からのお咎めは避けられなかっただろう。青柳も逮捕されて、業務に間違いなく支障が出る。

もしそうであったとしても、現状よりもましだったのではないだろうか。然るべき処罰を受ければ、青柳だってすぐに反省できたかもしれない。そうすれば、青柳に失望せず、関係を守り、尚、深めていけたかもしれない。小向や永井とも絆を築いて、より良い未来へと進むことができたのではないだろうか。目の奥が鈍く痛んで、唇を噛み締めた。

今はとにかく、青柳が罰されることを願おう。そうすればきっと、日常に戻ることだってできる。ただ明るい未来だけを信じて切磋琢磨できていた日常に。

そうした思いを巡らせる山下に、大谷はこう言った。

「山下さん、そんなに落ち込まないでください。いつも一緒にいる人が犯罪者であってほしくないと思うのは当然のことです。これからどうやっていくかを考えましょう」

大谷の、的を外した激励は、後悔と屈辱に塗れた山下の心に希望をもたらした。

刑事の目には、そういう美しい男として映っている。そう思えただけで幾分か救われて、前を向くことができた。

「わかりました。今から会社に戻って、絶対に行くように青柳に言い聞かせて……」

「それはいけません」と、大谷は山下の言葉を遮った。

「話を聞く限り、青柳は逆上するタイプです。逃げられるかもしれません。聴取が任意であることを知らない可能性もあるので、まずは私からアプローチします」

「……わかりました」

「被害届を提出したこともまだ知らせない方がいい。私たち警察の動きを待っていただいた方が」

言い掛けた大谷の言葉を、山下は頭を下げて遮った。

「すみません、昨日、青柳に言ってしまいました。今日警察に行くことを……」

「そうですか、わかりました」

大谷は、現状を受け入れて眉を顰めた。

「すみません……」

「大丈夫です。問題ありません。ただ、これ以上は何も伝えないようにしてください」

南調室に来た時の意気を失ってすっかりと項垂れ、山下が大谷に尋ねた。

「刑事さん、その、任意の事情聴取が実現すれば、青柳はすぐに逮捕されるのでしょうか」

本当のことを伝えることしかできない立場の大谷は、これが求められている答えではないことを知りながら、努めて淡々と告げた。

「いいえ、加害者本人が任意出頭したとなれば、再犯率が低く逃亡の恐れもないと判断されて、逮捕勾留はされないでしょう」

「では、任意で出頭しなければ、逮捕されるんですか？」

「……それも違います。現行犯であれば被害が小さな事件でも逮捕状なしですぐに逮捕ができますが、現行犯でなく、今回のように被害が少なく証拠の残っていないケースだと、すべてに於いて強制力のない捜査しかできません」

「では、被害届には何の意味があるんですか、逮捕されないというのであれば」

「捜査が進んで最終的に起訴されれば、刑事裁判が行われます」

刑事裁判。知っているのに耳慣れない異様な言葉が、山下に重たく圧し掛かった。

「逮捕勾留されても刑罰を受けないケースもあります。そして勿論、その逆も。捜査が上手く運べば、今回は後者の話になると想定しています」

「青柳が罰を受けるのは、その時、ということですね」

そう言った山下の様相は、南調室に訪れた時とは酷く変わっていた。小向の救済よりも、青柳の断罪を願い、歪む顔。大谷は寒気を覚えながら、それでも、思いを止めることなどできるはずもなく、口を噤んで書類を閉じた。

山下と大谷は共に南調室を出て、小向と永井が待つ長椅子に向かった。

「お待たせしました」と言う山下に、

「ああ……」と、怪訝に答えたのは、永井だった。

小向と永井の間に漂っている酷く気疎い空気に、山下は戸惑った。

「それでは、永井さん。南調室へお願いします」

大谷もそれを感じ取ってはいたが、言及せず、永井を呼んだ。

非常事態の中で空気が濁るなんてことは、珍しい話ではない。大谷もまだ長くない刑事人生の中で、そうした事態を何度も見てきた。その空気のまま関係が破綻することもあれば、ただの取り越し苦労で終わることもあった。民事不介入のルールを前にして、刑事である大谷は事件と向き合うことしかできず、取り越し苦労であることを願うしかなかった。

そのような規則を持たない山下は、俯く小向を無遠慮に覗き込んで微笑んだ。

「小向さん、疲れてるね。何か飲み物でも買ってこようか？」

「……大丈夫です」

泣き腫らした瞼に気付いて、山下は小向の辛さを汲み取った。

「やっぱり、しんどいよね。思い出して話すって」

小向は、それだけではない、と言おうとして、やめた。

山下が南調室にいる間、永井は終始苛立ち、女であることを責め、何度も舌打ちを繰り返していた。

針の筵のような酷い沈黙の中で、小向はじっと痛みに耐えていた。

けれど、このことを山下にどう伝えれば良いのだろうか。永井は何もしていない。ただ眠っても苛立ちを忘れなかっただけで、それは人として責められるようなことでもなくて、小向が勝手に傷付いているだけで。

そもそも、伝えたところでどうなるというのだろう。
そもそも、何を伝えるというのだろう。
そもそも、本当は、永井が正しいのではないだろうか。

「小向さん、大丈夫？」
山下の優しい声が、小向の脳にしんしんと沈み、奥底で溶けて、不純物だけがそこに残った。それは、別の形を成して響いた。

「永井さんみたいな良い人が、間違ったこと言う訳ないでしょう。やっぱり、今回のことは青柳じゃなくて小向さんが悪いよね」

その幻聴に、小向は身震いした。もし、山下にそう言われてしまったら。それは紛れもなく幻聴なのに、恐ろしいほどに現実の声と相違なかった。
「小向さん」と、名を呼ぶだけで、小向は肩を竦ませた。山下は、これまでの恐ろしい出来事に怯えているのだと確信し、可哀相な小向を慰めてやりたくて、震える肩を撫でた。

「大丈夫だよ、小向さん。俺は何があっても味方だから」

小向を救い出すための山下の言葉と手の感触に、小向は慄いた。

青柳はここにいない。山下は味方だ。解っているのに、男性的な手の感触は、記憶の深海を乱暴に波立たせた。

それでも、小向は山下の手を決して払い除けなかった。永井の手を払い除けたあの瞬間の後悔を思い出せば、今、この恐怖に耐える方が余程ましだと思えたから。

「……ありがとうございます」

小向が絞り出した礼で、山下の心が満たされた。

その可哀相なまでの可愛らしさに、山下の腑の底が酷く揺さぶられた。


南調室に入って、永井はすぐに『禁煙』『煙草・ライターは預かりボックスへ入れてください』という貼り紙に眼を留めた。

「何だこれ」

「それは、被疑者の攻撃手段をなくすための措置です。今は預けなくていいですよ」

「禁煙であることには変わりねぇんだな」

永井は舌打ちをして、古びたパイプ椅子に腰を下ろした。

「こんなぼろぼろの締め切った部屋で話すとか、犯罪者扱いかよ」

「そういう訳では……すみません、すぐに終わりますから」

苛立ちを隠そうとしない永井に戸惑いながらも、大谷は事情聴取を進めた。

犯行現場を目撃したこと、気付いてすぐ小向を助けようとしたこと、隣の仮眠室二に移動されて手も足も出せない状況に陥ったこと、扉をどうすれば破れるかを考えあぐねている間に扉が開いて、青柳が逃げて行ったこと。

「これで、俺が見たことは全部です」

永井は苛々と足を揺らしながら、それでもすべてをこぼすことなく話した。

「ありがとうございます……お尋ねしたいことがあるのですが、よろしいでしょうか？」

「はい、何でしょう」永井は衒いもなくそう返した。

「そこまで明らかな事件現場を目撃して、何故すぐに通報されなかったのでしょうか？」

「俺は通報しようと言いました。携帯を隣の仮眠室に置きっ放しだったから、山下さんにお願いしたんです。それで、山下さんから通報をやめておこうと提案されました」

「何故やめておこうと言われたのか、知っていますか？」

「山下さん曰く、証拠がないし現行犯でもないから、今通報したら俺たちが疑われるんじゃないかって。今思えば詭弁ですよね。そんなこと、あるはずない」

「……詭弁、ですか？」

「山下さんが通報したくなかった理由は、そうじゃないと俺は思っているんです」

「他に何か理由が？」

「推測ですが、山下さんは話を大きくしたくなかったんだと思います。元々『テクニカル』は不祥事を隠蔽する体質のようで」

「何故、その日に初めて交流した『テクニカル』の隠蔽体質をご存知なのですか？」

「懇親会の時、丸野っていう下っ端が酔い潰れて死にかけてたんですよ。でも、山下さんは救急車を呼ばなかった。テクニカルはそういうのを嫌うから、という理由でね」

　他人の不祥事を暴いて気を大きくした永井が、うっかりこうこぼした。

「まぁ、山下さんもそうですけど、小向だって悪いんですよ。これまでも思うことはありましたけど、これを機に反省してくれたら」

　大谷はペンを止めて、永井を射抜いた。永井はぎくりと肩を竦ませた。

　得も言われぬ居た堪れなさに身を強張らせて、それを気取られないように努めて冷静に、

「永井さん、セカンドレイプという言葉を知っていますか」

「いえ」と答えた。大谷の目は、毅然と永井を見据えていた。

「性犯罪被害に遭った人が、犯罪被害の責任を問われたりからかわれたりして受ける二次被害のことです。セカンドレイプが恐ろしくて被害を訴えない人までいる。絶対に言ってはいけないんです」

「性犯罪被害って大袈裟な……こんなの、痴漢みたいなもんなんでしょう」

　あれはそんなものではないと知りながら、永井は正当化の誘惑に屈した。それが自身を否定していることも気付かずに。

「場合により罪状は異なりますが、痴漢もれっきとした性犯罪です。そして、今回の事件は、強制猥褻罪です」

　罪名の重圧に視線を逸らした永井を、大谷は見据え続けた。

「レイプは強制性交罪、元々、強姦罪と呼ばれていたものです。嫌がる相手に猥褻行為を行なった場合は、強制猥褻罪に当たります」

「嫌がるなんて、そんな曖昧な定義」

「曖昧ですか？」

重圧から逃れようとする永井を、大谷の声が捻じ伏せた。

「同意がなければ、それはレイプです」

「こういう目に遭う原因が小向にあるのがわかってるのに、黙ってろって言うんですか」

良心の呵責に苦しんだ永井の口から飛び出たのは、謝意ではなく、反駁だった。

「事件の原因は青柳です。小向さんでは」

「わかりました。もういいです」と、永井が席を蹴った。

「永井さん、落ち着いて話を」

「もういいって言ってるだろう！　俺は充分話した！」

永井は乱暴に南調室のドアを閉めた。会ったばかりの二人を断絶するには、その薄いドア一枚で充分だった。

「俺が言いたいのは……」

独り残された南調室で、大谷が呟いた。

永井は小向を助けようとした。それは三人が証言している疑いようのない事実だ。それなのに今、その時の自らを裏切って、小向を傷付けようとしている。あからさまに、苛立ちに流されて。

「そんなの、悲しいだけじゃないか」

そう伝えたかったけれど、正義に心を燃やすだけの大谷には、何も伝えられなかった。


南調室から出た永井は、脇目も振らず警察署の外を目指した。

「どうしたんですか、そんなに急いで」横を通り過ぎて行こうとする永井に、山下がそう尋ねた。

「長々といるところじゃないでしょう」と、永井が険しい表情で答えた。山下は、その表情から何かあったのだろうと察して、車の鍵を差し出した。

「俺は刑事さんともう少し話しますから、永井さんは先に車に乗っておいてください」

「……どうも」車の鍵を受け取り、永井は階段に足を掛けた。

その時、視界の端で小向と山下の姿を捉えた。互いの瞳に互いの姿を映し、微笑む姿を。

山下が通報していたら、山下が普段から青柳をしっかりと指導していたら、何もかもなかったのかもしれない。それはつまり、山下がこの事件に加担しているとも言える。それが容易に想像できるのに、何故、加担した山下に笑い掛けるのか。

「馬鹿な女だ」と呟いて眼を逸らし、反吐が出る思いで一階の出口へ向かった。

その直後、大谷が小向と山下の元へ訪れた。

「お待たせしました……あれ、永井さんは」辺りを見回して、小向と山下にそう尋ねた。

「先に車へ戻ってもらっています」と、山下が答えた。

大谷は、先程の永井との会話を悔いていて、もう少し話がしたいと願っていた。永井は小向を助けようとしてここに来ている。それを踏まえれば、例えセカンドレイプのような発言をしてしまったとて、それは叱られるべきことではなかったのかもしれない。そう思い直して、一言でも言葉を交わしたかったのだけれど。

「……そうですか、わかりました」

呼び戻すほどのことでもなく、そう答えるしかなかった。

「被害届を受理する方向で動きます。つきまして、被害届を作成して、青柳の連絡先等の情報をお伺いしたく……」と、事務的に、小向を助けるための手続きを始めた。

こうして取り調べは終わり、同じ現場にいた四人の心が一切噛み合わないうちに、問題は『事件』と化した。


ひと通りの手続きを終えて大谷がデスクへ戻ると、佐藤がチョコレートの包みを広げていた。

「終わったか、まぁチョコでも食えよ」

大谷はうんざりとして、深く息を吐いた。

「佐藤さん、太るからお菓子はやめたんじゃなかったんですか」

「これはノンシュガーだから大丈夫だ。意外と美味いぞ」

「……俺は要りません」

そう答えて椅子に座り、書類を広げる大谷の横で、佐藤は菓子を口に放り込んだ。

「で、結局どんな話だったんだ？」

「調書をまとめてからお渡ししますから、それを読んでください」

何を言っても無駄なように思えて、大谷はすべての文句を呑み込んだ。

「ってことは、被害届は受理したのか」

「はい。容疑者自供の音声データもありましたし、目撃者が二人もいます。受理するには充分です」

「自分の無防備を棚に上げて、女性様っていうのは偉いもんだな」

チョコレートを食うついでに人を喰う佐藤に、大谷は苦言を呈した。

「佐藤さん、口を謹んでいただけますか。いい加減、監察に報告しますよ！」

「どうぞどうぞ。こないだだって聞き流されたってのに、懲りない奴だな」

犬に論語、兎に祭文、佐藤に苦言。大谷は呆れて溜め息を吐いた。

「示談にしときゃあいいのに、どうせ金さえもらったら許すんだろ、あいつらは」

尚も小向を喰うことをやめない佐藤の振る舞いを腹に据えかねて、大谷はデスクを叩きつけた。

「……そうしたくないから、ここに来てるんでしょう」

一粒だけ転がり落ちたチョコレートを見送ってから、佐藤はわざとらしく腕時計を見た。

「あっ、俺、そろそろ行かなきゃだわ。残りはやるから、糖分取ってリラックスしろよ」

「ちょっと、佐藤さん」と止めるのを聞かず、佐藤はそそくさとその場を後にした。

大谷は、残されたチョコレートを口に放り込んだ。大層甘いのに糖分は欠片もなくて、美味くて、大谷の苛立ちは募る一方だった。


十三時を過ぎた頃、永井は山下の車の助手席で煙草を吹かし、小向と山下が戻るのを待っていた。山下が乗って来た自家用車は、立派な白いワゴン車だった。山下は維持費の安さで車を選ぶタイプだろうと想定していた永井にとって意外でしかなく、山下がどんな人間なのか、興味を惹かれた。

本人のいないうちにと車中を見回して、足元のドアポケットに地図帳やイベントのパンフレットが溢れているのを見つけた。

「アウトドア派か……」と独り言ちて、一冊のパンフレットを引き出した。

その時、ドアポケットの底にあっただろう何かが一緒に引き摺り出され、ごろりと転げ出た。

「何だ、これ」

拾ってみると、それは立派なダイヤモンドが付いた指輪だった。じっくりと観察すると、大きな石を囲う小さな石の一つが抜け落ちていることがわかった。永井はパンフレットを読むのをやめて、男物のデザインではないそれの持ち主を邪推した。

「お待たせしました」運転席のドアが開いた音の後に続いて、その山下の声が聞こえた。

「お疲れ様です」

永井がそちらを見やると、山下は永井ではなく、その手の中にある指輪を凝視していた。

「永井さん、それ」

「あ、これ、このドアポケットのところに入ってて」

「ありがとう、それ探してたんです」

山下は永井の手からその指輪を奪い取り、小向を一瞥してから、それを隠すようにポケットの奥深くに捻じ込んだ。

「見つかって良かったですね」

永井は、小さなゴシップを見つけた気分になって緩んだ口元を、煙草を持つ手で覆い隠した。

山下ももう若くないのだから、結婚を約束して振られたことがあってもおかしくない。もしかすると、離婚の経験があるのかもしれない。どんなこっ酷い目に遭ったのだろうかと邪推して、笑った。

煙草の煙が辺りに舞った。

そうしているうちに、小向が後部座席に乗り込んできた。永井がバックミラーでそれを確認した時、一瞬だけ、鏡の中で目が合った。永井はすぐに視線を窓の外に向けて、煙草の煙を吸い込んだ。

「今から、どうしますか？」

シャツの襟を正し、車のエンジンを掛け、袖を捲り、どうにも落ち着かないといった様子の山下がそう切り出した。

「とりあえず、『TEC』に被害届を出したと報告しに行きましょうか。どうせ行かねぇだろうとか思われていると癪ですし」と、永井が答えた。

「では、『TEC』に向かいましょう。カーナビをセットするので待ってください」

カーナビを忙しなく操作する山下の不審な挙動に、永井は邪推を深めた。

余程、女である小向に知られたくないような振られ方をしたのだろうか。きっちりとした身形を心掛けている山下からは想像も付かないような、そのイメージを覆すような。

まともにカーナビも操作できないほど狼狽えている姿を見兼ねて、永井は山下の手を払い除けた。

「俺がやります」

「ありがとう、永井さん」

手際良く永井がカーナビを操作している音だけが車中に流れた。沈黙に動揺を煽られて、

「そういえば」と、山下が小向に話し掛けた。

「小向さん、髪の毛どうしたの？」

あまりにも無粋なその質問に驚き、永井は、カーナビを操作する手を止めた。

「ちょっとって、切っちゃって……」

「ちょっとと、自分で？」言い淀む小向に気付かず、山下は話を深めた。

「はい」

「何で、また」

「何だか……あのままの自分でいるのが、嫌というか、その」

無粋さに気付かず矢継ぎ早に質問する山下に、永井の方が身の置き所がなくなって、

「山下さん」と窘めるように名を呼んだ。山下は、振り返って見つけた永井の目配せで、ようやく自

らの無粋さに気付いた。

「……ごめん、小向さん。状況を知ってるのにこんなこと聞いてしまって」

「いえ、気にしないでください。というか、気になりますよね、こんなの」

無理をして笑う小向に、山下は自責の念を禁じ得なかった。

「ごめん、本当にごめん」

一夜のうちにすっかり自己嫌悪を深めた山下は、悔し涙をその目に滲ませた。

「あの時、通報していれば、こんなことには」

こぼれた山下の涙に動揺したのは、小向ではなく、永井だった。

永井は今回の件で、未だ小向のために涙を流していない。悔しいだとか、腹が立つだとか、そんなことばかりで。永井が流せない類のその美しい涙に、人としての優劣を見せつけられたようだった。

「小向さん、本当にごめんね」

「山下さん、そう思って、言ってくださっただけで、嬉しいです」

あの時、通報してくれていれば、とも思う。けれど、今こうして山下が反省して、それを伝えてくれていることが、小向にとって救いだった。この事件の中で、初めて謝られたのだから。

和らいだ小向の表情に、山下は目を奪われた。

「小向さんは、本当にいい子だね。君みたいな後輩だったら良かったよ」

そう言ってこちらをじっと熱っぽく見つめてくる男の視線が恐ろしくて、小向は瞳を逸らした。

山下は、それを照れているのだと捉えて、その可愛らしさに胸を熱くした。

永井は、そのやり取りを前にして、小向の気を惹きたくなって、

「小向、お前は帰れ」と、親切のつもりで言った。疲れているだろうから、付き合うつもりはないと。

ようやっと小向に優しくできたと思っていたから、

「何でですか、私のことなのに」と、怪訝に返す小向が、永井にとって不愉快だった。

「お前のことだから、だよ。本人を前にして言えないことがあるってぐらい解るだろう」

「嫌です、行きます。何がどうなってるのか解りませんが、私からも話をしたいです」

「そういう綺麗事がまかり通るシーンじゃねぇんだよ。解れよ」

「解りません。永井先輩みたいに頭良くないんです」

「よく解ってんじゃねぇか。じゃあ頭が良い方に従えよ」

「頭が悪いんで、解りません」

少しでも火を焚けばやすやすと燃え上がりそうな様子に、山下は口を挟まずにはいられなかった。

「小向さんも一緒に『TEC』まで行きましょう、永井さん。小向さんのことなんですから」

「小向がその場にいたら話せない話があるでしょう」

指輪ひとつで狼狽えていた男がと言いかけて、呑み込んだ。山下はその永井の配慮に気付かず、

「どこかで待っていてもらったらいいじゃないですか。話が終わって、すぐに報告できる場所に。そこにいてもらえば、すぐに何か次の行動にも移れますし」と、何ひとつ言葉を呑み込まず思うことをつらつらと述べた。それが癪に障って、永井は怒鳴った。

「んなもん、ケイタイで連絡取りゃあいいだろう！」

山下は閉口し、小向は涙を浮かべ、空気が凍り付いた。その短い沈黙に良心を突き刺されて覚えた罪悪感を悟られないように、永井は煙草を咥えた。

「……解りました。私、帰ります。帰りますから、怒らないでください……」

「怒ってねぇよ、馬鹿」

永井は、本音をわざわざ言葉で伝えなければいけないもどかしさに舌打ちをした。その音は、ただ憤りをぶつける音として小向と山下の耳に届いた。

「永井さん、小向さんのことが心配なのはわかりますよ。でも今、何が何だかわからない状況なんですから、小向さんの思うようにさせてあげましょうよ」

宥めるように提案してくる山下の姿が腹立たしかったけれど、

「勝手にしてください」と答える以外、永井に選択肢はなかった。

「ありがとうございます、永井さん。じゃあ小向さん。一緒に行って、報告している間、局内のカフェで待っていてください」

言っているうちに、車は赤信号で停車して、小向の瞳から涙がこぼれた。

「山下さん……ありがとうございます」

「泣かないで、小向さん」

山下が後部座席の小向にハンカチを差し出し、頬を伝う涙を拭き取った。

小向にとって、今この社会で唯一、山下だけが優しかった。手の感触によだつ身の毛すら愛しさからのものだと思い込めるほど、小向は、それを失いたくなかった。

「信号、青ですよ」と、永井が告げたのは、後続車のためではなくて。

「ああ、すみません」

山下はすぐに姿勢を正して、アクセルを踏んだ。先程までの動揺や後悔の色を一切失った清々しい面持ちが、永井の視界の端に映った。

バックミラーに視線を移すと、先程とは打って変わって朗らかになった小向を見つけた。

胃が、ぎり、と痛んだ。

欲に育てられた心の傷が弾けて、種が散る。それは肥沃な人の心に落ちて、深く根を下ろし始めていた。引き抜けば、痛みに悲鳴を上げるほどに。

程なくして、要塞のような様相の『TEC』のオフィスビルに到着した。地下に続いているなだらかな斜面を車で下ると、薄暗い駐車場に辿り着く。山下は慣れた様子で警備員とやり取りをして、車を停めた。

「小向さん、『TEC』の社員カフェはどこかわかる？　一般の人も入れる方だと人が凄く多いから、社員カフェの方がいいと思うんだけど」

「いえ、この間初めて来て、あまり見回ってないので……」

二日前の、あの時。小向はただ期待を膨らませていた。

これから『TEC』には頻繁に来ることになるだろうとか、次に来た時は局内をたっぷりと見て回ろうとか、『DramaticArt』では会えなかったような有名人に会えるかもしれないとか。次に『TEC』に訪れる理由がこんな理由だなんて、想像だにしなかった。

辛さに耐えられず泣き出した小向に、山下は胸を躍らせた。

「じゃあ、そこまで一緒に行こう」

そう言うなり、山下は車を降り、後部座席のドアを開け、小向に手を差し出した。その気障ったらしい手を、小向が満更でもない様子で取る。

永井はその光景から視線を逸らし、ドアハンドルを引いた。

「山下さん、小向を送ってから連絡ください。俺はどこかで煙草吸ってます」

「あっ、ちょっと、永井さん！」

山下が呼び止める声を背中で聞いて、永井は、足早にそこを去った。

「本当に煙草好きだね、永井さんは」

苦笑いをして小向の方を向いて、山下は、赤く充血した瞳から涙が一粒落ちる瞬間を目撃した。

「何で……私がそんなに怒られなくちゃいけないんですか……」

小向は、震える足を両手で押さえて、落ちた涙の跡を睨んだ。

「私、別にいつも通りのことしかしてないのに、やったのは青柳さんなのに、隙があるから悪いって、女らしいから悪いって、私、いつも通りにしているだけで、青柳さんよりも悪いんですか」

堰を切ったように思いを吐き出して、乾いた喉を声が引っ掻いて咳込んだ。

「小向さん」山下は、小向の肩を抱き、背中を摩った。

「小向さんは悪くない、大丈夫だから」

言いながら、小向が握っていたハンカチを手に取り、涙を拭うついでに俯いた小向の顔を持ち上げようと力を込めた。小向は泣きじゃくる顔を他人に見られたくなくてその手を払おうとして、その時、記憶の深海に永井が乱暴に踏み込んできて、こちらを睨んだ。


もし、これを拒めば、山下まで。


考える間もなく抗うことをやめて、山下の手が導くまま、誰にも見られたくなかった醜い泣き顔をそちらに向けた。

「ほら、可愛い顔が台無しじゃない」山下は嬉しそうに笑って、小向の頬を指で撫でた。

その感触に、すべてが許されるような心地になって、小向の存在がとても愛おしいように思えた。

十四時半前、永井は一人、一階の喫煙所で、山下から届いたメールを開いた。

〈遅くなりました。今から合流しましょう。場所を教えてください〉という内容を読んで、

〈一階の喫煙所〉だけの、短いメールを返信した。

面白くなかった。何をしても山下の正しい振る舞いに歯が立たないことも、わかりやすく陳腐なそれに小向が心を委ね始めていることも、二人にしてやってから三十分以上経ってようやくこのメールが届いたことも。

煙草を咥えて、火を点けて。煙を吸って、吐き出して。束の間手放せる葛藤は、すぐに舞い戻ってくる。どう足掻いても手放せないそれが、ぎり、と胃を締め上げた。

「……いってぇ」と独り言ちて、シャツ越しに皮膚を掻き毟った。

ふと、一週間前、このぐらいの時間に、自動販売機のミルクティーが売り切れだと騒いでいた小向を思い出した。あの時間に戻りたくて、思い出したくなかった。パズルゲームのアプリを開いて、それにすら打ちのめされて、永井は、頭皮を掻き毟った。

その時、向こうから小走りでこちらに向かってくる山下の姿が見えた。

「お待たせしました、永井さん」息を切らせて微笑む山下に、

「いえ」と衒いなく返した。

何の話をしていたのか、むしろ何をしていたのかと邪推しながら、それをおくびにも出さず、

「じゃあ、行きましょうか」と言って、灰皿で煙草を磨り潰した。

「はい、じゃあ総務部室に……」

そう言って歩き出そうとした時、電話の着信音が鳴った。

「すみません、俺のです」

山下は、シャツの胸ポケットからスマートフォンを取り出して画面を見て、少しだけ冷めた目をした。永井はそれを見逃さなかった。

「電話に出るので、ちょっとだけ待ってください」

どこかぎこちなく微笑む山下に頷いて返して、永井は、新しい煙草に火を点けた。

「はい、何？」

初めて聞く山下のぶっきらぼうな話し口調に、永井は興味を注いで耳を傾けた。実家の母親だとか、親しい人間からの電話なのだろうか。もしかすると、家庭に問題でも抱えているのかもしれない。だからこんなにも馬鹿真面目で気障ったらしい性格に育ったのだろうか。邪推を肴にした煙草の煙は、格別に美味かった。

「ああ、うん、大丈夫。出しておくから。うん、はい」

どうせ長電話になるだろうという永井の期待は裏切られて、電話はすぐに切られた。

「お待たせしました、永井さん」

「あ、すみません。もっと掛かるかと思って、煙草追加しました」

「いいですよ、吸ってから行きましょう。俺もコーヒーでも飲みます」

そう言って、すぐ傍にある自動販売機に向かった。その姿は、いつも通りのようでもあったし、努めて自然に振る舞おうとしているようにも感じられた。

「さっきの電話、仕事ですか？」缶コーヒーを手に肩を並べた山下に、永井がそう問い掛けた。

「ああ、いえ、大丈夫です」

開かないプルタブをかし、かし、と鳴らして、山下は目を泳がせた。そして、それ以上の追及を避けるためか、事情聴取を思い出したからなのか、こう切り出した。

「永井さん、俺は後悔しています」

広がる邪推をその言葉で打ち切られ、永井は、吐き出した煙に視線を移した。

「……何をですか」

「刑事さんから聞いたでしょう。もしあの時すぐに通報していたら、こんな風にはならなかったかもしれない」

青柳の仕出かしたことは誰がどう見ても犯罪だから、隠蔽しなければと思った。隠蔽しなければ、事が大きくなり、収拾がつかなくなり、追い詰められるに違いないと。

まさか、犯罪と認められない方が、収拾がつかなくなるなんて。

「そうですね、何かは違ったんでしょうね」

もし思いを名付けられなければ、永井は今頃、小向と笑っていただろう。いつものように、いつも通りに。

仕事に勤しむ人たちの喧騒が喫煙所を取り囲むのに、二人には、それが遠くに聞こえた。二日前までその中にいたことが信じられないほど、別世界の音のようで。まるで、二人だけ社会から切り離されたような心地だった。

「……永井さん、煙草好きですね」

「はい、ないと生きていけないレベルです」

「そっか。じゃあ今の禁煙ブームはしんどいですね」

「はい。意味わかんないですよ。今まで吸えてたところで吸えないって」

山下は、コーヒーを口に溜めて、思いを巡らせてから、それをごくりと飲み込んだ。

「今まで何の不安もなく生きて来れたところが安心じゃなくなるって、どんな気持ちなんだろうね」

永井の脳裏を、仮眠室一の貼り紙が過った。たった一行で永井を追い詰めた、貼り紙を。

「……辛いんじゃないですか」

何にも阻まれない煙を腑に落として、永井は答えた。

二人は、眼と目を合わせず、違う方を見ていた。

「山下さんって、結構詩人ですね。ドラマ創ったら面白いんじゃないですか」

永井がそう悪戯に茶化したのに、山下は乗った。

「永井さんに言われたらちょっと自信持てますね」

空気が和らいで、二人は笑い合った。

「俺、小さい頃から特撮番組が好きで、シナリオとかも書いたことあって」

山下がそう切り出してから、煙草が燃え尽きるまでの間、二人は他愛もない会話を交わした。どんなテレビ番組が好きかとか、アイドルで言えば誰が可愛いと思うとか、高校の時の帰り路、買い食いをして友人と交わしたような取るに足らないことを、罪悪感やら責務やらをすべて手放して。この時間がずっと続けばいいと思うぐらいに、旧友のように。

小向のことさえなければ、引っ掛かりもなく、ずっとこうして話し合えたのだろうか。そんな思いが過って、腑がちくりと痛んだ。

燃え尽きた煙草を磨り潰して、永井は溜め息を吐いた。

「そろそろ行きましょうか」

永井の呼びかけに頷いてから、山下は小さく笑った。

「永井さん、覚悟してくださいね。総務部に凄い女性がいるんですよ」

「凄いって、何がですか」

「渡利って名前の重役、聞いたことありませんか？　その人の娘です」

「すみません、俺、上司って名付けられる人間の大半は嫌いなのであまり」

飄々と言う永井がおかしくて、山下は笑いながら話を続けた。

「父親のコネで入社した中年お嬢様で、男好きなんですよ。全然働かないのに幅を利かせていて、『テクニカル』のスタッフもよく呑みに連れて行かれるんです」

「何で『テクニカル』の人が総務の人に連れて行かれるんですか」

「『テクニカル』にいるような、体育会系の男が好きらしいですよ。ちょっと好みだったり、良い雰囲気になると、すぐ狙われるんですよ」

「へぇ、美人ですか？」と、永井が興味を注いだ。

「好みもあるので、実際に見てご判断いただければ」

悪戯な笑みを浮かべる山下に連れられて、総務部へ着いた永井が、

「……なるほど、横幅を利かせてる感じの女性ですね」と呆気に取られた様子で言うのに、山下は腹を震わせて笑い声を殺した。

「永井さんって、実は面白いですよね。渡利さんにもモテますよ」

「山下さんにお譲りします」

そう小声で話している間に、渡利が山下を見つけた。勢いよくこちらに駆け寄って来る姿に不意を喰って、永井は一歩後退った。

「山下くん！　会いたかったわ！」

「……渡利さん、お疲れ様です。昨日お会いしたばかりではないですか」

「一日会わなかったら充分よ！　ところで、こちらの彼は？」

渡利と視線が合って、永井は会釈を返した。

「『DramaticArt』の永井です。よろしくお願いいたします」

「あら！　今度福原くんがやるっていう、アメリカの会社のプロジェクトの？　こんな可愛い子が参加するなんて、私、嬉しい！」

食い付くように飛び付いてきた渡利を避ける暇もなく、永井の腕が捕まった。硬直する永井を「照れちゃって可愛い！」と好意的に解釈する渡利の横で、山下は笑いを堪えて体を震わせた。

「永井くんは、あまり女性経験がないのかしら」

「普通だと思います」

「あら強がっちゃって！　ねぇ、山下くんとも今度呑みに行こうって言ってたんだけど、永井くんも行きましょうよ」

「あの、俺は、別にその」

断りの文句一つ言えないほどに動揺している永井に、山下は助け船を出すどころか、

「永井さんは、そのＧＴＴでかなり大役を任されている出世頭なんですよ。本当に仕事がデキる人で、かっこいいですよね」と、渡利を煽った。

「あら！　そうなの！」

乾いた唇に乗せられた赤い口紅がぐにゃりとして悍ましく、永井の笑顔が引き攣った。

「……山下さん。平野さんをお待たせするのは悪いですから、渡利さんとの歓談はまた後日に致しま

せんか」

「ぐっ」山下は堪え切れずにこぼれてしまったと笑い声をごまかすために、咳払いをした。

「そうですね。それでは渡利さん、また今度」

「では、また今度、お会いすることがあれば」

永井は絡みつく渡利の腕を丁寧に外し、肩を震わせて先を行く山下に駆け寄った。

「山下さん、後でお話したいことが」

「ごめんごめん、もうやりませんから」

永井が山下の肩に拳をぶつけると、山下は屈託なく歯を見せて笑った。

「もうやりませんけど、後でお話は聞きますから、呑みに行きましょう」

「……そうですね」

友人ができる瞬間なんて、何年振りだろうか。そう思えるほど、永井も山下も、仕事に没頭してきた。ただひたすらに、野望じみた夢のために、がむしゃらに。

だから、自信があった。この日常は、簡単には破られないと。こうして友情が芽生えたのだから、すべてが終われば、以前よりも充実した日常が待っているのだと。前進以外、この人生に有り得るはずがないと。二人はこの時、本気でそう信じていた。

「平野次長」と、椅子に座ってうとうととする平野を山下が呼んだ。

「ああ、はい。こんにちは。山下くん」平野は、ずっと起きていたと言わんばかりに面を上げた。

「昨日お話したことでご報告があります」

「ああ、そう。そっちの子は？」

「初めまして。『DramaticArt』の永井智則です」

宣戦布告のように、ぶっきらぼうに名乗った。

「はい、初めまして。平野です。山下くん、昨日のことってことは、青柳くんのことだね」

柔和に笑う平野のその言い様が癇に障って、山下は眉間に皺を寄せた。

「そうです。昨日お話した、小向さん、が、青柳に暴行された件です」

小向の名を強めた語調と、先程までの笑顔が嘘のような険しい面持ち。山下の持つ慇懃な気迫に、永井は一瞬、戸惑った。平野は立ち上がり、周りを見渡した。

「おいおい、暴行とか言わないでくれよ。そっちの会議室で話そうか」と言ってから、昨日と同じ会議室へ足を向けた。

怯むことも躊躇うこともせず後に続く山下の背中を、永井は少しの間、立ち止まったまま眺めた。山下が胸に抱く思いは、上司としての責任なのか、女性を尊重する思いなのか、恋心なのか、永井にはわからなかった。けれど、どれであったとしても、山下のその佇まいは凛々しく美しく、視線を逸らすしかできない永井の劣等感を煽った。ぎり、ぎり、と、胃が締め付けられた。

山下に続いて最後に入室した永井が、後ろ手で会議室の扉を閉めた。がちゃり、と、閉じる音を聞き届けて、平野が口を開いた。

「それで、何か進展があったのかな？」

平野の有無を言わせぬ柔和な振る舞いに気圧されて、永井が息を呑む。山下は、もう二度と昨日のようになってたまるものかと、唇を噛み締めて睨み付けた。

「はい。小向さんと共に、被害届を出して参りました。これから捜査が進められます」

「へぇ、それで？」

「これから青柳本人への事情聴取が行われると、刑事の方が……」

「そうじゃなくて」と、平野が話を打ち切るのが腹立たしかったけれど、逆らうこともできず、山下はそこで話を切った。

「警察は、何て？」

「ですから、これから捜査を進めて……」

「だから、そうじゃなくて」

平野は、求めている答え以外の一切を許さなかった。

「青柳くんは、何罪になるの？」

平野の問いは、まるで地面を揺らすようだった。昨日のように倒れまいと両足に力を込める山下の横で、覚悟のなかった永井の足が、やすやすとふらりとぐらついた。

「警察が何か判断したからここに来たんでしょう？　何罪なの？」

「それは、捜査が終わって刑事裁判をしてから決まることで」

「そうか、そうか。じゃあ、社の対応も、刑事裁判が終わってからだね」

平野の恰幅のいい腹が、上品な笑い声と一緒に揺れた。それと共に揺れる地に怯みながら、それでも、山下は訴えを続けた。

「青柳は、既にやったことを認めています！　ですから、刑事裁判の結果を待つまでも」

「山下くん。もし、青柳くんが何者かに脅されていたら、どうする？」

電気の点いていない室内で、窓から差し込む昼下がりの太陽が平野の顔に影を落とす。初夏に似合わない寒気が、二人の背中に走った。

「青柳くんは、これまで多くの実績を残してきて、ＧＴＴでも特別な権利を与えられている。それを妬んでいる誰かに脅されて、自供させられていたら？」

永井と山下は、唐突に理解した。

これは決して小向を救済するために行われた指示ではない。新人が酔い潰れて死にかけても救急車を呼んではならないという習わしと、同じものだと。

「……その妬んでいる誰かとは、誰のことを言っているんですか」

山下がそう問い返した。

「誰、だなんて、言ってないでしょう。だから、そうした事情も考慮して、社の対応は警察が判断を下してからだよ」

「それまで、どうするんですか。小向さんと青柳は、これから同じプロジェクトを遂行していくんです。小向さんが安心して働けないじゃないですか」

「ふむ」と、一考する素振りを見せてから、平野はこう答えた。

「休職すればいいんじゃないかな？」

思いもよらなかった平野の提案に、山下の肩の力が抜けた。

「……そうですね、青柳は有給も代休もたくさん残っています。それを利用して休職させれば」

その間に、何かしら警察の動きがあるかもしれない。何だかんだと言いながら、平野だって然るべき対処を取らんとしているのだと、薄気味悪いながらも期待した。

けれど、その期待は一瞬で裏切られた。

「面白いことを言うね、山下くんは。青柳くんじゃなくて、小向さんの方に決まってるじゃないか」

その言葉に面喰らい、これまで黙っていた永井がようやく口を開いた。

「どうして、小向が罰を受けるんですか」

「罰だなんて人聞きが悪い、配慮だよ。本来だったら、個人的な理由の長期休暇なんて処罰の対象だよ、それを大目に見てあげるんだ」

「でも、給料がなかったら生活していけないじゃないですか」

「今の状態で心療内科に行けば、鬱の診断がもらえるでしょう。そうしたら、傷病手当金が出るよ」

傷病手当金。その言葉に、永井は眼を泳がせた。

「……傷病手当金は、出ません」

冷や汗を流す永井を、平野がちらりと一瞥し、山下が凝視した。

「小向は、契約社員で、国保です。傷病手当金は出ません」

『DramaticArt』の経費削減のために未だ契約社員として働いている小向に、健康保険の恩恵である傷病手当金は、給付されない。

重役である平野は勿論のこと、過酷な制作現場で体を壊して働けなくなったスタッフを見てきた永井と山下は、そうした社会保障の仕組みを知っていた。

そして永井は、それを承知してこれまで小向と共に働いてきた。それが必要な問題など自分たちに起こり得るはずがないという、根拠のない自信で。

「そんなの知らないよ。それはそっちの問題でしょう」

用意していた答えだけを事務的に返す平野の冷淡さと正しさに、永井は打ちひしがれた。

平野の言う通り、それは『DramaticArt』の問題だ。これまで小向の若き健康体と野心から溢れ出る生命力に甘えて今日まで来てしまった、中林と、上司である永井の、責任。

震えて黙し、俯く永井を目の当たりにして、山下は狼狽えた。

もしそうした落ち度が『DramaticArt』にあったとしても、平野の言うことをそれそのまま受け入れる訳にはいかない。すべてを通すことが無理だとしても、せめて少しでも。そう願って、

「青柳を処罰するのが無理だというのであれば、せめて何か、配慮を」と言って、何も思い付かず、言葉を切った。

「配慮とは、何だい？」

平野はこの論争の終わりを垣間見て、上品に鼻で笑った。

「……わかりません」

「だったら私もわからないよ。考えをまとめてから発言してくれるかい。社会人として」

「小向さんは、何もしていないのに」

「青柳くんだって、何もしてないかもしれないじゃないか」

永井は、眼前のやり取りの酷い違和に、眩暈を覚えた。

それは平野のせいではない。山下のせいだ。

山下が懸命に青柳を断罪しようとする姿は、吐き気を催すほど正しく、そう在りたかった永井を追い詰めるから、だから。


俺は、社会が回るように、正しく判断してきたのに。


腑の底に揺蕩うヘドロが、ぎり、ぎり、と、胃を締め上げる。その痛みで、足が震えた。

「……山下さん、帰りましょう」

永井は踵を返し、会議室のドアを開けた。

「ちょっと、永井さん！」

山下が呼び止めるのも聞かず、永井はその場を後にした。忙しない足音はあっという間に聞こえなくなって、山下は狼狽えた。

「山下くんより、永井くんの方が賢明なようだね。また警察の判断が出たら来てくれ」

その勝ち誇った平野の物言いに後ろ髪を引かれても、この時の山下には、永井を追い掛ける以外の選択肢はなかった。

「失礼します」

山下の遠のく足音が聞こえなくなってから、平野はドアを閉め、携帯電話を取り出した。

「ああ、もしもし、福原くん？　例の二人、本当に警察に行ったみたいだよ」

朗らかに、世間話を始めた。


山下は総務部室を出てすぐの廊下で、永井の後ろ姿を見つけた。

「待ってください、永井さん！」

呼び止めても立ち止まらない永井を必死で追い掛けて、追い付いて、その腕を掴んだ。

「永井さん、何で、あそこで帰っちゃうんですか」

永井は、パーカーのポケットの中で、煙草の箱を苛々と引っ掻いた。

「……ここは往来があるので、あっちの喫煙所まで行きましょう」

山下の腕を振り解き、永井は歩き出した。山下は付いていくことしかできなかった。

喫煙所に一歩入るなり、永井が煙草を咥えた。山下は傍の自動販売機でコーヒーを買ってから、壁に凭れ掛かる永井と肩を並べた。

「永井さん、一服したらもう一回行きましょう。このままだったら、小向さんが」

「いいんじゃないですか。小向も、色々と自分のことを見直す良い機会だと思います」

突き放す永井の物言いに、山下は眉を顰めた。

「……永井さん、論点がずれてます」

山下の反駁が、永井の胃を焼いた。ぎり、と、痛んだ。

「ずれてないですよ。これまでだって、誰からも反感を買わなかった訳じゃない。それがこうして表に出ただけで」

「俺らは誰からも反感を買ってないって言うのか」

口さえ開けられずに冷めていくコーヒーが、山下の手の中で小刻みに震えた。

「これまで何もなかったことの方が奇跡だったんです。無防備だし、生意気だし、見た目女っぽい癖に女としての自覚がないんですよ」

「そんなの、人それぞれじゃないですか」

「だとしても、職場なんです。周りに合わせることだって必要だと」

「じゃあ、小向さん以外の人にも言わなきゃいけませんね。小向さんのような子は制作現場では珍しくない。それのせいだって言うなら、女性スタッフ全員に言ってくださいよ！」

「何で、山下さんにそこまで指示されなくちゃいけないんですか」

「それは小向さんの台詞でしょう。何でそこまで永井さんに指示されなくちゃいけないんですか！」

山下が震えているのは、恐れではなく憤りを堪え切れないからだということは、永井の眼にも明らかだった。そのわざとらしいまでに燃え上がる正義の心火が、永井の胃を炙る。

「永井さん、俺、理解できません。何で小向さんが悪いみたいになってるんですか」

「俺も理解できません。何で小向に責任がないみたいになってるんですか」

行き場のない憤りをぶつけ合っている間、吸われない煙草が、永井の手の中でじりじりと燃えた。

「小向が、一人で帰っていれば良かったんです。良い人ぶって、あいつの悪いところだ」

「心配してくれてたんでしょう。普段から一緒に現場で寝泊まりさせている癖に、滅茶苦茶だ」

重力に引かれた灰が、ぼとりと床に落ちて崩れた。永井は気付かず、それを踏み付けた。

「普段からおかしかったんですよ。あいつも女としての自覚を持って、毎回家に帰ってりゃ良かったんだ。そうすれば、こんなことには」

「『DramaticArt』は、それで仕事が回るんですか」

「回りませんよ」

「じゃあ、無理じゃないですか！」

追い立てられる。追い詰められる。早く逃げなければ、燃え尽きてしまう。

燃え尽きたくない。苦しみたくない。永井は本心も建前も正気をも失って、ただ山下を言い破ることだけを願った。

「いっそ、青柳に犯られていたら良かったんだ！」

唐突に山下に腕を掴まれて、永井は正気を取り戻した。

「……それだけは、言っちゃ駄目だ」

山下の頰と耳は憤りで燃え上がり、永井の腕を掴む手はわなないていた。どうしても正しく在り続けようとするその山下がひたすらに腹立たしく、永井は瞬く間にまた正気を失った。

「通報すんの止めたのはてめぇだろうが」

山下の手を乱暴に振り解くと、山下の肩がぎくりと揺れた。

もしあの時、通報するのを止めなければ。それは、山下が一番悔いていることだった。

「そうです、俺が悪い……」

悔悟の念が溶けて、目から溢れ出た。

「だから、小向さんを責めるのは、やめましょう……」

山下を責めれば責めるほどに浮き彫りになる己の惨めさに、永井は耐え切れなかった。

「さっきのことは、俺から小向に説明します。山下さんは青柳の世話でもしていてください」

身を翻して小向の元へ向かおうとする永井の腕を、山下が掴んだ。

「今の永井さんに、冷静で正しい説明ができると思いません。俺も一緒に行きます」

山下は、決して永井を非難してはいなかった。この問題を何とか解決に導いて、これからも笑い合っていけたらと願っていた。

山下の目から透けて見えるそんな美しい願い事が、余計に永井を追い詰めた。

「うるさい！」

腕を振り解くために乱暴に振り上げた手が、山下の頬を殴った。

不意のことだった。そんなつもりはなかった。だから、痛みに驚く山下に謝ろうと口を開いて、永井はこう告げた。

「『テクニカル』の人間が、『DramaticArt』に関わらないでください」

山下は、失望の目を永井に向けた。永井は山下が答えるのを待たずにそこから立ち去った。一刻も早くそこから逃げたいと願っているうちに、無意識に走り出していた。どこに向かっているのか、自分でもわからない。ただ、惨めさを暴こうとする人間がいないどこかへ、行きたかった。

もし俺が、暴かれるもののない、素晴らしい人間であれば。

堪えた涙が喉を焼いて、ひりひりと痛んだ。

そこに立ち尽くす山下も、永井と同じように涙で喉を焼いて、そのひりつく痛みに堪えていた。笑い合っていたついさっきが、眠って見た夢のようだった。

あのままで居たかった。解り合って、革命を起こして、社会を平和にして。自分たちにならそれができると確信させた根拠のない揺るぎない自信が、やすやすと倒れていく。

もうあの場所には戻れないのだと、二人はようやく理解した。


この日、桑田は『TEC』に訪れていた。

八月に放送される特番の会議を終えて会議室から廊下に出た時、桑田と旧知の仲である番組プロデューサーが桑田の肩を叩いた。

「いやぁ、こんな形でまた桑田さんと仕事ができると思わなかったわぁ」

「俺もですよ。プロデューサーには感謝しています」

「いやぁ、桑田さんの苦労も努力も知ってっからさぁ、安心して仕事任せれんだよねぇ」

桑田は、誰にも気付かれないほど一瞬だけ閉口してから、すぐに愛想笑いを浮かべた。

「そう言ってもらえるなら、あの時のことも無駄じゃなかったってことですね」

空笑い合って別れた頃、時刻は十六時になろうとしていた。腹が鳴って、昼食を取っていないと思い出し、社員用カフェに足を向けた。

歩きながら、桑田は昨夜の永井と中林との打ち合わせを思い出していた。

空気が白むほど、白熱するあの場所を、桑田はあそこしか知らない。他の仕事場では味わえないあの空気が、堪らなく好きだった。

「正社員か……」

ずっと中林から打診されていた話を思い出した。

いっそ、あの輪の中に腰を据えてしまおうかと。『DramaticArt』の面々であれば、きっと。思いを馳せながら、桑田は社員用カフェに到着した。

そこで最初に目を奪われたのは、奇妙なざんばら頭の女だった。

撮影のためにそうした髪型にしたのだろうかとも思ったけれど、その後ろ姿には見覚えがある。顔を確認しようとわざとその女の横を通り過ぎようとして、足を止めた。

「小向さん？」

桑田が呼ぶと、小向は大袈裟に肩を震わせた。

「桑田さん……」

怯え切った様子の小向に、桑田は首を傾げた。

「どうしたの、そんなに驚いて」

「いえ、ごめんなさい、突然だったから……」

「あ、こっちこそごめんね」

同じ界隈で働いている者同士、こうして偶然会うことは初めてのことではなかった。なのに、何故そんなにも怯えているのか。何故髪の毛が千切られたようにばらばらになっているのか。事情を知らない桑田は、尋ねずにはいられなかった。

「どうしたの、髪の毛。ばらばらじゃない。自分で切ったの？」

「あ、はい……ちょっと」

「ちょっとって、そんなざっくり」

うろうろと忙しなく泳ぐ小向の瞳に、桑田は不安を覚えた。けれど、追及すると、嫌がられるかもしれない。そう懸念して、こう言った。

「しんどいことがあったら俺にも相談してね。永井さんには言い辛いこともあるでしょう」

桑田は優しく小向の肩に手を添えた。この程度の触れ合いは、これまでの関係の中で幾度もあった。それなのに小向は大袈裟に体を強張らせ、桑田はその異様な反応に驚いた。

「ご、ごめん。驚かせちゃったかな」

桑田が慌てて手を離すと、小向は、

「いえ」と言って瞳を逸らした。それ以上、何も言わなかった。

小向は、ただ、記憶の深海から這い上がる青柳の手の恐怖に必死に耐えていた。

青柳の指が首に巻き付いて、桑田が、青柳へとその様相を変える。それが青柳ではないと解っているのに、判らない。

つい二日前まで、青柳は大丈夫な人だと信じていた。その崩壊した過去の信頼は、今ここにいる桑田の優しく肩に触れるその手すら、青柳のように動き出すかもしれないということを教えていた。思えば思うほど、呼吸が荒くなった。

どんどん早くなる小向の呼吸に慄き、桑田は、辺りを見回した。

小向はＧＴＴ絡みでここにいるだろう。そうであれば、永井も来ているに違いない。永井がいれば、小向も安心できるに違いないと、これまでを思い出して判断した。

「小向さん、永井さんは？」

そう尋ねる桑田の声が、小向の脳にしんしんと沈む。沈んで、溶けて、不純物だけがそこに残って、形を成す。

「ほら、小向さんって永井さんのおかげで出世できたのに、自分の実力だって思ってるんでしょう？永井さんからそのこと聞いて、おかしくって」


信憑性のある偽物の乱暴な笑い声が、小向の頭蓋骨を内側から殴った。

眩暈がした。その桑田の声が偽物だと、解っているのに、判らなかった。

偽物だと思うその気持ちが偽物で本物を本物だと思う気持ちが偽物で、それでは、本物はどこに。

「ちょっと待って、永井さん呼ぶから」

がたがたと震え出した小向を見兼ねて、桑田がスマートフォンを取り出した。

「やめてください！」

小向は、咄嗟にそれを叩き落とした。床にスマートフォンがぶつかって響く音に、周囲は一斉に好奇の目を向けた。

「ごめん……でも、何でそんなに」

虚を衝かれて呆然とする桑田に、小向はようやく我に返った。桑田の手には劣情などない。今こうしているのは、純然たる優しさなのだと、理解した。

「ごめんなさい」と言おうとした時、背後でのコーヒーカップが割れる音がした。

驚いてそちらを向いた時、違う方向から野次馬の声が聞こえた。

耳を澄まさずとも、あちらから、こちらから、どうして今まで気にならなかったのかが解らないほど、雑音が次々と耳の中に飛び込んで来た。それらすべては小向の脳の中で虫になって、無遠慮に駆けずり回った。

脳を掻き回される恐ろしさに汗が噴き出して震え、小向は椅子から転げ落ちて倒れた。手に触れたタイル張りの床が、冷たかった。

何が安全で何が危険で、何が真実で何が虚偽で、誰が信用できて誰ができなくて、誰が私を殺しに掛かってくるのか。


「小向さん、大丈夫？」

桑田は名を呼び、小向を抱き上げた。その腕は逞しく優しく、受け入れてしまえば何てことのない、ただの腕だった。


私を襲う、ただの腕。


襲われるかもしれないと怯えるから恐ろしいだけで、襲われると確信していれば、それはただの事実でしかなく。ひと度そう思うと心が途端に軽くなり、桑田の胸に頬を寄せた。

「ちょっと、小向さん」

唐突な小向の振る舞いに戸惑ったけれど、拒む理由がなかった。ひと回り近く歳の違う器量の良い女が、甘えている。それは彼女に恋心を抱かずとも喜ばしいことで、うっかり愛しいとすら思ってしまいそうなほど。

「……大丈夫だから」

桑田は小向を抱き上げる手に力を込めた。男が女を抱き締めるには理由が要るから、桑田はそれをしなかった。

その力強さに、小向の口元が緩んだ。

手を出しても構わないと許可を出せば、私は、助けてもらえる。

私は、『女』を差し出すことで、ようやく『人』になれるんだ。

止め処なく緩んでいく小向の口元に宿る思いが、喜びではない別のものだと察してしまって、愛しさは一転、悍ましさへと変化した。

何をどうすればいいのかわからずに狼狽えていると、目の前の野次馬の中から、見知った人が歩み出てきたのを見つけた。

「永井さん！」

桑田は胸を撫で下ろしてすぐ、背筋を凍らせた。

歩み寄ってきた永井が、憤りに満ちた眼で小向を見下ろし、助けようとはしなかったから。その姿は桑田の見知った永井という人ではなく、見たこともない宇宙人のようだと思った。桑田は成す術がなく、それが永井という人でありますようにと信じて、平静を装って話しかけた。

「永井さん、その、小向さんが具合悪いみたいで」

永井は桑田に一瞥もくれず、じっと小向を見下ろした。小向は永井の存在に気付きながら、決してそちらを見ようとはしない。ただ視線がすれ違っているそれだけのことが、桑田は恐ろしかった。

「小向、立て」

言うなり、永井は小向の腕を掴んで引っ張った。小向の体は桑田の手から離れて転がっただけで、立ち上がろうとはしない。永井は小向を追いかけて、もう一度腕を掴んだ。

「早く立て」

桑田は、生まれて初めて宇宙人の存在を信じた。

宇宙人がいて、この二人の中身をぐちゃりと混ぜて壊してしまった。そうでなければ、いつも互いに尊重し合ってきた、類い稀なる純粋な絆を築いてきた二人が、憎しみ露わに睨み合うなんてことが、あるはずない。本気でそう思うほど、信じられない光景だった。

「ちょっと、永井さん、あまり無茶を言わないであげてください」

桑田の声が震えていることに気付く余裕もなく、永井は怒号を放った。

「言ってねぇよ！」

一斉に、衆人の好奇と嫌悪の入り混じった視線が永井に注がれた。その不愉快さを小向のせいにして、永井はもう一度、小向の腕を掴んで引き上げた。

「お前は、あんなことがあったのに、あったせいで俺がこんなに頑張ってるのに、まだ男に媚びを売るのか」

「媚びなんて売ってません」

小向は永井の腕を強く振り払った。意図してのことだった。こんなにも傷付ける存在であるのなら、むしろその顔が歪めばいいと。意図された意図は伝わって、永井は激昂した。

「売りまくってるだろう、売りまくってなきゃ、桑田さんだって、青柳だって、お前のことなんか構うもんか！」

唐突に出された青柳の名前に戸惑う桑田を置き去りにして、話は進んでいく。

「私は、何もしてません」

「何でお前は反省しないんだ！　何もしないで、俺にばっかり押し付けやがって！」

「永井先輩が、勝手にやってるんじゃないですか」

小向はその大きな瞳で永井を睨めた。追及するような追い詰めるようなその瞳に憤りを煽られて、永井は掴んでいた小向の腕を投げ付けた。

「じゃあ勝手にしろ、俺はもう何もしない！」

そう言って身を翻し、足早にそこを離れた。

「待って、永井さん！」

このまま永井を帰してはいけないと、桑田は直感した。座り込んで立ち上がろうとしない小向を気に留めながら、永井を追い掛けた。

「永井さん！」

社員用カフェから少し離れた廊下で追いついて腕を引くと、存外に素直に足を止めた。けれど、振り向こうとはせず、ただ体を小刻みに震わせて、歯の隙間から息をこぼしていた。

「どうしたんですか。青柳って、『テクニカル』の人ですよね。何があったんですか」

永井は桑田を一瞥して、すぐに外方を向き、片笑みを浮かべた。

「桑田さんは、小向を口説くネタが欲しいだけでしょう」

「何を言ってるんですか……」

「小向が弱ってるのをいいことに、付け込もうって魂胆でしょう？　大丈夫ですよ。そんなことしなくても、小向なら優しくしたらコロっと来ますから」

「永井さん、こっち見てください」

永井が何を言っているのか、今どんな顔をしているのか、解らなかった。だから知りたかった。桑田はまだ、宇宙人よりも、永井のことを信じていた。

「若い女にああやって縋られて、嬉しかったでしょう？　今ならいけるって思ったでしょう？　いいじゃないですか、今のうちに行けば！」

「永井さん！」

心を殴り殺さんばかりの物言いを止めたくて、窘めるように永井の名前を呼んだ。

「何があったのか言わなくていいです。だから、八つ当たりはやめてください……」

「八つ当たりじゃねぇよ。図星だからって、人を悪者に仕立てんじゃねぇ」

鈍器のように心を殴り付けてくる言い様と、ぎろりとこちらを睨める眼に、桑田は今の永井とは会話ができないことを悟った。

「……わかりました」

それだけ言い残して去って行こうとする桑田の背中を捉えて我に返り、永井は蒼褪めた。

「桑田さん」

後ろ髪引かれていた桑田はすぐに足を止めて、振り返った。

「はい」

桑田の視線はまるで棘のように胃に刺さり、永井は、その痛みに眩暈を覚えた。

どうして、俺は何も悪いことをしていないのに。

どうして、俺が取り繕わなければならないのだろう。

どうして、俺が。


狂った自尊心が頭を擡げて、永井は、片笑みを浮かべた。

「桑田さんの態度、前から気に喰わなかったんですよ」

明日になったら時間が解決してくれているかもしれない、だなんて希望を抱いていた桑田は、その一言に絶望した。その様子を視界が捉えて、永井の腑の底が喜んだ。

「フリーの桑田さんに仕事を融通してるのって俺なんですよ。何でそんなに偉そうなんですか？」

何を伝えたいのか解らないまま、喜んだ腑の底から湧き上がる声を屈託もなく唇からこぼした。あまりにも晴れ晴れとした様子の永井を見ていられず、桑田は目を背けた。

「それは、申し訳ありませんでした。以後、気を付けます」

桑田が覚えたのは、憂いや憤りとはまた別の思いだった。今まで信じて来たものを土足で踏み躙る現実からただ逃げたくて、足早にそこを離れた。

「違う」

遠ざかっていく桑田の背中を前にして、永井が口の中で呟いた。

そんなことが言いたかったんじゃない。そんなことを言われたかったんじゃない。
何でわかってくれないんだ。謝るから、だから謝ってくれ。
俺を許してくれ。俺に許す権利をくれ。俺が真っ当な人間なんだと
「認めてくれ」

胃が千切れるような痛みに耐えかねてそうこぼしてから、永井は、ゆっくりと倒れた。

体が床にぶつかって痛む。タイルの冷たさが心地好いと思えるほど汗が噴き出る。視界が歪んでいるのか、社会が歪んでいるのか、真っ直ぐ伸びているはずの廊下が、波打つ。

現実とは思えないその光景と痛みがただ恐ろしく、涙が流れた。

「助けてくれ」

その声に応えるように、誰かがこちらに駆け寄って来た。

視界がぼやけて、それが誰なのか判らない。ただ、名を呼びながら肌に触れた手がとても優しく温かく、僅かに残っていた意地が溶けてしまって、永井は、意識を手放した。

「永井さん、しっかりしてください」

そう言って永井の頬を叩くのは、考えあぐねた後で、やはり永井を追い掛けようと意を決し、社員用カフェに向かっていた山下だった。

「永井さん、永井さん！」

永井を呼ぶ山下の声が廊下に響き、去ろうとしていた桑田にまで届いた。桑田はただならぬ様子を察知して踵を返し、永井の心音を確認している山下を見つけた。

「山下さん」

山下は、駆け寄って来た桑田を見上げた。

「はい、えっと、あなたは、先日打ち合わせでお会いした」

「そうです、『DramaticArt』の桑田です。永井さん、どうしたんですか」

「俺も今来たところで何もわかりません。ただ、意識が定かではありません。救急車を」

「わかりました」

桑田は返事するなり、すぐにスマートフォンで救急車を手配した。

「山下さん、救急車、すぐに来てくれるそうです」

「ありがとうございます……あの、救急車の付き添い、桑田さんにお願いしていいですか」

「俺がですか？」

「はい。俺よりも、普段から一緒に仕事をしている桑田さんの方が良いでしょう」

「いいです、けど……」

桑田は、今の永井に付き添うことを躊躇った。

一緒に仕事をしている、と思っていたのは自分だけだったと、思い知った直後だから。永井に見下されていただなんて、未だに信じたくないほど、衝撃だった。

「そうだ」桑田は、社員用カフェにいた小向の存在を思い出した。もし、小向に付き添ってもらうことができれば、あらゆることが丸く収まるかもしれないと、安易に考えた。

「山下さん、少しだけ待っててください」

山下が頷くよりも早く、桑田は小向がいるはずの社員用カフェに向かって駆け出した。

桑田の予想通り、小向はまだそこにいた。

「小向さん」と呼ぶと、心のない人形のような瞳が動いた。それに慄きながら怯まず、

「小向さん、永井さんが倒れました」と、伝えた。

「えっ……」

小向の瞳が丸く見開いた。永井を案じるその姿はいつもの優しい小向で、桑田は眉を開いた。

「救急車を呼んだんだけど、誰かが付き添わなければならないんだ。小向さん、お願いできない？」

いつもの小向なら、必ず頷くだろう。桑田はそう信じていたから、

「ごめんなさい、行けません」と、揺れた唇が不気味だった。

「そんな、何で」

「今、永井先輩と一緒にいたくないんです」

「喧嘩してるのはわかるけど、緊急事態だから」

「ごめんなさい」

説諭する桑田から逃れるように、小向は駆け出した。

「小向さん！」と呼んでも、小向は足を止めなかった。

一刻を争う今、桑田は小向を追い掛けることはせず、一人で山下の元へ戻った。衆人も一緒になって永井を介抱する中、桑田は山下に駆け寄った。

「山下さん、すみません、お待たせしました。やっぱり俺が付き添います」

「お願いします」

胸を撫で下ろして永井から離れ、その場を去ろうとする山下を、

「待ってください」と、桑田が呼び止めた。

拒む理由もなく素直に足を止めた山下に、桑田は問い掛けた。

「山下さん、永井さんと親しいんですか？」

永井は、青柳、と言っていた。

その青柳の上司であり、同じ『テクニカル』に勤める山下が、普段は人と群れない永井とたった二日で距離を縮めている。桑田の問いは、これらの情報が符合してのものだった。もしこの予想が外れていれば現状を知る術を失う。桑田は、縋る思いだった。

「親しい、と、いいますか……」

山下は言い淀んだ。

ここ二日ほどで、永井とはとても親しくなった。そして、それが崩れた実感があった。

そもそも、親しくなった気がしていただけで、本当に親しかったのか。青柳の問題を解決するためにお互い仕方なく話していただけではないだろうか。考えれば考えるほど、自らと永井の間にある絆がどんなものなのかわからなくなった。

そう思いあぐねる山下の姿に、桑田は垣間見た。永井を取り巻く現状に、山下が全くの無関係ではないということを。

「永井さんに何があったのか、知っていませんか」

純粋にただ誠実に永井を案じる桑田に、山下は何も答えられなかった。

「……永井さんが話していないことを部外者の俺が伝えるのもおかしな話なので、今は何も言いません。ただ、『テクニカル』のスタッフのせいです。本当に、すみませんでした」

それ以上は聞かないでくれと言う代わりに、低く頭を下げて、山下は立ち去った。小刻みに肩を震わせる山下を、桑田には引き留められなかった。

慌ただしい足音に視線を向けると、救急隊員がこちらに向かって来ている姿が見えた。

「こっちです！」

声を張り上げて手を振ると、救急隊員はあっという間に永井を取り囲んだ。

「目が覚めたら、教えてくださいね」

目の前で繰り広げられる非日常に怯えるしかできない無力さを呪いながら、桑田は、そう願った。

十九時頃、『テクニカル』ビル一角で、青柳は感嘆の声に包まれて踏ん反り返っていた。

二階はオフィスフロアには、パーテーションで区切られて机と椅子とモニターが設置されただけの簡素なミーティングスペースいくつかがある。会議室を取るほどでもない打ち合わせに使うために作られたスペースだけれど、予約や移動が必要な会議室よりも、こちらの方が賑わっていた。

そこにあるモニターに、『GTT青柳秀治ドキュメンタリー企画』のテスト映像が映し出されていた。青柳の視点で構成される日常の光景に、そこにいる人は皆、感嘆の声を上げた。得意満面に振る舞う天才の姿に、丸野は、歴史に刻まれる瞬間を目撃しているかのように興奮した。

「青柳さん、凄いです！」

「当然だろ」

青柳は、期待通りに与えられる賛美で体を満たした。

モニターを見ているのは、福原と丸野と、数人のスタッフ。そこにいる全員が青柳の才能に視線と心を奪われた。青柳を否定する声を失う者、妬ましく思う者、心中はそれぞれだったけれど、青柳を認めない者はいなかった。

「これだけできたら、先輩に嫉妬されても仕方ないよねぇ」

福原が、好い気になった青柳の隣でそう呟いた。

「はははは！　そうですね、天才故の悩みです！」

増長していく青柳の鼻を折るように、ばぁん、と、大きな音が鳴り響いた。

「うおっ」

背後で鳴った音に驚いて、青柳は飛び上がった。すぐに、誰かがパーテーションを殴りつけた音がと気付いて、

「おい、誰だよ！」と、パーテーションの裏を覗いた。

そこにいたのは痛憤を湛えた山下で、青柳は、一瞬にして喜色を失った。

「へへ、山下さん、今日はもう来ないかと思ってました」

青柳は山下に阿り、へらへらと笑って頭を下げた。

山下がパーテーションを殴り付けたのは、憤り、だけではなかった。

青柳の才能への賛美を前に、頭を擡げる嫉妬心。それを認めなければならない惨めな自尊心。

そして、頭から離れない、永井の言葉。


「いっそ、青柳に犯られていたら良かったんだ」


そんなことを言わせるほど永井を追い詰めた張本人が、何も知らず、好い気になって踏ん反り返っている。許すことなど、到底できるはずがなかった。

「青柳、ちょっとこっち来い」

山下は青柳の首根っこを掴んでミーティングスペースから引き摺り出し、廊下へと足を向けた。

「待って、待ってください、山下さん」

「や、山下さん、青柳さん！」

何も知らない丸野が二人を追い掛けたのを横目に捉えて、福原が溜め息を吐いた。

「やれやれ、大人しくしていればいいものを」と呟いて重い腰を上げ、丸野の後に続いた。

「山下さん、やめてください。どこへ行くんですか」

オフィスを出たところで、青柳は両足に力を込めてそこに踏み止まった。山下が強く引いても、びくともしない。力では青柳に勝てない山下は、その手を離した。

「俺は、お前のことを思って、別室で話をしようとしてやってるんだけど、何だったら、ここで皆に聞こえるように話してやろうか！」

声を張った山下に興味を注いだスタッフが数名立ち止まり、口々に話しながらその様子を遠巻きに眺めていた。青柳はその視線を受けて、大きな体を震わせた。

「やめて、声、大きい」

行きたくない。けれど、ここで話をされたくもない。

青柳は「あ」だとか「う」だとかこぼして狼狽え、大きな体を縮こまらせた。

「山下さん、どうしたんですか、青柳さんが何か」

二人に追いついて山下にそう尋ねた丸野の肩を、福原が撫でた。丸野はそちらを振り返って、こちらを見下ろしている福原の双眸に息を呑んだ。

「丸野くん、ここは僕に任せて、黙ってて」

得も言われぬ気迫に素直に従って、丸野は黙した。山下と青柳が既に注目している中で、福原は、父のように笑んだ。

「山下くん、どうしたの。落ち着いて」

「福原さん、俺は青柳と話があるんです、放っておいてください」

「放っておけないよ。平野次長から話は聞いてるんだから」

「話って、何ですか」

あからさまに不安と憤りを湛える山下の面持ちに、福原は愉悦を禁じ得なかった。

「今日、君たちが平野次長に報告したこと。何ていうか、うん、『御苦労様』！」

その労いが含んだ言外の意味に気付いて、山下が眉を顰めた。

その光景を目の当たりにして、丸野は困惑していた。

話だの、報告だの、何の話なのか皆目見当がつかない。その中で、福原が山下を追い詰めようとしていることだけは明白で、不気味だった。

福原は、そのおかしな空気に似合わない清涼な声色で話した。

「これで一段落だよね。青柳くんも山下くんも、安心してGTTに打ち込めるじゃないか。なぁ」

青柳がそれを受け入れて、

「へへへ」と屈託なく笑うのに、山下が声を荒げた。

「何も終わってません！」

「そうだね、始まってもないからね」

断ち割るような福原の言葉に、山下も、丸野も、声を呑んだ。

「GTT成功のためには、青柳くんが必要なんだよ。平野次長もそうご判断されたんだ。本当に罪を犯したなら仕方ないけど」

「本当に罪を犯したんです。俺は見ました、青柳が罪を犯しているところを」

青柳が罪を犯した。何もかも理解できない現状で理解できた唯一の言葉に心臓を激しく揺さぶられて、丸野は一人静かに混乱に陥った。

「じゃあ、何で通報しなかったの？」

福原は思いがけず、山下が最も後悔しているそれに触れた。

「それは」

その一言で山下が心を乱したのはその面持ちから明白で、福原はその愉快さに、喉の奥で笑った。

「ねぇ、もし通報してたら、話はそこで終わってたよね。何で通報しなかったのか、教えてくれる？ほら、黙ってないでさ！」

丸野は、額に汗を滲ませる山下を憂惧するも、成す術なく、黙ってそれを見ていた。

「もしかしてさ、青柳くんに嫉妬してるの？　後輩が抜擢されたから、悔しくってそんな」

「嫉妬なんか、してません」

纏まりなくただぼろぼろと崩れ落ちるような口舌に、説得力など欠片もないことは、山下本人がよく解っていた。

それでも山下は、正当化の誘惑から逃れられなかった。

「青柳の仕事なんて、俺にだってできます」

この時の山下は、本気でそれができるつもりでいた。青柳のような人として未熟な者にでもできるような仕事であれば、自分にだってできるはずだと。

本気でそう考えていたからこそ、福原がそれを、

「ははっ」と一笑に付したのに、遣る方無い憤りを覚えた
「ごめんごめん、笑っちゃって」

福原は不本意を装うために、にやけた口を手で押さえた。

「でもさ、山下くんはさ、青柳くん以上の企画を出したことあるのかなぁ？」

愉悦に湾曲する双眸に矢所を射られて、山下の血が羞恥に沸いた。

「青柳くんが企画制作した番組、毎回凄い人気なんだよ。素人を上手に使ったり、流し撮りで構成したりして、コストも安い。ああいう天才的な発想を、山下くんは一度でもしたことがあった？」

ある、と、言えなかった。

山下はコンスタントにそつのない企画しか出したことがなく、今の地位も、長年勤めた結果として在るだけで。青柳のように、作品や才能を認められてのことではなかった。

福原の双眸が、何とか助け船を出そうと考えあぐねる丸野を見つけ、射貫いた。それだけでやすやすと委縮する丸野を可愛らしいと思ってから、もうひと度、山下を見据えた。

「山下くんは、良い先輩だよ。進行管理とか、スタッフやタレントの管理も凄く上手だと思う。でもさ、そういう仕事が活きるのって、良い企画があってこそだよね」

振り上げられた言葉の刃は、山下が青柳に振るった刃よりも大きなものだった。畏怖した人の震える足は、逃げ出す力を持たない。往々にして、山下も、振り下ろされるのを望むように、じっと立ち尽くすことしかできなかった。

「青柳くんみたいな子がいなかったら、山下くんって何もできないよね」

大きな刃は、研ぎ澄まされていなくてもその重みだけで人を断ち切ることができる。福原はそれを知っていて、研ぎ澄まさずに振り下ろした。その方が、ずっと、痛いから。

山下が震え出して物言わなくなったのを横目に、福原は青柳の背中を押した。

「じゃあ、青柳くん。行こうか」

青柳は抗う理由も勇気も持たず、導かれるままに歩き出した。

そして、山下の横を通り過ぎる瞬間。福原が山下に向けて小さく呟いたのを聞いた。

「事を思い通りに進めたければ、出世しなさい。僕みたいにね」

愚昧な青柳にもわかるほど、福原は、悪戯に山下を追い詰めていた。


この人は、どんな悪いことをしたのだっけ。

そんな考えが青柳の脳裏を掠めたけれど、言葉にせずに呑み込んだ。それを言ってしまえば、自身の責任を問われることになるだろう。その重圧から逃げたい一心で、眼を逸らし、口を噤んだ。

山下は、腑を絞られるような惨めさに震え上がった。

「誰が、お前みたいに、なんか」

その山下の呟きをを聞いてしまった青柳が、足は止めて振り返った。

「青柳くん、どうしたの」

つられて立ち止まった福原に、山下が飛び掛かった。

「誰がお前みたいになんか！」

牙剥く犬のような目で福原を睨みつけて喚く山下を、纏わりつく鼠を捉える猫のような福原の双眸が見下ろした。その視線のやり取りに、青柳は黙して背筋を凍らせた。

そうして廊下に轟いたのは、飛び火のような暴露だった。

「福原さんが『TEC』で出世できたのは、渡利さんと寝たからじゃないですか！」

その様子を眺めていた観衆ははざわめき、青柳は動揺した。丸野は、ここまで冷静を欠いて全身を赤くする山下の姿を今までに見たことがなく、ただ戸惑うしかできなかった。

福原は周囲をぐるりと見渡して、観衆の顔色を窺ってから、笑った。

「山下くん、駄目だよ。噂なんて信じちゃ。中学生じゃないんだから」

「事実だろう！　そうじゃなければ、何で『テクニカル』の人間が『TEC』に入社して、しかもスピード出世ができるんですか！　知ってるんですよ、皆、『テクニカル』の人間がそんな風に出世できるなんて、有り得ないって！」

期待以上の山下の放言に、福原は喜色を浮かべた。

「……山下くん、それ以上は言わない方がいいよ」

「何でだよ、図星だからか！」

「周りを見てごらん」

その一言で山下は我に返り、周りを見回した。観衆がいることにこの時初めて気付き、その目の中に見え隠れする憤りを見つけて、自らの放言に気付いた。茫然とする山下の耳元で、福原が告げた。

「ここにいるスタッフは、出世なんてできるはずのない『テクニカル』の人間だからね。皆、敵に回しちゃったね」

福原は、山下がびくりと震えたのを確認してから一歩離れ、

「あのね、山下くん。そんなことで出世できるほど、世の中甘くないんだよ。もうちょっと社会勉強した方がいいんじゃないかな」と、観衆に聞こえるほどの声量で説諭した。

山下は、惑乱の中で取り繕う術にまで考えが及ばず、観衆の目と福原の双眸に心を突き刺されて膝を折った。

「今回のことは看過できないな。上に報告させてもらうから、そのつもりでいてね」

言い残して、福原は青柳を連れてそこを去った。

静かになったそこに留まる理由のない観衆は、苦言を呈して散っていった。丸野だけがそこに残り、山下に駆け寄った。

「山下さん」

頼もしいだけだった山下の背中が丸まって、叱られた子供のように弱々しく震えている。気味が悪いと思えるほど、丸野にとって、認めたくない光景だった。

それでも、真実が知りたかった。

報告。罪。通報。丸野は、それらが符合することをひとつだけ知っていた。

「さっき話していたのって、懇親会の夜のことですか？」

ぎくりと震えた山下を、丸野は見逃さなかった。

あの日の夜に何かあったのだと、確信した。青柳が罪を犯したと山下に言わせる何かが。

「僕の隣で青柳さんが騒いでたって、そのことなんですよね。何があったんですか？」

真実を追及しようと真っ直ぐにこちらを見据える丸野の姿は、山下が幼い頃に憧れた正義の味方そのもので、山下は、それが無駄なものだと思い知らせてやりたいと、願ってしまった。

「そうだよ。丸野くんが酔い潰れた、あの夜だ」

お前にも責任の一端があるのだと言わんばかりの物言いに、丸野の目が見開いた。

「僕が、酔い潰れた」

呆然とする丸野を視界に捉えて、山下はすぐに我に返った。

「違う、ごめん、丸野くんのせいでは」

希望の光が消えた丸野の目が、悪の帝王に襲われて絶望する人のようだと山下は思った。


特撮番組に夢中になった幼少期を過ごして、山下は、悪を倒す正義のヒーローに憧れた。

そうしてテレビ番組に執着するようになっての、今がある。

レッドになりたいと願った小学生の頃を過ぎ、現実的に考えてブルーかグリーンのような立ち位置だと高校生の頃に空想し、今となってはすっかり色のないオペレーターのようだと自嘲していた。正義のヒーローたちが危ない目に遭っている時に、補足説明をさせるためだけに存在しているような。

それでも良かった。正義の味方として振る舞い、賞賛の中で憧れの仕事をこなして生きていけるのなら、目立たなくても、色なんてなくても。

山下は、思い出した。色のないオペレーターは、鮮やかなヒーローたちの美談の都合で、簡単に殺されてしまう存在なのだと。地位を持つ福原や、名誉を持つ青柳の都合で。

それでは、殺されるだけのオペレーターは、何のために正義を貫くのだろうか。

それなら、正義なんて持たずに生きた方がましじゃないか。

夢を叶えるために足を踏み入れた職場と、積み上げてきたあらゆるを守りたいと願った山下の正義が、ぐらりと倒れた。

「……そうだ、小向さんに、連絡しなくちゃ……」

力尽きたそれは、腑の底に揺蕩うただの欲に引き摺られ始めた。

視界を埋め尽くす古ぼけた白い天井に、永井は、注射針の痛みを思い出した。耐えた後で、よく我慢したね、と頭を撫でられて見上げたあの天井と、とてもよく似ていたから。

あの頃は、ただ痛みに耐えるだけで褒められた。今では、痛みに耐えるのが当たり前で、痛みに耐えることすら仕事の一貫で。それを辛いとも感じなくなって、辛いと弱音を吐いている奴が腹立たしくなって。泣くことを、悪事だと思うようになった。

涙は社会の回転を止める無色透明な毒だから、流してはならないし、流すことは許さない。そうしてずっと腑の中に溜めていたせいか、毒は、すっかり全身に回ってしまった。

もしかして、もう少し早く泣いていれば。


心臓が胃に居座ったように熱く脈打って、強い痛みが走った。

胃の辺りの皮膚を掻き毟って、ベッドの上で寝返りを打った。そうして、すぐ傍で本を読んでいる桑田の存在に気付いた。

「永井さん、目が覚めましたか」

桑田に声を掛けられて辺りを見回し、永井はここが病院であることに気付いた。

「俺のこと、わかりますか？」

桑田は、努めていつも通りに、柔和にそう問い掛けた。

「そうですね、その中途半端にイケメンな感じは、桑田さんでしょうか」

永井は先程までの険しさを失って、飄々と返した。

桑田は呆気に取られてから、すぐに笑った。

「いつもの永井さんだ」

桑田がそう返した時、永井は、倒れる直前に吐いた暴言を思い出した。

「……俺、桑田さんに酷いこと言いました。すみませんでした」

いつもの覇気を失って俯く永井の肩を、桑田が手の甲で叩いた。

「いいですよ、気にしてません。まぁ、酒の一杯ぐらい奢られてもいいですけど」

「いや、無理して奢られてもらわなくっても大丈夫です」

目と眼が合って、笑う。それだけで、許していることも、許されていることもわかった。

「ここって病院ですよね、何で俺、こんなとこで寝てるんですか」

「永井さん、『TEC』で倒れたんです。ストレス性胃炎と栄養失調ですって。永井さんもストレスとか溜めるんですね」

桑田の軽口に、永井は神妙な面持ちで俯いた。

軽口が返ってくると構えていた桑田は虚を衝かれて、永井が話し出すのを待った。

「……俺、小さい頃、注射針が怖かったんです」

胸中のわだかまりを吐露するように、永井は述懐を始めた。

「痛いのを我慢したら褒められてたから、耐えられてました。けれど、少しずつ褒められる回数が減って、褒められなくなって、それでも今、俺は、注射針に耐えられています」

永井が自嘲するのに、桑田は胸を痛めた。

「俺たちは、子供の頃から痛みに耐えるように教育されてたんですね」

「そんなに痛いことが、あったんですよね」

「はは、例え話ですよ」と、乾いた笑いをこぼす永井に、桑田は声を荒げた。

「例えるほどの、何かがあったんでしょう！」

永井は眼を丸くした。聞いたことのない桑田の怒声と、暴言を放った永井のために憤る人としての美しさが、衝撃だった。

「すみません、大きな声を出してしまって」

桑田は咳払いをして、座ったままで両足を肩幅に開き、その膝に手を置いた。

「永井さんに、聞きたいことがあります」

そう切り出した桑田に、永井はぎくりと肩を揺らした。けれど、眼を逸らすことはせず、

「何ですか」と、冷静を気取って返した。

「さっき、山下さんに尋ねました。永井さんに何かあったんですかって。そしたら『テクニカル』のスタッフのせいだっておっしゃっていました」

「山下さんがそう言ったんですか？」

「はい。詳しくは何も教えてくれませんでした。永井さんが話していないなら、自分から話すべきじゃないって。だから俺は、永井さんからちゃんと話が聞きたい」

もう何年も付き合いがあるのに、桑田がこうして射抜くような視線を永井に向けるのはは初めてのことで、永井は戸惑いを隠せなかった。

言わなくてはならないと思う反面、桑田にこのことを伝えたところで、事態が好転するとは思えない。それどころか、桑田は小向を助けるようになるだろう。そして小向の心は、桑田か山下か、優しく誠実な方に寄り添うようになって、そして。

想像に難くない光景に、奥歯を軋ませた。


他の男についていくなんてこと、許してはいけない。


胃がぎりぎりと、頭がずきずきと、心がじくじくと、あちらこちらに痛みが走る。早く楽になりたい一心で、永井は強張った唇を緩めた。

「ＧＴＴ、実は二枠じゃないらしいんです」

永井はこの時、『テクニカル』の隠蔽体質に感謝した。

「実はＧＴＴのドラマ枠は三枠で、そのうち二枠が『テクニカル』制作になるらしいです」

「どういうことですか」

「青柳をスタークリエイターに仕立て上げるために、ドラマ制作のドキュメンタリードラマを撮影して放映するんだと」

「何だよそれ」

あからさまに苛立つ桑田に、永井は安堵した。

「『DramaticArt』の手柄を全部『TEC』のもんにしちまおうって腹らしい。『テクニカル』は出資一〇〇%だから、手柄は全部『TEC』のもんになるでしょう」

「それが『DramaticArt』を買収した理由か……それは確かに、腹立ちますね！」

真実を知る術のない桑田は、嘘を吐くはずがない永井の話を鵜呑みにした。

「なぁ、腹立つよな！」

永井が喜色を浮かべているのは、ようやく秘密を打ち明けることができて安心したからなのだと、桑田は大いに喜んだ。このことでどうして永井が倒れるまで胃を痛めたのかということを確かめることを忘れて、軽くなった心で会話を弾ませた。

話を逸らすことに成功した永井はすっかり上機嫌で、多弁になった。それが楽しくて話し込んでいると、あっという間に一時間が経ち、ふと窓の方に目をやると、辺りはすっかり暗くなっていた。

「もう二十時か。永井さん、俺、そろそろ帰ります」

「ああ、ありがとう」

「永井さんに素直にお礼を言われると何だか気持ち悪いですね」

「可愛らしいだろ」

「そうですね。ずっとそのままでいてください」

ショルダーバッグを抱えて、桑田が永井に背を向けた。その清廉な背中に謝意を抱いたけれど、黙して眼を伏せた。

ふと、サイドテーブルにスマートフォンが置かれているのを見つけた。手に取って、ホームボタンを押して、いくつか届いていたメールにチェックした。その中に、小向からの連絡はなかった。

山下に、平野に、散々言われて散々な思いをした一日だった。それなのに、真っ先に思い出されたのは、小向の、桑田に縋りつく姿と、こちらを睨む瞳と、「勝手にやってるんじゃないですか」という言葉だった。

「ああ、くそ」

許せない、許さない。そんな考えなど暴かれたくないと願いながら、この考えを剥き出して小向を従わせなければならないとも思う。相反する意識が胃を締め上げて、吐瀉した。何も食べていない永井の胃からは、ただ泡立った胃液だけが流れた。

幼い頃、痛みを堪えて見上げた天井を、また痛みを堪えて見上げている。なのに、頭を撫でてくれる手は、ない。どれだけ耐えたとしても、どれだけ望んだとしても。なのに、耐えなければならない。永井は苦楚に耐え切れず嗚咽を上げた。

楽になりたくて胃の辺りの皮膚を掻き毟ったけれど、血が滲んで赤くなるだけで、ちっとも楽になんてなれやしなかった。


時同じく二十時頃、青柳は福原と訪れた居酒屋で、日本酒を煽った。

「青柳くん、いい呑みっぷり」と、福原が持て囃すのに、

「ありがとうございます」とだけ答えて、大きな体を縮こまらせた。

山下があれだけ追い詰められる意味が、あるのだろうか。

仕出かした事から逃げ切れば、すべては元通りになるはずだと信じていた。けれど、今、膝を折った山下の姿が瞼の裏に焼き付いて離れなかった。

「福原さんは、どうして俺の味方をしてくれるんですか」

福原は青柳の苦悩を察して、面倒だと思いながらも、丸まったその背中を撫でた。

「そんなの、青柳くんが悪くないからに決まってるでしょう」

「でも、それを言ったら、山下さんだって悪いことはしていないじゃないですか。それなのに」

青柳が苦悩に躊る横で、福原は、一切の表情を失った。

「……いいや、害悪さ。何もできない癖に、ああやって」

そこで言葉を切り、息を吐いた。その短い沈黙に違和感を覚えた青柳が顔を上げた頃には、福原はいつもの微笑みを取り戻していた。

「ほら、大局を見よ！　って言うでしょう？　青柳くんは抱えているものが他の人とは違うんだから、細かいこと気にしちゃ駄目だよ」

「ありがとうございます」

それは何の答えにもなっていないのに、納得しなければならない脅迫じみた説得力があった。押し黙った青柳の背中を叩き、福原は席を立った。

「店を変えようか」

福原の提案に逆らう理由もなく、青柳は言われるがままに店を出る準備を始めた。

その時、携帯電話の着信音が鳴り出した。

「この着信音、青柳くんのケイタイ？」福原が青柳にそう尋ねると、

「そうです、すみません」と、青柳が返した。ジーンズのポケットからスマートフォンを取り出して画面を見ると、登録していない固定電話からの着信だった。仕事関係だろうと思う反面、得も言われぬ恐ろしさを覚えて、応答を躊躇した。

「出ないの？」

そう話す福原の双眸は、明示されていない罰の存在を青柳に教えているようで、青柳は恐ろしくてたまらず福原から眼を逸らした。

「で、出ます」と言って応答ボタンを押し、スマートフォンを構えた。

「もしもし……どちら様ですか」

力無くそう言った青柳の耳に届いたのは、知らない男の声だった。

「夜分遅くに恐れ入ります。青柳さんの携帯電話でお間違いないでしょうか？」

丁寧な口調から、やはり取引先かと思い、

「はい、青柳ですけど」と答えた。

「私、中警察署刑事課の大谷と申します」

予想外のその名前に、青柳は声を上げた。

「け、警察！？」

福原は、惑乱する青柳に一瞥もくれず、その手からスマートフォンを取り上げた。

「これは、任意出頭の要請ですか？」

「あなた、青柳さんじゃありませんよね」

「ええ、はい。上司に当たります、福原と申します」

その綽々とした口振りに、大谷は、この電話の結末を既に予感していた。

「……青柳さんに代わっていただけますか？」

「質問に答えてください。任意出頭の要請ですよね？」

職務上、尋ねられてしまえば、偽ることはできない。大谷は眉を顰めた。

「……そうです」

想定していなかった事態に、大谷は落胆した。

想定していた通りの事態に、福原は微笑んだ。

「任意出頭であればするつもりはないと、青柳は申しておりますので。それでは、失礼いたします」

大谷の返事を待たずに、電話を切った。眼前で繰り広げられた会話が理解できず狼狽える青柳の冷や汗を、ハンカチで拭ってやる。

「大丈夫だよ、青柳くん。任意出頭って断れるんだ。警察って、何の役にも立たないよね。それより、何食べたい？　何でも食べさせてあげるよ」

「あの、福原さん、俺」

警察が何をしようとしていたのか、福原が何をしているのか、青柳には何も解らなかった。ただ、味方だと名乗って微笑む福原の双眸に揺蕩う光は、不安を煽るほど目映かった。

開けた口を閉じられずに震わせている青柳の肩を抱きかかえて、

「女の子でも食べに行く？」と、尋ねた。

唐突なその提案に、青柳の劣情を煽られた。

「女の子って……」

「はは、青柳くん。今の時代、お金を払えば女の子だって食べられるんだよ。美味しい奴をね」

その眼が劣情と恐怖の狭間で泳いでいることを知りながら、福原は青柳の背中を押した。

「さぁ、行こうか。美味しいお店を知ってるんだ」

このまま行けば、山下は二度と元通りにならないだろう。山下が惨めな人間だと、青柳も認めなければならないのだから。

行かなければ、青柳は二度とこの道に戻って来られないだろう。スタークリエイターへの道も、美味しい食事も、美しい女性も、二度と、触れることが叶わない。

「あはは！　泣くほど嬉しい？　さすが青柳くんは、男の子だね」

青柳は自分の眼からこぼれる涙の正体が解らないままそれを垂れ流し、それでも、福原に付いて行くことをやめなかった。


福原に切られた電話を置いて、大谷は冷えたコンビニ弁当を食い始めた。その横で「だからやめとけって言ったのに」と言って、佐藤が缶入りの飲料を煽った。

「佐藤さん、職場でビールはやめてください」

「ノンアルコールビールだから、大丈夫だ」

一気に飲み干すと、『炭酸飲料』の表記面を向けて、空き缶を大谷の前に置いた。

「大谷も飲むか？」

佐藤が取り出した新しいノンアルコールビールを無視して、大谷は玉子焼きを口に放り込んだ。

「証拠もない事件の任意出頭に応じる奴なんざいねぇよ」

「そんなことありませんよ、ちゃんと来てくれる人だっています」

「任意だってばれなかった場合だけだろう」

「そんなことありません、本当に反省して来てくれる人だって」

「逃げられないって思ってる奴だけだろう。許して欲しいだけの懺悔なんざ、教会で充分さ」

佐藤が言っていることは、例え道理から外れていたとしても、社会の真理だ。今この場、この状況で、大谷はぐうの音も出なかった。

「今から起訴できませんでした、って言ったら、訴えてきた女はぶち切れだろうな。受け取らなかったらそこで諦めただろうに、変に期待を持たせて、大谷は結局その女を追い詰めているだけだ」

箸と食いかけの弁当をデスクに叩き置いて、大谷は佐藤を睨んだ。

「……佐藤さん、さすがにそれは腹立ちます。撤回してください」

「嫌だね、俺はとっとと大谷に改心して欲しいから、心を鬼にしてんだよ」

「改心するのは佐藤さんですよ！　警察は、刑事は、被害者の味方であるべきでしょう！」

「警察は世界平和を目指す正義漢の集まりじゃない。解決できる事件を手柄のために欲しがる輩の集まりだ。もう解ってるだろう」

言い伏せられて遣る方なく弁当を手に取り、感情的な反論を押し込めるために冷や飯を口に詰める大谷を、佐藤は鼻で笑った。

「再犯率の低そうなその事件を起訴してなんだかんだとしたって、その女のストレス解消にしかならんよ。もっと世のため、人のため、有意義な仕事をしてくれよ」

大谷がようやっと冷や飯を呑み込んだ時、佐藤はそこにいなかった。

片付かない書類の山を目の前にして、冷えた肉を口の中に詰めた。肉の油が舌に張り付いて、不快だった。喉に詰まりそうになったそれを、佐藤が置いていったノンアルコールビールで流し込んだ。美味くなくとも、喰わなければならないから。


二十二時、小向は、小雨がフロントガラスを叩く山下の車の助手席に座っていた。

「ごめんね、夜遅くに」と、山下が微笑んだ。

一度は帰宅した小向がこうして山下と会っているのは、「会って話したい」という山下の誘いに応じたからだった。唯一の味方である山下から神妙な声で頼まれれば、断れない。

休日出勤の予定もない金曜日の夜、早く眠る必要もない。どうせ眠れもしない。何か大切な話があるのかもしれない。聞き逃せば、もっと辛い目に遭うかもしれない。そう思えば、腑の中を巡る淀みのような不明瞭なものは、誘いを断る理由になんてならなかった。

番組表通りに流れるテレビの電源を切って、迎えに来た山下の車に乗り込んで、今。

車は発車せず、薄暗い車中で、山下が会話を切り出した。

「永井さんは、まだ病院？」

差し込む街灯だけでは、山下がどんな表情をしているのか、はっきりとは判らなかった。

「はい、多分」

「多分ってことは、連絡取ってないの？」

「はい」

項垂れて答える小向に、山下は、腑の底の笑い声を悟られないように努めて殊勝に振る舞った。

「そっか、永井さん、言い辛いのかな」

そのたった一言は、小向を惑わせるのに充分だった。何と尋ねていいのかわからず狼狽える小向に、山下は胸を弾ませた。

「……刑事裁判の結果が出るまで、青柳は処分しない、と言われてしまって」

小向は、それまでより一層うるさくなった耳鳴りに咄嗟に耳を塞ごうとして、やめた。狂ってなどいないという誇りじみた勘違いで恐怖を無視して、正気のように振る舞った。

「しかも、永井さんまであんな風に考えてるなんて、俺もショックだよ」

「あんな風って、何ですか？」

「こんなこと、言っていいのかな」

わざとらしく言い淀む山下に、小向の心臓が騒ぎ出す。その傍らで、僅かに浮かんだ山下の片笑みは、夜の闇に紛れて見えなかった。

「永井さんは、会社の対応に納得してるみたいなんだ」

信じたくない真実らしきものが淡々と語られる中、心臓が抉られるような痛みで、咄嗟に左胸を押さえた。けれど、血は一滴も流れていなかった。こんなにも痛いのに傷はなく、傷がないのに痛がる自身が狂人のようだと、小向は息を呑んだ。

「小向さんは元々反感を買うタイプだから、自分を見直す良い機会だって。酷いよね。信じられない。今回の件も、油断していた小向さんが悪いんだって思ってるらしいよ」

山下は小向が黙して震え出したのを好機として、いよいよ準備していた台詞を吐いた。

「いっそ犯されていたら良かった、とまで……酷いこと言うよね」

嘘だ、と否定しようとした時、永井の声が頭に響いた。

「お前はまだ男に媚びを売るのか」

一見に添えられた百聞は、疑いようもない真実らしきものを築き上げる。実体があろうがなかろうが、そんなことはお構いなしに。

心で描いていたシナリオ通りの落涙に悦に入って、山下は小向の肩を撫でた。

「……可哀相に。大丈夫だよ、俺はそうは思わないから」

山下の手の暖かさに脳がぐらりと揺れ、心臓がどくんと跳ねた。ちらつく青柳の影さえ見て見ぬ振りをすれば、それは、恋の始まりとよく似ていた。

もし、この気持ちが恋でないのなら、山下は恋に破れて味方でなくなるかもしれない。

もし、この気持ちが恋であるならば、山下は成就した恋の中で、味方として居てくれる。

だから、これは恋でなくてはならない。

小向は、心臓の高鳴りを恋だと定義した。

手を握り返す小向の姿は、山下のシナリオ通りだった。目に映るものがすべてで、本心なんてどうでもいいこの社会で、小向は、山下に恋をしたことになった。

「永井さんは、生意気だとか反感を買ってるだとか言うけど、それって小向さんに実力があって出世してるからでしょ？　入社して三年でそこまで出世して、凄いよ。反感じゃなくて嫉妬だろうなって思うし、生意気だと俺は思わないよ」

数日前に知り合った山下が、小向が周りにどう思われているかなんてことを知っているはずがない。なのに知っているということは、それは永井の言葉なのだ。

淡々と語られる未知の中でぎらりと光る真実らしきものが光にしか見えず、小向は、そちらに倒れた。それが道標なのか、獲物を誘き出すためだけの光なのか、知りもせず。

「この状況に負けちゃ駄目だ、刑事裁判しなければって言うんなら、やってやろう。俺は証言するし、青柳の自白データだってある。絶対、大丈夫だ」

涙が止め処なく溢れる理由を恋の成就のせいにして、それとはほど遠い顔色で、小向は微笑んだ。

小向の瞳から涙がぽたぽたと落ちる涙の音が、少しだけ強くなった雨がフロントガラスとボンネットを叩く音が、山下には、遠くから聞こえてくる拍手のように聞こえた。それに鼓舞されて小向を抱き寄せると、されるがままに身を寄せてきた。

間近に、小向の赤い瞳が迫った。


ああ、なんて酷い安堵感だ！


腑の底から沸き上がる恍惚にくらり、酔ったような眩暈を覚えた。

「小向さん、絶対に守るから」

囁くと、蒼褪めた頬が赤らんだ。その姿は可憐に躊躇う純粋な乙女そのもので、山下は心を躍らせた。唇と唇の距離を縮めても、小向は何も言わない。承諾されたとものだと寄せられた山下の唇を、小向は、拒まなかった。

こうしなければならないと、小向は思った。

こうしていたいと、山下は思った。

そうして金曜日が終わり、事件が起こってから初めて訪れた週末を、皆、それぞれの思いを抱えて過ごした。非日常から目を逸らしたい一心で、出来得る限りの愉しみと悦びをかき集めて。そうしたただの快楽に浸り切った時間に育てられて、心の傷の種は芽吹き、蕾をつけようとしていた。

そうした週末を終えて訪れた月曜日、朝の十時。

『テクニカル』第五会議室で、桑田が首を傾げた。

「何で『テクニカル』に呼び出されるんでしょうね」

「知るか。こっちと内容がバッティングしないようにとかそんなんじゃねぇの」

そう乱暴に答えたのは、桑田の右隣に座る病み上がりの永井だった。

「永井さん、日曜日に退院したばっかりなんでしょう。今日だって、何のために集まるのか言わずにここに集まれって、しかも昨日の夜に連絡って、あの化け狸が」

「無理しなくて進む仕事じゃないでしょう。無理しないでくださいね」

しきりに貧乏揺すりをして憎まれ口を叩くいつもの永井に、桑田は笑いをこぼした。

「じゃあ、無理してもいいけど、倒れる前に休んでくださいね」

「はいはい」

桑田の心配が嬉しくて、永井の口元が緩んだ。

「……小向さんは、大丈夫？　先週は調子悪そうだったけど」

桑田は、左隣に座る小向にそう尋ねた。永井は会話から外れたくて、視線を逸らした。

「いえ、はい……」

小向は、桑田に一瞥もくれず、項垂れたまま答えた。

桑田は、小向が何を考えているのか、皆目見当がつかず、小さく溜め息を吐いた。

荷物を積むためにと桑田が購入したミニバンは、『DramaticArt』の経費削減のため、運転手付き社用車のようにして使われている。人も車も好きな桑田はその扱いが気に入っていて、いつもどこかへ移動する時は、桑田が皆を迎えに回っていた。

桑田を含む三人が、中林からこの時間ここに集まれと指示を受けたのは、昨夜のこと。話を聞いてすぐに、迎えに行く旨を小向と永井に連絡をした。

それなのに、小向は今日に限って送迎を断り、わざわざ電車で来訪している。

そして、いつもなら喧しい程に雑談を交わしている永井から離れて座り、一言も話をしていない。

『テクニカル』のドラマが二枠だったから、と言って、このようなことになるのだろうか。

そう按ずる桑田の隣で、小向は、青柳が同じ建物の中にいるという恐怖に耐えていた。

もし、青柳と会ってしまったら。想像するだけで記憶の深海が波立つようだった。けれど、青柳と会うかもしれないなんて理由で仕事を断るだなんて、小向のプライドが許さない。小向は不安と戦うことを選んだ。それでもやはり恐ろしくて、昨夜、不安を吐露しようと山下に掛けた電話は、応答がなかった。メールを打つ気力もなく、連絡を取っていない。明るく振る舞う自信が持てない小向は、できるだけ独りでいたくて、桑田の送迎を断った。

永井は、小向が青柳に怯えているのだろうと見透かしながら、案じる素振りは一切見せなかった。

もし、青柳と会って、小向が永井を頼って縋ってくるのであれば、本望だから。

各々は、馳せた思いを語ろうとはせず、取り繕った会話を続けようとしていた。

「今日は一体、何の話をするんでしょうね」

小向が、そう切り出した。青柳の恐怖に屈して、永井や桑田との会話を失いたくなくて、必死になってその問いを絞り出した。ようやっと話し始めた小向に、桑田は喜んで返事をした。

「さっき永井さんが言ってた通り、バッティングしないように内容確認とかじゃないかな」

「でも、うちはまだどんなドラマをするのかも決まってないですよね」

桑田は小向のその問い掛けで、小向がまだ自分の企画が採用されたと知らないことを知った。永井の方を見やると、永井は明後日の方向を向いていた。

永井が小向の企画を提出したのは、小向を喜ばせたいと意図してのはずなのに、草案として採用されたことを自分から告げていない。それは、喧嘩しているからなのか、照れているからなのか。

「永井さん、小向さんにまだ言ってないんですか？」

「……何の話ですか」

「企画……あれを出して草案として決まりましたって」

「言ってないです」

永井は、頑なに桑田の方を向かず、淡々と答えた。

小向を喜ばせるために企画を出しただなんて、言いたくなかった。今言ってしまえば、永井から小向に許しを乞うているようで、小向を好きだと言っているようで。

永井が求めているのは、許しでもなく、そして恋仲でもなく。

みっともなく女に媚びを売る自らを想像して、永井の耳が赤くなった。桑田はそれを見つけて、

「永井さん、自分から言わなくていいんですか？」と、尋ねた。

どことなく浮ついた語調が気になって永井がそちらを見やると、桑田は満面の笑みを浮かべていた。

この振る舞いを恋心からのものだと思っているからだろうと、永井はすぐに察した。

「あのな、桑田さんが思っているような話じゃないですからね」

「俺が思ってるような話って、何ですか？」

他人の恋路を楽しむ輩に恋ではないという言い訳は通じない。永井は取り繕うのが面倒になって、

「……もう、何でもいいです」と、適当に返した。

「じゃあ、俺から言いますね」

妙に張り切ったが桑田は小向の方に向き、永井が止める間もなく、小向にこう告げた。

「こないだ、小向さんが休んでた日のミーティングで、ＧＴＴは小向さんが前に考えてたオーケストラのドラマにしようって決めたんだ」

「えっ……」

小向は、その言葉の意味がにわかには理解できなかった。

あの企画書は永井に渡していた。それが、採用されているということは。

「永井先輩が、提案してくれたんですか」

永井の方に身を乗り出して、小向が尋ねた。永井は視界の端に小向の姿を捉えて、

「……ああ」と、短く答えた。

数日振りに交わした諍いのない永井との会話と、仕事を認められた喜びで、小向は泣き出した。永井はそれを無視できず、けれどあまりにも純粋な涙は眩し過ぎて直視できず、

「何で泣くんだよ」と、ぶっきらぼうに返すのが精一杯だった。

「嬉しくて」

「まだ提案段階で、草案としての採用だ。企画にもなってない。本決まりしてから泣け」

語気を強めて、外方を向いてそう言い放った。なのに、小向は、

「ふふ」と、笑った。

それだけで、永井の腑を満たしていた憤りや苛立ちはすっかり押し流された。

「中林さんも驚いてたよ、永井さんが他人の企画出すなんてってね」

「『俺以外はろくな企画を出さないごみばっかり』って嘆いてましたもんね」

桑田につられて、小向も軽口を叩いた。

「そこまで言ってねぇだろ」

永井は思わずそちらを振り向いて、小向と、眼と瞳を合わせてしまった。

「言ってましたよ」

小向の瞳に映った自らの姿に、永井の心が激しく揺さぶられた。


小向が、手元に戻ってきた。


ようやく得られたその悦びを堪能する間もなく、第五会議室の物々しいドアがノックされた。

「よう、お待たせ」

間もなく開いたドアから顔を出したのは、中林だった。

「中林さん、今日はなんだってこんなところに呼び出して……」

永井がその質問を途中で切って、眉を吊り上げた。

「いやぁ、永井くん、倒れて入院したんだって？　『御苦労様』！」

それは、永井にとって不意のことだった。

「まさかこんなに早く出勤するとは思わなかったよ。無理せずに何日か休んでもらっても」

青柳の事件の裏でずっと見え隠れしていた福原の姿を前にして、永井の胸中は穏やかではなく、居座り続ける胃の痛みに突き動かされて怒号を放った。

「何で、てめぇがここにいるんだよ」

声色低く、敵意を剥き出しにして永井が言った。それにぎくりとしたのは、福原ではなく、ここ数日、その声に追い詰められ続けた小向だった。

「永井、落ち着け」

福原に殴り掛からんばかりの永井の背中を、中林が摩った。

「中林さん、今日は一体何の打ち合わせなんですか、何でわざわざ福原さんが」

「福原課長は、プロジェクト統括だけでなく、制作に参加することになったんだよ」

まずは永井を宥めなければと、中林は意図して穏やかにそう告げたのに、

「『DramaticArt』と共同制作という形を取るのは初めてでしょう。ちゃんと『TEC』らしくもあり『DramaticArt』でもあるドラマを作ってもらうためには、経験者がいないと」

福原は喜び勇んでそれを台無しにした。

「何が『TEC』らしさだ！　それで売れねぇから、うちが買収されたんだろうが！」

福原に掴み掛かろうとする永井を、中林はしがみついて止めた。

「永井、落ち着け、頼むから、先に福原課長がいるって言わなかったのは謝るから」

永井は息を大きく吸ってから、中林を振り払った。

「わざわざ、こんな罠に嵌めるような真似をしてまで、呼び出した理由は何ですか」

永井が尋ねるのに、中林は、権力に屈して泳ぐ目のままで愛想笑いを作った。

「福原課長がチーフプロデューサーとして制作に参加することになったから、そのお披露目だ！　瀬口ミコをヒロイン役として使えるようにしてくださるそうだ。凄いだろう、諦めていたあの女優が、

使えるんだぞ！」

　永井は、許せなかった。あたかもそれが良い報せであるかのように振る舞う中林も、中林にそうさせる福原も。

「別に瀬口じゃなくたって！　大体、今聞いている程度の予算で有名女優なんて起用できる訳が」

「できるよ」

　福原が、永井の反論を打ち切った。

「僕がチーフプロデューサーになるってことで、更に予算が降りることになったんだ」

「役者だけで人気が決まる訳じゃない、別に予算なんて今のままで」

「じゃあ、何でドラマの人気が決まるの？」

　福原の切り替えしに、永井は声を呑んだ。

「もしかして、ドラマは企画と演出とシナリオで、人気と出来が決まると思ってるの？」

「そんな訳」

「だよね。永井くんほどのやり手なら解ってるよね。瀬口ミコは明瞭な看板だ。あの大和撫子のイメージは海外ウケが抜群にいいだろうね。アイコンを見ただけで、再生ボタンを押したくなるような」

　福原への反論を、持っていない訳ではなかった。けれど、何かを話そうとしても、腑の中のヘドロが喉に詰まって、何も、出て来なかった。

「どれだけ良いドラマだってね、それを演じて宣伝してくれる役者がいなければ始まらないんだよ。あのドラマだって面白かったけど、違法アップロードされなかったら、ヒットしなかった。永井くんだってそれを解ってるでしょう」

「そんなこと解ってる！　だからって」

「永井！」中林に腕を掴まれ、永井は言葉を切った。

何かしら弁解が聞けるのかと何も言わずに中林が口を開くのを待つ永井に、中林は、

「……すまない」と、わななく喉から一言だけを絞り出した。

「ふざけんな」

中林の手を振り払って、永井は第五会議室を飛び出した。

「すみません、ちょっと行ってきます」

中林は頭を下げて永井を追い掛け、小向と桑田、福原の三人が、第五会議室に残された。福原は一切動じることなく、ここからが本題だと言わんばかりに、小向と桑田に向き合った。

「じゃあ、永井くんたちがいなくてもできる話をしておこうか。そろそろ、来ると思うんだけど」

「誰かを呼んでいるんですか？」

桑田が尋ねるのに、福原は微笑み返した。

「僕がチーフプロデューサーとして据えられたのは、何も君らのドラマだけじゃないんだ。『テクニカル』と『DramaticArt』でドラマの質に差が出ないように、すべてのドラマに関わらせてもらうことになったんだよ。それでね」

そう話している時、鉄製のドアから鈍いノックの音が聞こえた。

「ああ、来たみたいだね」

ゆっくりと開くドアに、小向と桑田は注目していた。小向は薄っすらと、ドアを開ける人物が誰なのか予感していて、だからこそ、瞳を逸らせなかった。

「福原さん、お待たせしました……」

幻覚ではないその存在は、小向の背筋をびりびりと撫で上げ、ぎりぎりと音が鳴りそうなほどに瞼

逃げなければ。


その期待以上の光景に声が少しだけ上ずったのを、福原は咳払いでごまかした。

「青柳くん、遅かったじゃない」

が開いた。


小向は後退り、その場でよろけて転び倒れた。

「あ……」と声をこぼしたのは青柳の方で、小向は黙したまま、立ち上がらず耳を塞いだ。

第五会議室を走る得体のしれない緊張感を察して、桑田は室内を見回した。硬直する小向と、狼狽する青柳。そして、笑う福原。三人が織り成す空気は、恐ろしく奇妙だった。

「小向さん、大丈夫？　立てる？」

桑田が、小向の肩に触れた。

その手の感触が、どっ、と、小向の全身を貫いた。

手の気配だけが独り歩きして、首に纏わり付いて、咄嗟にその手を払い除けた。

「触らないで！」

拒絶に、桑田は『TEC』で小向と会った時のことを思い出した。

「……ごめん」

呆然とする桑田に、小向は息を呑んだ。

「違うんです、ごめんなさい」

それ以外に言えることもなく、小向は肩を揺らして荒く息をした。そうしてこぼされた小向の涙に、青柳は唾を呑んだ。

小向の乱れる息に、手の中にすっぽりと収まった細い首の感触を思い出してしまった。

ぐっと力を込めれば、思い通りに息を止めることができた、あの時。生まれて初めて、女を意のままにした、あの瞬間。

自らが恐ろしく思えるほどに湧き上がる劣情に怯えながら、止める術を知らず、ただ小向を食い入るように見つめた。その視線が、余計に小向の首に絡まった。

福原がその光景に胸躍らせていた時、乱暴にドアが開いた。

「青柳！」

山下だった。その姿を眼にして、青柳は肩を竦ませた。

「山下さん、何でここに」

「丸野くんに聞いた。青柳と福原さんが『DramaticArt』のスタッフと第五会議室って」

「くそ、丸野の奴」

苦言を呈する青柳の振る舞いを腹に据えかねた山下が、憎悪に満ちた目で青柳を睨めた。

「丸野くんのせいじゃないだろう……この、くずが」

背筋を凍らせる青柳と山下の間に、福原が割り込んだ。

「山下くん、何を怒っているのか知らないけれど、君が参加しない打ち合わせの予定を何で君に伝える必要があるのかな」

山下は福原を一瞥しただけで何も答えず、小向に歩み寄った。

「小向さん、大丈夫？」

怯え切った小向の肩に、山下の手が先程の桑田と同じように触れた。小向が怒鳴るだろうと桑田が息を呑んだのに、小向は、それを拒まなかった。

「山下さん」

その手を受け入れて腕にしがみ付き、身を預けた。そこにいる皆が、一驚に喫した。

「小向さんを休めるところに連れて行きます」

山下は桑田にそう告げたのに、

「へぇ、何で？」と、福原が返した。

「……全部知ってるんだから、わかるでしょう」

山下は福原を相手にせず、第五会議室を後にした。

この日、山下は夜に小向と会えるかもしれないと期待して、自前の白いワゴン車で出勤していた。その車に小向を連れて行き、後部座席に乗せた。福原と青柳から逃れるための休憩所として使うことになるとは、露ほども考えていなかった。

「ごめん……丸野くんから聞いて、慌ててこっちに来たんだけど、間に合わなくて」

小向に続いて山下も後部座席に乗り込み、ドアを閉めて、肩を抱いた。

「山下さんのせいじゃ、ないです」

落涙する小向の姿は、まるでドラマのヒロインのように美しかった。

そのほろほろと流れていく涙に触れると、正義を、誠心を、努力を、誰も肯定しなかったすべてを肯定されるような心地だった。山下はうっとりと我を忘れ、小向を抱き寄せ、慣れた様子で口付けた。週末を恋人として過ごした二人にとって、それはもう、許可の要らないことだった。

それを受け入れて全身に走る痺れが、甘美なものなのか、恐れるべきものなのか、小向は考えることすらしなかった。ずっと柔らかく首を絞める青柳の手の気配だけは確かにそこにあって、細くなった喉に空気が通る度に、ちり、と痛む。けれど、どうなるのかわからないものに怯えるよりも、わかり切ったそれに耐える方がましだと、無意識に選択していた。そうして浮かべられた苦悶の表情はあたかも悦に入っているようで、山下の劣情は煽られた。

そう広くはない『テクニカル』の駐車場で、手持ち無沙汰で自家用車に戻って来た桑田は、淫楽に耽る二人を目撃した。

「小向さんと、山下さんって、そういう……ええ……」

桑田は頬を紅潮させて屈み、目の前にある車でその身を隠した。

まだ二人がこちらに気付いていないうちにここから立ち去るべきなのだろうけれど、去る時に気付かれてしまったらどうするべきか。さすがにこんな場面を目撃してしまったとなると、気不味さが拭い切れない。

どうしたものかと考えあぐね、車体に背中を預けて地面に座り込んだ。その時、目の前の柱に、小さな落書きを見つけた。

創作意欲が抑え切れなかった誰かが描いたのだろう、ロゴマークのような落書きだった。途中で意欲が途絶えてしまったのか、その完成度の低さは笑いを誘うほどだった。

「これ、何だっけ」

桑田はその落書きに覚えがあった。じっと見つめて思いを巡らせ、二年ほど前に『テクニカル』に仕事で呼ばれたことを思い出した。懇意にしてもらっているプロデューサーから仕事を頼まれて断り切れず、納期直前のハードな案件を受け入れたことがあった。あの時、この駐車場枠に停めて、この落書きを見つけた。

「懐かしい……」と独り言ちてから、すぐに息を呑んだ。

その案件が終わった時の騒ぎと、騒いでいた男の顔を思い出した。

「……山下さんって、あの時の」

記憶は朧気で確かではなく、その真実性を確かめる術もなかった。

もし、この記憶が確かなら、山下は。

そう思った時、マナーモードに切り替え忘れていた桑田のスマートフォンの着信音が響いた。

「うわっ」

慌ててジーンズのバックポケットから取り出したスマートフォンを、手を滑らせて落として、それを拾おうと手を伸ばした。その手が、着信音に驚いて辺りを見回していた山下の視界に入った。

「誰かいる」

山下はやにわにシャツの襟を正し、車から降りて人の気配がある方に足を向けた。

車のドアが開いた音に観念して、桑田は立ち上がった。歩み寄ってくる山下の方を向いて、動揺を悟られないように深呼吸をして、愛想笑いをした。

「や、山下さん、こちらにいらっしゃったんですね。すみません、ちょっと電話が」

罅割れたスマートフォンを拾って、鳴り続ける電話に応答した。

「……はい、もしもし」

「桑田さん、今どこですか？」

電話の相手は、永井だった。

「……『テクニカル』の駐車場です」

「丁度良かった。中林さんと話してて、埒が明かないから一旦うちのオフィスに帰ろうって話になったんですが」

「わかりました、じゃあ車で待ってます」

「そっち戻りたくないんで、五反田駅まで車持って来てもらっていいですか。小向も連れて」

「わかりました」小向の名前に肝を冷やしながらも頷いた。

電話を切った桑田に、山下はすぐに問い掛けた。

「桑田さん、ここで何を」

それが愚問だとすぐに気付いたけれど、それを撤回するよりも早く桑田が答えた。

「今、ついさっき、本当についさっき、福原さんと別れて出て来たんですけど、山下さんは」

「小向さんに、俺の車で休んでもらってるんです。オフィスの方だと人目がありますから」

「そうですか、じゃあ、そこに小向さんがいるんですね」

我ながら白々しいと思いつつ、桑田はそう返した。

「はい、呼んで来ます」

山下に呼ばれて車から降りてきた小向を、桑田は直視できなかった。先程の光景を目撃したせいで、やけに艶めかしく感じられて。それを悟られないように、必死で愛想笑いを作った。

「小向さん、今、永井さんから連絡があったんだけど、一回『DramaticArt』のオフィスに戻ろうって話になったんだ。五反田駅で待ってるらしいから、一緒に行こう」

小向は、ミニバンのドアを開けようとした桑田の横を通り過ぎた。

「私、電車で行きます」

桑田は、手を振り払われたことをすぐに思い出した。狭い車中で、偶然にでも誰かに触れられたくないのだろうと察した。

「待って、三列目だったら、独り占めしていいから！」

桑田の必死の呼びかけに、小向が足を止めた。桑田は、小向の気が変わらぬうちにと、慌てて車中の荷物を片付け、二列にセッティングしてあったシートを動かして三列目の座席を用意した。小向は礼も言わずに乗り込んだ。

「じゃあ、小向さん。また連絡するね」という山下にはしっかりと返事をして。

桑田はその二人のやり取りを前に掘り返された記憶を反芻しながら、ただ車を走らせた。


十二時前、桑田の車が『DramaticArt』の駐車場に到着した。

「着きました」という桑田の声を合図に、永井が車を飛び出した。

「永井、どこへ行く！」オフィスとは違う方向に歩き出した永井に向かって、中林が声を張った。

「コンビニに煙草買いに行くだけです。逃げませんから」

足早にそこを離れる永井を見送って、中林は大きな溜め息を吐いた。

「桑田くん、すまん、永井について行って宥めてやってくれ。これで何でも買ってくれていいから」

桑田は中林が差し出す一万円札を受け取って頷き、すぐに永井を追った。

「永井さん、待ってください。俺も行きます」

桑田はすぐに永井に追いついて、肩を並べて歩いた。

「中林さんがお金くれたんで、何でも奢りますよ」

「ふん、こんなもんで買収されるかよ」

永井は煙草を取り出して着火し、煙を吐き出した。

「あれ、まだあるじゃないですか」

「これが最後の一本なんです。この後のこと考えたらカートンで買っとかねぇと、あの狸親父はこうなるとなかなか折れませんから」

いつも通りの憎まれ口を叩く永井が、どうしてもいつも通りだと桑田には思えなかった。死を彷彿とさせるほどに覇気がないのに、憤りや不満が滾っている眼。青柳の企画がどうだこうだと病院で話してくれたけれど、恐らく、それとは別のことに苛まれているのだろうと、薄々気付いていた。その訳のわからない何かに、永井が殺されてしまうかもしれないと、恐々と背筋を凍らせた。

「……無理しないでくださいよ」

「福原のおっさんがいる限り、無理しないと仕事できねぇよ」

コンビニ前に着くと、永井は設置された灰皿の前で煙草を掲げた。

「これ、吸い終わるまで待ってくれ」

硝子の壁に背中を預ける永井を前に、桑田は閃いてしまった。永井に尋ねれば、思い出した記憶の真偽を確かめられるかもしれないと。

「そ、そういえば、永井さん、山下さんとお知り合いなんですよね？」

「そりゃあ、ＧＴＴ始まって挨拶交わして、昨日山下さんの話してたぐらいですから。これで知らないって言ったら、胃じゃなくて頭の検査しなきゃでしょう」

「ですよね……そうですよね……」

自ら話を切り出しておいて、「ああ」「いや」と桑田がまごついた。これみよがしに煙を短く吸って吐き出してを繰り返して煽ってくる永井に気付きながらも、発言を躊躇った。

「何だよ、はっきり言えよ」永井は、苛立ちを抑え切れず苦言を呈した。

「す、すみません」

謝ってから、一つ息を吐き、唇を舌で湿らせて、腰に手を当て、大きく息を吸い込み、目を閉じ、もう一度大きく息を吐き出した。

その大袈裟な振る舞いに、どこかで青柳のことを知ったのかと思いを巡らせていたから、「あの、山下さんと小向さんって付き合ってますか？」という予想外の質問が、酷く心地悪かった。

「……何で」

永井は眉間に皺を寄せて、ひと際大きく煙草の煙を吸い込んだ。

「今日、二人でいるところを見かけて……」

「ああ、ちょっと山下さんに色々とお願いしてるから、二人でいてもおかしくは……」

「違うんです」

永井は、言葉を遮られた不快感をぶつけてやろうと桑田を睨み、口を噤んだ。桑田が、苦悶の表情で、冷や汗を流していたから。

「……何が違うんですか」

「小向さんと、山下さんが、その……キス、してたのを見てしまって」

「ああ、そうなったのか」というのが、永井の感想だった。

裏切られたような、突き放されたような。これまでずっと一緒に居た方ではなく、急場で優しく近寄ってきた方を選ぶような女だったのだと、小向を軽んじて、鼻で笑った。

「小向はモテますね」

「違うんです、そうじゃなくて、俺の記憶が間違っていなければ」

永井の嘲りを、桑田は首を横に振って否定した。

「山下さん、結婚してるでしょう……」

思いも寄らなかった告げ口に、桑田の頬に光る汗が初夏のじっとりとした暑さのせいではないと知った。

「……は？」

頓狂な声をこぼす永井を直視しないまま、桑田は堰を切ったように話し始めた。

「最近はあまり呼ばれなくなりましたけど、二年か三年ぐらい前、『テクニカル』にも仕事で呼ばれてたんです。何かの番組が終わった後で、寿退社だって祝ってる人がいて……そこにいた旦那さん、俺の記憶が間違っていなければ」

ばちん、ばちんと、永井の脳内で符合していく音が鳴る。

独り者らしくない車、落ちていた壊れた指輪、いつもきっちりとしている衣類、ぶっきらぼうに話す短い電話の相手。あらゆることが、腑に落ちた。

「もしかして、離婚したのかなぁ……」

「知らねぇよ」

永井は煙草を灰皿で磨り潰して、コンビニに入店した。桑田も慌てて後を追い、その話はそこで途切れた。

小向が山下に裏切られて悲しむ姿を想像して、永井も腹が立ったのだろう。桑田はそう想像して、これで小向は助かると、心の端で安堵した。

桑田の予想に反して、永井は、笑っていた。そんなにありがたいことはないと思った。

あんなに立派に振る舞って偉そうに、永井を見下すように振る舞っていた山下が、不倫なんてしているとなれば。山下がこれからどれだけ正義らしいことを言おうとも、もう、誰も信じない。

捻じ伏せてやろう。捻じ伏せて、謝らせて、そして。

道徳から外れて湧き上がる恍惚は、体が溶けてしまいそうに心地好かった。


永井は煙草を一カートン、桑田はいくつかのペットボトル飲料を中林の金で買って、二人は『DramaticArt』のオフィスに戻った。

「戻りました」

「おう、おかえり！」

中林はさっきまで言い争いをごまかすように、努めて朗らかに振る舞った。椅子に座る小向は、永井を一瞥して、すぐに瞳を逸らした。

「相変わらず狸ですね」

永井が上機嫌なのは、決して中林の努力の賜物ではなく、これからを思い浮かべているからだった。山下を言い破り、小向を手に入れる、これから。すべてがあの青空に繋がっているように思えて、永井の心は晴れやかだった。もう、日常なんてものに焦がれる気持ちはなかった。

「……じゃあ、話の続きをするか」

中林がそう切り出してすぐ、永井の表情が険しくなった。

「中林さん、何度でも言いますけど、俺は福原の野郎と創るなんてまっぴらごめんです。低予算で他の俳優でも構わないんで、福原抜きでやりましょう」

「お前が、福原課長と良い関係ではないことは、俺も知っている。俺もあの人のことが好きかと聞かれれば答えられない。けれど、断ればＧＴＴそのものも危ういんだ」

「俺らの存在があってのＧＴＴでしょう、何でそんな弱気なんですか！　福原を入れなきゃやらせないって言うんなら、ボイコットしてでも立場をわからせて」

「永井」

項垂れていた中林が顔を上げた。

権力に屈することに腹を括った男の目に、永井はぎくりと肩を揺らした。

「それ以上言うなら、俺は永井を降ろすよ」

唐突に突き付けられた曇天に、永井は息を呑んだ。

「俺の夢、知ってるだろう。俺は一生ドラマを創り続けたいんだ。そのためには、金と、場所が必要なんだ。断ったら、全部取り上げられるんだ……」

永井は知っていた。中林の夢も、そのためにどれだけ努力してきたかも。だから、葛藤も決意も苦悩も、理解できてしまって、だからこそ、腹立たしかった。

「そんなの、創ってるうちに入るんですか？　ちょっと進めたら相手のいいように話を変えられて、会社乗っ取られたみたいになって、こんなの『作らされてる』だけだ。俺たちは駒じゃない！」

永井の主張することなど、中林はとうに解っていた。週末、それについて悩み尽くし、受け入れる決意をした。そんな葛藤などお構いなしにぶつけられる不躾な情熱が、嬉しくて、苦しかった。

「……俺は、今日は帰る。これは決定事項だ。一日、考えてくれ」

永井から目を背けて、中林がオフィスのドアノブに手を掛けた。

「中林さん、永井さんはそう言いたいんじゃなくって」

中林と永井の間を取り成そうと、桑田が声を張った。中林は、それを背中に聞いて、歩みを止めなかった。呆然とする永井を一瞥してから、桑田はドアノブに手を掛けた。

「永井さん、俺、もう少し中林さんと話します。今日はもう戻って来ないかもしれません、だから、お疲れ様です」

そう告げて、桑田もオフィスを後にした。慌ただしく足音が遠ざかり、そこには小向と永井の二人だけが残された。

気疎い空気に気付かぬふりをして、永井はどかりと椅子に腰を下ろした。カートンの包み紙を破り、新しい煙草を震える唇で挟む。

「ふん、俺がいなかったら何もできない癖に、何言ってんだあの狸」

ライターは、かし、かし、と空回り、永井に気疎い空気を突き付ける。小向はその様子に永井の苛立ちを察し、それから逃げるために立ち上がった。

「……私も、帰ります」

かし、と、ライターと自意識が空回った。

永井は、火を点けることも、気疎い空気を無視して冷静なふりをすることも、諦めた。

「おい」

デスクに煙草とライターを乱暴に叩き置いた。足を止めた小向を横目で捉えた。

「なぁ、お前、山下さんと付き合ってんのか」

虚を衝かれた小向が肩を竦ませたのを見て、永井は、矢所を射た手応えを覚えた。

「何でそんなこと、永井先輩に言わなくちゃいけないんですか」

「はっ、別に、言ってもいいだろ。何か後ろめたいことでもあんのか」

「……そんなのないです、そうです、付き合ってます」

不穏に笑う永井の眼を直視できないまま、小向が答えた。

「はは、そうか、やっぱりな。ははは」

言質を取って、永井は笑い出した。その姿は、小向にとって恐ろしくもあり、腹立たしくもあった。その小向の気持ちを汲んで尚、汲んだからこそ、永井は言葉を鈍器にして振り上げた。

「山下さん、既婚者だぞ」

笑って振り下ろされたそれに思い切り殴られて、小向の心は潰れた。願い通りの小向の様子に、永井は大いに喜んだ。

「ふ、やっぱり知らなかったのか、オトコオンナの癖に変な女臭さ出すから」

ドラマの感想でも述べるかのように揚々と小向の愚かさを語った。

楽しげな永井、言葉の意味、何もかもが理解できない中で、ぼんやりと、ここ数日の間、山下に対して仄かに抱いていた違和感を理解していた。

けれど、潰れてしまった小向の心にとって、そんなことはもうどうでも良かった。

「……それ、山下さん本人から聞いたんですか？」

小向はくぐもった声に、永井は少しだけ怯んだ。

「違うけど、でも」

「じゃあ、違いますよ。山下さんは、結婚なんてしてないですよ」

「何でそう言い切れるんだよ」

せっかくの楽しい気分を台無しにされて、永井は舌打ちをした。

「だって、昨日と一昨日、私とずっと一緒にいましたから。結婚してたら、そんなの無理でしょう。今日だって、夜会う約束してるんです」

小向の瞳が慌ただしく泳いでいる理由が、気が狂っているのからなのか、人を愛しているのからなのか、永井には、判らなかった。

「じゃあ、山下さんに直接聞いてみろよ」

「嫌です。そんな失礼なこと」

聞いて、結婚しているだなんて言われたら。想像するだけで気が狂いそうだった。小向は、もうこれ以上、狂いたくなかった。

「……私、不倫でも何でも、山下さんのことが好きです！」

だからこれは真実の愛なのだと定義した時、小向の視界が蒼黒く濁った。それに混乱に煽られて興奮し、調子外れに笑った。

「山下さんは、本当に素敵な人なんです。いつも紳士的で、私のこと思ってくれて。永井先輩も、少しは見習ったらどうですか？」

そのおかしな笑い声に、永井は奥歯を軋ませた。


どうして、この女は。


永井は小向に詰め寄った。

「お前がそういう人間だから、青柳だってああなったんじゃないのか」

立ちはだかる永井の影の下で、こちらを見下ろす眼を、見上げる。ただそれだけのやり取りに、深海が波立った。

「そういうって、何ですか」

「そういう、すぐに人を馬鹿にして、揚げ足を取って」

「揚げ足なんて」

永井はデスクを殴りつけて、小向の反論を封じた。肩を竦めて耳を塞ぐ小向の女臭さが鼻について、永井の口から形のない憤りが溢れた。

「お前がそんなんじゃなければ、ちゃんとしていれば青柳だってあんなことしなかったんだ。お前が全部、悪いんだ！　どうして、何で俺ばっかり！」

永井の乱暴な声は小向の掌をすり抜けて、耳にずるりと流れ込む。脳に辿り着いて虫になって、駆けずり回って、意識を、思考を、心を、喰い荒らしていく。何が現実なのか解らなくなるほど、ぐちゃり、ぐちゃりと。

「ごめんなさい」

小向は謝意をこぼし、その瞳に永井の姿を映した。それを見つけて、永井は、全身を突き抜けるような安堵感に見舞われた。注射針に耐えて頭を撫でられたあの時のような、心地好さを。


もっと、それが欲しい。

もっと、俺だけを見ろ。

もっと、もっと、もっと！


「適当に謝るな」

幼稚な願いを叶えるために、そう難癖をつけた。

青柳のせいで恋心だと見紛うた永井の独占欲が、暴れ出した。

桑田が炭酸水のペットボトルを開けると、中から水が噴き出した。

「うわっ、冷たっ」

白いプリントTシャツをびっしょりと濡らした桑田の横で、ラージサイズのアイスコーヒーを片手に、中林が笑った。

「ははっ、色付いてるジュースじゃなくて良かったな」

中林は追い掛けてきた桑田に引き留められて、ひとまず落ち着こうと、すぐ傍のコンビニに二人で訪れた。一息ついて、少し心が穏やかになり、ようやく話が始まった。

「……なぁ、桑田くん。永井、一体何があったんだ？」

「何が、というのは」

「元々乱暴な奴だとはわかっているが、あんな顔付きの永井を見たのは、俺は初めてだ。あれは明らかに、何かあった人間の顔だろう」

沈黙は金と言うけれども、今この時にそれは躊躇われて、桑田は口を開いた。

「『テクニカル』のドラマの話は聞きましたか？」

「『テクニカル』のドラマ？」

「俺も永井さんから軽く聞いただけですが、ＧＴＴのドラマ、俺らは一枠なのに『テクニカル』は二枠らしいです。しかも一枠は青柳さんのドラマ制作ドキュメンタリーだとか」

「……なるほどなぁ。それで、何としてでもうちを買収しようとしてたんだなぁ、『TEC』さんは」

たったそれだけの情報で、中林はすべてを察して、項垂れた。

「永井が腹を立てるのもわかる。けどな、うちみたいな会社、こういう力添えでもなきゃあやってけないんだよ。永井と小向さんがヒットを飛ばしてくれたおかげで出資をもらいながら丸呑みされずに済んで、万々歳だと思ってたんだがなぁ」

カップの蓋を開けて、口の中にアイスコーヒーを一気に流し込む。ついでに入った氷を噛み砕き、飲み込み、冷えた溜め息を吐いた。

「すまんが、俺はこの話を進める。永井は……桑田くんに任せた」

「……大したことはできませんよ、社員じゃないですし」

桑田には、中林がどうしてその道を選択するのか、ということが理解できなくても、どうしても選択しなければならないのだ、ということは理解できた。それが社会の仕組みだという、たったひとつの強固な理由で。

「さて、とりあえず今日は帰るかな。明日になれば永井もちょっとは落ち着いてんだろう」

「中林さん、俺、車で送っていきますから、もう少しゆっくり話を……」

「あれ」と呟き、服に付いているすべてのポケットを探った。

桑田はジーンズのポケットに手を入れて、

「どうした、桑田くん」

「車の鍵がないんです……ポケットに入れてたのに」

「おいおい、どこかに落としてきたか？」

「さっきまであったので、落としたとしたらオフィス……ああ、今戻るの気まずいなぁ」

「はは、一緒に行ってやるよ……永井が反省してたら、そのまま話でも聞いてやるかな」

中林は朗らかに笑って、足を向けた。惨劇の舞台と化しているその場所に。

小向が土下座の姿勢で床に突っ伏すのを、永井は不満気に見下ろしていた。

永井が、誠心誠意謝れと、それを体現するには土下座しかないと言うので、小向は言う成りになった。そうすれば、解放される。自らを殺してでも、殺されるよりましだった。

「すみませんでした」

「言葉遣いがなってない。申し訳ございませんでした、だろう」

永井の言葉は、胸に空いた穴を丁度通り過ぎていくようで何の痛みも感じず、ただ言う成りになって「申し訳ございませんでした」と返した。

思い通りになって、思い通りにしかならない小向が癪で、永井は舌打ちをした。

「オウム返しが誠心誠意か？　ちゃんと、自分の言葉で言え」

ひゅ、と鳴る、狭まった喉の歪みさえ、自らのせいだと小向は思った。こんなにも苦しいことが理不尽に他人から与えられるなんて、あるはずがない。良識を教えられ法律で守られたこの社会で、そんなことが、起こり得るはずがない。それが自らの至らなさのせいだと思えば、合点がいった。

落ちた涙を、床が受け止めた。広がって、滲んで、見えなくなっていく。不確かな床は確かにいつも通りそこにあるのに、確かだと信じていた日常だけがなかった。

「……何、黙ってんだ！」

腑から溢れた憤りを堪え切れず、永井は傍にあった椅子を思い切り蹴飛ばした。まさかそれが、小向に当たるだなんて思いもせずに。小向は椅子の衝撃を体に受けて、身動ぎも叫びもせず、ただ床に転がった。望んでいなかった加虐に、永井は蒼褪めた。

永井の顔色が変わったことに気付いて、小向は、薄ら笑いを浮かべた。

目に見えず触れられもしない痛みより、終わりをくれる優しい痛み。

殴られて、蹴られてそれで、終わる、なら。


垂涙する小向の虚ろな瞳に、永井は、背筋と脳の端が冷えるのを感じた。


小向と一緒に仕事をして、笑っていたくて。

だから、それを邪魔するものが腹立たしかっただけなのに。

今、自らの手で壊しているものは。


永井の腑に冷たい空気が落ちて、ようやく、正気を取り戻した。

「小向」

覇気のない声で名を呼び、小向に一歩、歩み寄った。

気付けたのだからまだ間に合う。謝って、慰めて、そして、ちゃんと伝えて。

そう思って手を伸ばした時、車の鍵を探しに来た桑田がドアノブを捻った。無情にドアが開き、永井の手は小向に届かず、剥き出しの暴力の痕跡だけが白日の下に晒された。

「……何、してるんですか」

桑田はその光景に呆然とした　散らかる室内と、床に這い蹲る小向と、小向を掴もうとして止まった永井の手。それは桑田に最悪の想像を齎した。

「桑田さん、どうして、帰ったんじゃ」

「車の鍵が、なくなって……ここしかないって、思って。何してるんですか」

「これは」

言い淀む永井を横切って、桑田は小向に駆け寄った。意識があるかを確認するために、「小向さん」と名を呼び、体を揺すった。力ない瞬きだけが返ってきた。意識があるのに、小向はもう手を振り払おうともしない。振り払われるよりも余計に胸を痛んだ。

「……永井、ひとまず、理由を聞いてやる」

桑田の後から入ってきた中林は、ドアを閉めると、近くにあった椅子に腰を下ろした。

「状況を見たら、永井が暴れたんだってことはわかる。だから、暴れた理由を教えてくれ」

永井は弱々しく震えていた。何を仕出かしても不躾に自信たっぷりに振る舞っていた男と同一人物とは思えないほどに。

「小向が、不倫してるって」

永井の言葉に含まれた言外の意味を、今この場で、中林は汲み取ることができなかった。

「不倫？」

訝しげにそう尋ねる中林の横で、桑田は後悔に苛まれた。この光景が自分の告げ口のせいであることを、知ってしまったから。

「待ってください」桑田が永井と中林の間に割って入った。

「俺、小向さんを送ってきますから、続きは、後でお願いします」

もうこれ以上、小向を追い詰めたくない。何もできない桑田の、精一杯の配慮だった。

「……すまん、桑田くん」

「気にしないでください」

桑田は足元を目で探って車の鍵を見つけてから、小向を抱えて、その場を去った。

ドアが閉まる音を聞き届けてから、中林が切り出した。

「で、不倫って何の話だ?」

「『テクニカル』の、山下って奴と、そんなの駄目でしょう」

中林は大きく溜息を吐いた。

「そんなことありません。俺は、小向が道を踏み外さないように指導をしてやっただけで」

「不倫は良くないことかもしれないけどな、お前がやったことはもっと良くないことだ」

「何でそれで、こんなことになるんだ……おかしいだろう」

「だって、あいつは俺を馬鹿にして、だから」

声も瞳孔も震わせて片笑みを浮かべる永井の姿に、中林は眉を顰めた。今まで見てきた永井とあまりにも違っていて、何も知らない中林には、福原との関わり合いのせいとしか思えなかった。

永井は、このままに潰れるには惜しい人間だ。だから、中林は、苦渋の決断を下した。

「……永井、やっぱり、GTTは降りろ」

そのたった一言で、永井の震えは止まった。

「今のお前はGTTに関わっても良いドラマなんて創れない。潰れていくだけだ。GTT以外に仕事がない訳じゃないんだ」

決してこちらを見ずそう続ける中林のせいで、永井の心の中にあの青空が広がった。

青空の下、草臥れたシャツを着て、防波堤を男が歩く。深夜に放映されたドラマの、偶然にひと目だけ見たワンシーン。

大学だ就職だ安定だとしょうもない未来予想図が勝手に語られる高校生活の中で、ギターを弾いてみたり、バイクを乗り回してみたり、目の前の物を手当たり次第に壊してみたり。遣る方無い衝動を持て余していた永井は、その青空の中に未来を見た。

見つけてしまった未来を掴むために衝動を情熱に変えてぶつけてみれば、人が吐き出す苦言が感嘆に変わった。そうして、才能を確信して、生み出して、創り出して。

中林は、それを金銭という生活の糧に変える力をくれた。実績のない永井の生み出した物を、直観なんて不確かな判断で拾い上げた。

お前がいたから、お前がいなければ。中林は何度だってそう言ってくれた。

だから、今まで真っ直ぐに青空を見つめて来られたのに。

「でも、中林さん、俺がいなくて、ドラマを創れるんですか」

言外に多分の意味を含んで、永井の思いはその一言でまとまった。中林は、目の当たりにしている現状に邪魔をされて、いつもなら気付くそれに気付けなかった。

「馬鹿にするな。『DramaticArt』は、俺がドラマを創り続けたくて立ち上げた会社だ」

席を蹴って、中林が部屋から一歩出た時、永井が呼んだ。

「中林さん」

初めて聞く永井の情けない声に後ろ髪を引かれたけれど、中林は立ち止まらなかった。

青空が、罅割れた。

十五時頃、桑田は、小向と山下が抱き合う姿を身の置き所のない思いで眺めていた。

「山下に会いたい」と車中で泣き続ける小向を邪険に扱うことは、今の桑田にはできなかった。だから、山下と連絡を取って五反田駅で待ち合わせて、車でここまで訪れた。この状況で小向を山下の元へ連れて来ることは不本意だったけれど、少しでも償いができればと思ってのことだった。

けれど、その光景を目前に、浅はかだったとすぐに後悔した。

桑田にはどうしても、目の前で抱き合う二人が、幸福な恋人たちには見えなかった。歴然とした理由のない明白な違和感を深めて眺めていると、不意に山下が桑田を一瞥した。勝ち誇ったようなその目が、桑田の疑念を煽った。

「桑田さん、ありがとうございます」

「いえ……」

桑田は、今すぐ問い質してやりたい気持ちを抑えて、愛想笑いを崩さずに問い掛けた。

「山下さん、小向さんと付き合ってたんですね。全然気が付かなかったなぁ」

「はは、数日前からの話ですから。何か恥ずかしいから、皆には内緒にしてくださいね」

はにかみながら柔らかく口留めをした山下に、桑田は疑念を確信に変えた。

「でも山下さん、結婚してませんでしたっけ」

言うか言わぬか考えることなく、気付けばそう尋ねていた。これまで苦楽を共にしてきた小向が弄ばれることは、桑田にとって不本意だった。真偽を確かめるまではと、愛想笑いだけは崩さずに。

山下はその質問を受けて、唐突に体に毒が放たれたような妙な痺れに、体を小刻みに震わせた。小向は、触れている山下の肌が震え出したことで真実を悟って、瞳を閉じた。

「何で、知って」

山下のその答えに、桑田は愛想笑いをやめた。

「やっぱり、そうなんですね。もしかして、離婚されたんですか？」

山下に詰め寄ろうとした桑田を阻んだのは、小向だった。

「桑田さんには関係ないことです。放っておいてください」

「でも」と言い掛けてやめたのは、小向の瞳が淀んでいるのを見つけてしまって、目の前にいる小向が話の通じない宇宙人にしか見えなくなったからだった。

「……そうですね。じゃあ、小向さん、また明日」

無念と憤りを呑み込んで踵を返し、車に乗り込んだ。とにかくその場を離れたくて、エンジンを掛けてすぐ、いつもより強くアクセルを踏んだ。

ひと晩経てば、落ち着いてくれるかもしれない。桑田はそう期待するしかなかった。

桑田の車を見送ってから、山下は、目を泳がせて口を開いた。

「小向さん、あの」

山下がそこで言葉を切ったのは、小向がその唇を唇で塞いだからだった。

「私、山下さんのこと、好きです」

そうでなければ、味方はいなくなり、永井の嘲笑が真実になってしまう。これ以上、惨めになりたくないとだけ願って、小向は自らの心を深海に沈めた。

桑田が車を走らせていると、罅割れたスマートフォンが鳴った。画面をちらりと見やると、中林からの着信だった。桑田はすぐに車を路肩に停めた。

「はい、桑田です」

「桑田くん、今、電話大丈夫か？」

「大丈夫ですよ」と、桑田がそう返事してすぐ、中林は大きな溜め息を吐いた。

「最悪だ」

「……あれから、永井さんと何の話をしたんですか」

桑田の問いに、中林はくぐもった声でこう答えた。

「永井とは大して話してないんだ。あの状態で話ができるとも思えん。この状況じゃあ永井がＧＴＴに関わるのは無理だから、お前は外れろとだけ言ってきた」

「……やっぱり、そうなるんですね」

「あいつはここで潰れるには惜しい奴だ。ＧＴＴが軌道に乗って第二弾第三弾となるかもしれないし、それ以外にも仕事はある。今の環境でやるより、あいつはそっちに注力した方が良いんだ」

中林はそこで息を切った。喉を鳴らして何かを飲む音が、桑田の耳に届いた。

「それに関しては今、特にできることはない。最悪なのは……小向さんだ」

飲み終えてそう言った中林に、桑田は首を捻った。

「うーん……最悪なのは最悪ですけど、山下さんが既婚者って知らなかったんでしょう」

「そうじゃないんだ。小向さんは、『テクニカル』と他の問題も起こしているらしい」

「他の問題？」

桑田は、青柳の名前を思い出した。永井は青柳がどうとか話していた。あれはやはり、ＧＴＴドラマ枠の問題ではなかったのだと、確信した。

「さっき、福原さんと電話してな。永井は降ろして、小向さんをディレクターとして立てる提案をしたんだ。そしたら、小向さんは『テクニカル』の社員と揉めているから無理だろうって言われてな」

「一体、何を揉めているんですか？」

「わからん。俺が先に山下さんのことですか、って聞いたら、福原さんは逆に山下さんとのことを知らなかったみたいなんだ。それで、話の矛先がそっちに向いて、明日、小向さんを呼び出してその話をすることに……」

「何でそんな、小向さんだけを責め立てるようなこと」

他に話すべきことはまだあるのに、と、桑田が言い掛けたのを遮るように、中林は大きな溜め息を吐いた。

「せっかくここまでやって来たのに、何だって小向さんはそんなこと」

中林は悲しむことも混乱することもなく、ただただ落胆して、これからを案じていた。

「でも、小向さんと永井さんがいなかったら、ＧＴＴもなかったんですよ」

「わかってる、わかってるけど、俺の言いたいこともわかるだろう、桑田くんなら」

「わかりますけど」

桑田は、中林の反応に失望していた。これまでの小向と永井を思えば、今この状況は異常だ。それなのに、案じるのは会社の未来ばかり。フリーランスの桑田にはその心境が解らない訳ではなかったけれど、温情を失ってそれ一辺倒になってしまっている人を見るのは、気分が良いものではなかった。

「はぁ、小向さんを呼び出すのも、気が重いよ……何て言って呼び出せばいいんだ」

「中林さん、俺が呼び出しておきますから、今日はもう休んでください」

桑田は小向を案じてそう提案した。

「桑田くん……助かるよ。すまん、外部の人間なのに」

「いえ、何を今更。もうほとんど身内みたいなものでしょう」

桑田の悠然とした振る舞いに、中林は自らを省みて恥じ入った。

「本当に、すまん……」温情を取り戻した中林の声色に、桑田は胸を撫で下ろした。

「大丈夫ですから、明日はどっと疲れますよ」

「そうだな、今日はキャバクラで英気を養ってくるかな」

「また前みたいに、名刺持って帰って夫婦喧嘩しないでくださいよ」

少しだけ無理をして、二人は笑った。

無理矢理にでもこうしていつも通りに振る舞っておかなければ、すぐに非日常に引き摺り込まれる。独立という道を選んだ二人は、それを嫌というほど知っていた。

だから、今は、精一杯いつも通りの対応を。そう意を決して、桑田は電話を切った後で、『DramatiArt』のオフィスに向けて車を走らせた。

まだ、そこに永井がいるはずだ。

永井は確かに、してはいけないことをした。けれどこのことだけで、これまでの永井がなかったことになるのだろうか。「痛みに耐えるように教育されてきた」と自嘲するぐらい、永井自身が傷付いている。そうであるならば、ただ断罪するだけというのは、違う。

いつも通りなら、桑田は永井を案じる。永井がいつも桑田を案じてくれるように。

桑田が『DramaticArt』オフィスのドアを開けると、何かを待っていたかのように、永井が立ち上がって振り返った。

「……桑田さん」

中林が戻って来ることを期待していたのだろうか、桑田の姿を捉えて、永井が俄かに落胆した。桑田はそれに気付いて、何も言わず、オフィスに足を踏み入れてドアを閉めた。

「何かありましたか」冷静を気取って、永井がそう尋ねた。

桑田は一瞬躊躇ってから、

「中林さんが、小向さんと山下さんのことを福原さんに言ってしまいました」と、告げた。

「は、何だそれ」

「もしかすると小向さんも、GTTにはいられなくなるかもしれません」

「な訳ねぇよ。小向は山下さんが既婚って知らなかったんだ。下ろされるのは山下さんの方だろう」

わかり切ったことだと言わんばかりの永井に、桑田はこう返した。

「小向さん、他にも何か『テクニカル』と問題を起こしてるんですよね」

「……それ、福原が言ったのか」

永井の憤りが、低い声に乗って桑田の耳に届いて、桑田は、眉間がわななくほど強く眉を顰めた。

「そっちの問題も『テクニカル』の責任だ。小向のせいじゃねぇよ」

「やっぱり、知ってるんですか。あの時、俺が聞いた時、既に何か起こってたんですよね。どうして話してくれなかったんですか」

「話したところで、桑田さんに何ができるんですか」

「わかりません。けど、でも」

「うるさい！」

永井は声を張り、傍に積んであった小道具を巻き添えにして前のめりに倒れた。咳込んだかと思うと、口から赤くなった胃液を吐き出した。

「永井さん、大丈夫ですか」

心配して背中を摩る桑田を、永井は荒々しく突き飛ばした。

「うるさい、うるさい、うるさい！　俺に指図するな！」

「指図って、そんな」

永井は食い縛った歯の隙間から息をこぼし、桑田を睥睨した。

その眼が正気を失った人間のものだと、桑田は知っていた。永井がオフィスを飛び出してどこかへ行ってしまうのを、掛ける言葉もなく、茫然と見送ることしかできなかった。

永井に、小向と山下のことを尋ねなければ。コンビニに行く道すがら永井の煙草が一本も残っていなければ。『テクニカル』に車で来訪しなければ。何かひとつ違えば、こんなことにはならなかったかもしれない。

気付けば自ら以外に責任を探し始めた自意識に自責の念を深め、遣る方なく、車に戻った。


二十二時を回った頃、小向のスマートフォンが鳴った。『桑田竜』という表示をしばらく眺めた後で、溜息を吐き、応答ボタンを押した。

「……はい」

「お疲れ様、夜遅くにごめんね」努めて朗らかに話す桑田が癪に障って、

「……何の用ですか」と、出来得る限り低くくぐもった声で返した。

「明日なんだけど、『テクニカル』に来れる？」

「……何故ですか」

「えっと、GTTの件で、これからのこと、福原さんを含めて打ち合わせたくて。永井さんが抜けるから、だから」

小向が来なければ、事態は収拾がつかなくなるだろう。桑田は小向に本題を伝えずに、とにかく呼び出すことを優先した。

「……わかりました」

「何時ぐらいなら行けそう？」

「……わかりません」

「じゃ、じゃあ、俺が十時ぐらいに車で迎えに行っても大丈夫？」

「……はい」

「じゃあ、着いたら連絡するから」

小向は返事をせず、電話を切った。

スマートフォンをベッドの上に放り投げて、その横に体をどさりと横たえる。桑田から電話が来る前に見ていた企画書を、もう一度手に取った。

大人の弱小オーケストラ楽団の根性物語。これを閃いた時、世界が開けた思いだった。

どんなフィクションじみたシナリオでも、現実らしくしてしまう永井の演出力。仕事では地味なCGばかりだけど、実はアニメやゲームのようなムービーを作ることが得意だという桑田の技術力。それらをわかりやすい題材に落とし込んで、老若男女問わず楽しめるようなドラマにすれば、凄いものができあがるのではないだろうか。

これを提案したのは、件のドラマが違法アップロードでヒットする少し前のことだった。

永井はこの企画書を見て、

「ちゃちな舞台設定だな」と鼻で笑って揶揄してから、

「俺には思い付かないよ」と微笑んで、小向の頭を撫でた。

あの時、未来を信じて疑わなかった。疑いようがなかった。どれだけ過酷な業務でも、耐えれば、必ず意味を成すのだと。

あんなにも輝いていた企画書が、陳腐で、無意味な、ただの紙にしか見えない。あんなにも喜んでいた自分が、無様だとしか思えない。

深海に引き摺り込まれる。息ができず、耳が塞がれ、映像と声の波が押し寄せる。


「何でお前は反省しないんだ」

「永井さんみたいな良い人が、間違ったこと言う訳ないでしょう」

「永井さんのおかげで出世できたのに、自分の実力だって思ってるんでしょう？」

「黙れ、殺すぞ」


現実の声に挟まれた偽物の声は頭の中で明瞭に響いて、それは真実と違いなく。息をしようともがく小向の喉に海水のように入り込んで、呼吸を阻んだ。

山下に、もう電話はできない。既婚者だと知ってしまって、それでも、恋人としていることを約束してしまったから。この関係を続けるために、小向から連絡を取ることは、許されなくなった。

永井がこちらを指差して笑う声が頭蓋骨に反響する。青柳の指が喉に食い込む。それが現実ではないと解っているのに判らない。

それはまるで罪に与えられる罰のように、小向を責め立てた。

「死にたい」

小向は、生まれて初めて、腑の底からそう呟いた。

それと同じ頃、永井は込み上げる吐き気を洗面台に吐き出した。たらふく呑んだ美味くもない酒が血を引き連れて流れ出し、ぼとぼととステンレスのシンクを叩く。

「……くそ」

治まらない胃の痛みに掻き毟り続けた皮膚からも、血が流れた。紅くなった指先に眼をやった時、瞼が重くなって、四肢のどこにも力が入らなくなった。糸が切れたようにどさりと台所の床に寝転がり、天井を見上げる。意思も気力を失った永井の代わりに、腑の底のヘドロが意思を持ってうねり、体中を巡り、四肢を操り始めた。

「死ね」

永井は、脳裏に青柳の姿を思い浮かべて、腑の底からそう呟いた。


それと同じ頃、山下は、ソファの上でぼんやりとテレビを眺めていた。用意された夕飯を食べて、台所から聞こえる皿洗いの音をＢＧＭにして。

今流行りの芸人に悪戯を仕掛けるという、ありきたりな内容のテレビ番組。企画力がなくても、タレントさえ入れ替えれば番組として成り立つ。山下も何度も出したことがあるような、間違いなく通る企画。青柳は、絶対に出さないような。

テレビの中で、仕掛けられた爆弾が仕組まれた通りに弾けて、予定調和の笑いが上がる。

その社会で、この社会で、殺されることなんて有り得ないと知っているくせに、憤りを演じて「殺す気か！」と怒号を放つ芸人を、見下した。

「死ぬ訳ねぇだろ」

山下は、ごうごうと燃える炎から目を背けて、腑の底からそう呟いた。

それと同じ頃、青柳は自宅のベッドで体を横たえていた。

金で買った女でも、女は女に違いない。快楽に罪悪を溶かして、酒に溺れて。それは、青柳が憧れていた幸福そのものだった。

寝返りを打ってベランダの方に眼をやると、手すりの上で白い鳥が羽を休めていた。月と肩を並べるその光景がとても美しく思えて、慌ててハンディカメラを取り出した。レンズが姿を捉えた時、鳥は、視線に気付いたようにして羽ばたいた。月を横切るその姿は、とても美しかった。

録画を停止し、動画を再生して、青柳は見惚れた。その光景の美しさと、自らの才能に。

身を焼くような熱い恍惚が胸を満たして溢れ、喉を焼いて口からこぼれた。

「死んでたまるか」

青柳は、明るい未来予想図だけを心に描いて、腑の底からそう呟いた。

断たれなかった罪に研ぎ澄まされた欲の刃が、やすやすと人の心を断ち切った。正気を保った者など、誰一人残っていなかった。


翌朝、十一時頃。小向は桑田に連れられて、『テクニカル』に訪れていた。

桑田が運転し、中林が助手席に座る車中で小向は後部座席に座り、一言も話さなかった。

「おはよう、小向さん！」と元気よく挨拶をした中林に会釈しか返さず、

「調子どう？」と尋ねる桑田には首を横に振り、じっと、押し黙っていた。

何も知らないくせに。

口を開けば、思わずそう言ってしまいそうなほど、小向の腑には憤りが満ちていた。何も知らないくせに、何もかもを知ったふりをして、こちらを何も知らない風に扱って、馬鹿にして。努めていつも通りに振る舞う桑田と中林が腹立たしかった。

何もかもを知っているのは、小向を重んじてくれるのは、山下しかいない。

山下は小向といる間ずっと、青柳が罰されないことを憤っていた。

「今こうして青柳が罰されないのは、福原さんのせいなんだよ」

山下は、青柳が罰されるように手を尽くしたが、ことごとく福原に邪魔をされたと話した。小向を抱き締める山下の腕が憤りに震えているのは、愛情だと思えた。やはり山下との間にある愛は正しいものだと考えられた。触れる度、触れられる度、腑の中が揺らされるように不快なのは、すべて青柳の、永井の、桑田の、中林のせいだと信じられた。

多少連絡が取りにくくなったところで、山下との関係は変わらない。連絡が取れないと苦しんだ一晩の間で、小向は、信じることを拠り所にしようと決めた。本当の悪人を知っていて、小向を責めたり、腫物のように扱ったりしないのは、山下しかいないのだから。

先を歩く中林に続いて、小向は『テクニカル』のオフィスビルに足を踏み入れた。桑田は小向の後ろにずっといて、いつも通り微笑んでいた。何を画策しているのか、と、小向は桑田を睨み付けた。桑田は目を逸らして、何も言わなかった。

「お待たせしました！」中林は第五会議室の物々しい扉を開いてそう言った。

「やあ、お疲れ様」革張りのソファに腰を据えて、悠然と福原がそう返した。

小向は第五会議室に足を踏み入れてすぐ視界に入ってきた福原の姿を、睨み付けた。桑田はその小向の姿を横目に、第五会議室の扉を閉めた。

「小向さん、話は聞いてるよ」

小向が福原を睨める瞳を、じっとりとした福原の双眸が捉えた。

「……話って、何ですか。青柳さんのことですか」

中林は、小向から唐突に出された青柳の名前に驚き問い返そうとしたけれど、それよりも早く福原が返事をした。

「違うよ、山下くんとのことだよ。小向さん、山下くんと不倫してるんだって？」

「……だから何なんですか」

「何なんですかって、解るでしょう」

「わかりません。ＧＴＴの打ち合わせか、青柳さんの話じゃないなら、帰ります」

第五会議室を後にしようと身を翻した小向を、中林が引き留めた。

「小向さん、本当のことなんだろ？　山下さんが結婚してるって知らなかったから、引っ込みが付かなくなってるんだろ？」

「違います！　そうじゃなくて、順番が違うから！」

そう憤る小向の訴えを、青柳の事件を知らない桑田と中林は理解できなかった。

「小向さん、落ち着いて。順番って、何の……」

とにかく小向を宥めようと桑田が歩み寄った時、福原が立ち上がった。

「小向さんさ、何様のつもり?」

福原の双眸が、そこにいる全員を気圧した。

「あのさ、迷惑が掛かってるんだよ、周りに。社会人なら弁えたらどうだ!」

権力者しか持てない威圧感を含んだ一喝に、その場にいる全員が息を呑んだ。

「福原課長、本当に、大変申し訳ございません!」

中林が、頭を低く低く下げた。

「小向も、今、混乱しているんです。私からもよく言って聞かせます。ですから」

「顔を上げなよ、中林くん」

思い通りに動くそれを見下ろして、福原の双眸が湾曲した。中林を軽んじるような愉悦の面構えに、小向の憤りは煽られた。

「小向さんも、既婚者だって知らなかったんでしょう。今謝るなら、厳重注意で済ませてあげるよ。山下くんはそうはいかないけどね」

小向は傍にあった書類を掴み、福原に向かって投げつけた。それは福原に命中してから、ばらばらと床に落ちた。福原は黙し、落ちた書類をじっと見やった。

「何で、あなたは、何で!」

別の書類を掴んだ小向の腕を、桑田が掴んだ。

「小向さん! 落ち着いて……」

桑田は、背筋を凍らせた。

奥歯を食い縛って震える小向。憤りもせず笑いもせず、小向を見やる福原。そのどちらも、正気の人のものではなかった。

「中林くん、桑田くん。ちょっと小向さんと二人にしてくれる？　時間が掛かるから、どこか喫茶店でも行ってて、連絡するから」

「そんな、ちょっと待ってください、こんな状態で、冷静に話せると思えない……」

そう弁解する桑田の横で、中林が頭を下げた。

「はい、わかりました。行こう、桑田くん」

中林は桑田の腕を掴み、第五会議室の外へ向かって歩き出した。

「中林さん、待って、待ってくださいってば！」

桑田はドアの前で踏み留まり、生まれて初めて、人の腕を強く振り払った。

「こんなのおかしいですよ、何で小向さんだけ」

そう声を張る桑田の目には涙が滲んでいて、中林は、それを直視できなかった。

「桑田くん、落ち着け。小向さんは、今ちゃんと怒られておけば、問題が大きくなることはない。逆に、ペナルティなく、これだけで終わるんだ、ラッキーだろう」

中林は桑田にそう告げて、先に第五会議室の外に出た。

「そういうことだよ、桑田くん。早く行って」

福原の双眸に慄きながら、桑田は、小向に問い掛けた。

「……小向さん、これでいいの？」

小向は、瞳を閉じて眉間に強く皺を寄せ、深く息を吸い込み、ゆっくりと吐き出し、瞼を持ち上げて福原を見据え、桑田には一瞥もくれずに答えた。

「ここで話を着けたらいいってことでしょう、上等ですよ」

その台詞は、永井を真似たものだと、桑田はすぐに気付いた。

桑田は、どうしてかそれが、とても頼もしく思えてしまった。

「わかった、じゃあ、後でね」

桑田が第五会議室のドアを開けると、そこで待っていた中林と目が合った。

「行くぞ」とだけ告げて先に歩き出した中林に、桑田は、

「はい」と返した。

第五会議室から一歩出て、振り返ると、すぐそこまで来ていた福原と視線がぶつかった。

「閉めとくから」

福原はそう告げてドアノブを握った。

閉じられていくドアの隙間から見えた福原の双眸に滾っていたのは、権力だけではなく。

その恐ろしさに体が強張り、桑田は、第五会議室の物々しいドアが閉まるのを見届けてから少しの間、そこに立ち尽くした。

がしゃり、と、錠の下りる音がした。

ただの音が突き付けた歴然とした理由のない明白な違和感は、吐き気を催すほどに強烈だった。

「桑田くん！」

中林の急かす声が、通用口の方から聞こえた。

「はい、今行きます！」

桑田はそう声を張り、震える二の腕を擦って宥め、通用口に向かった。

ただ、鍵が下りただけだ。それだけのことが恐ろしく思えるのは、この物々しいドアのせいだ。

小向なら、大丈夫だ。強く、賢く、永井に育てられた小向なら、絶対に。

それが信頼なのか願望なのかわからないまま、その場から去った。

初夏の日差しの中、青柳と丸野は『テクニカル』の通用口から出たところにある用水路の畔にいた。葉桜になった桜の木が並ぶその場所で、青柳はレンズを覗き込んだ。

葉桜がざわめき、丸野が立っているだけの景色。レンズを通せば、それは青柳の世界を構成する素材になった。素材をどうすれば面白くなるのか、手に取るようにわかる。当然のように素材を繋いで絵にするだけで、人々は歓喜する。レンズの向こうに見える絵の向こうに、手を叩いて喜ぶ人の姿が見える。

すべてを思い通りにできる恍惚に、青柳は身震いした。

「丸野、あの橋の辺りから俺が走ってくるから、お前はゆっくり歩いて、偶然会った風に驚け！」

「わ、わかりました。えっと、何をすれば……」

「演技なんていらねぇんだよ！　驚け、わかったな！」

青柳は、指し示した橋の袂に向かって走った。目標地点に辿り着いて振り返ると、丸野と、葉桜と、『テクニカル』のオフィスビルが、期待通りにカメラのレンズに収まった。

頭から爪先まで、自信が満ちる。才能を確信して走り出すと、風は青柳の味方をするように吹き、桜の葉をたなびかせた。完璧な絵だった。

青柳が走ってくることを知りながら、丸野は『テクニカル』に向かって歩く。わかっているのに、青柳の大袈裟な足音は恐ろしかった。

「うわ、ちょっと青柳さん、怖い、怖いです！」丸野は思わず走り出した。

「あっ！　逃げるなよ！」

青柳は丸野を追いかけ、飛び掛かって捕まえた。勢い余って、二人は地面に転がった。

「あ、青柳さん、痛いです！」

「丸野が逃げるから悪いんだろう！　この、馬鹿！」

大きな口を開けて笑う無邪気な天才の姿に、丸野は、感動するしかなかった。

ずっとこのまま、楽しい時間が続いていくのだろうと思いを馳せた。

その時、青柳はぴたりと笑うのをやめた。

「……青柳さん？　どうかしましたか」

丸野が問い掛けるのを聞きもせず、青柳は遠くを凝視していた。丸野が青柳の視線の先を追うと、用水路を挟んで向こう側に人影を見つけた。

「永井さん！」

丸野はその人影に、朗らかに声を掛けた。人影は返事をせず、橋を渡って、ゆっくりとこちらに近付いてきた。

「ま、丸野、俺、ちょっと用事を思い出したかも」

慌ててその場を去ろうとする青柳を、丸野は引き留めた。

「えっ、用事って何ですか？　教えていただければお手伝いしますよ」

「否、いいから、いいから、だから」

動揺する青柳に丸野が首を傾げているうちに、永井が、すぐ目の前に訪れた。

「楽しそうですね、青柳さん。俺も混ぜてください」

持っていた煙草を口に咥えて、逃げ出そうとした青柳の首根っこを掴んだ。ぐい、と力一杯引っ張ると、大きな図体と、手に持っていたハンディカメラが転げた。永井は、ハンディカメラを思い切り踏み潰した。青柳よりも先に、丸野が声を張った。

「ちょっと！　何をするんですか！」

じろりと睨むと、丸野はそれだけであっさりと声を呑んだ。青柳は逃げようと試みたものの、腰が抜けて、立ち上がることすらままならなかった。

「な、永井さん、もうしません。俺、もう何もしませんから」

痛い目に遭いたくない。死にたくない。殺されたくない。その一心で、青柳は命乞いを始めた。

「もう、ってことは、したってことは認めんだな」

「はい」

「じゃあ、会社にそう言え」

「会社は、もう知ってるけど、あれでしょ、警察の判断に従うって。だから俺」

永井は拳を固く握ると、汚く笑う青柳の頬を目掛けてそれを振り抜いた。

「何、するんですか」

痛みに怯えるその熱視線に、貼り付いていた、剥がしたかった物が、溶かされて落ちていく。こうすれば、楽になれる。その最低な気付きの中に、永井は安息と正義を垣間見た。

怯えているせいなのか、元々でくのぼうなのか、青柳を殴るのは簡単だった。逃げ出そうとする青柳の髪の毛を引っ掴み、何度も、何度も。頬に拳がぶつかると、ドラマよりもドラマチックで嘘臭い、生々しくて面白い音が鳴る。もっと聞きたい。もう一度拳を振り下ろそう。もう一度。もう一度。そうしているうちに青柳の口から血が噴き出して、可笑しくて、永井は笑った。

「やめてください、永井さん！　何で」

腕にしがみついてきた丸野の腹を、永井は無情に蹴り飛ばした。

「邪魔するな」

邪魔をするなら、お前も。言外の声が聞こえて、丸野は震え上がった。じわじわと後退ってから、『テクニカル』ビルへ向かって駆け出した。

「誰か、誰か助けてください！」

永井と二人そこに残された青柳は、生まれて初めて突き付けられた腑の底からの殺意に、ただ怯えることしかできなかった。


第五会議室の鉄壁は、外の雑音を通さない。前の廊下を丸野が騒がしく駆け抜けても、小向と福原が気付くことはなかった。

「じゃあ、福原さんは、青柳さんが悪いと思わないんですか」

話題は山下とのことではなく、青柳の事件に移り変わっていた。小向が、納得がいかないと、喚いたから。

青柳がしたことは、犯罪だ。何が起こったのか知っているのであれば、否定してくるはずがない。そうした良識や法律に裏付けされた自信は、

「思わないよ」という福原の一言で打ち砕かれた。

疑問符さえ掻き消されて、小向の頭の中をただの白が支配した。

「だって、小向さんが居なかったら何も起こらなかったでしょう。小向さんが悪いよ」

「そんな理屈、おかしい」

「おかしくない」

やにわに返された言葉で、小向の喉が狭まって、ひゅ、と鳴った。

「おかしくないから、『TEC』だって青柳くん寄りの対応をしてるんでしょ？　どうして会社がそう動いてるのに、自分は悪くないなんて思えるの？」

小向の瞳に揺蕩う畏怖に、福原の腑の底からどす黒い恍惚が湧き上がった。今までずっと得たくて得られなかった、求めていたそれが、体中を巡って溢れていく。

「あのね、会社は刑事裁判で青柳くんが有罪にならない限り、処分しないよ。それでね、現行犯逮捕じゃないから、そもそも起訴は難しいんじゃないかな！」

意気揚々と捲し立てる福原から、小向は視線を反らした。もう、何も聞きたくないと願って耳を塞いだのに、福原の声は、やすやすと手のバリケードをすり抜けた。

「何？　思い通りじゃないことは聞きたくない？　残念だったね、これが現実だよ！」

下品な笑い声が、第五会議室に、小向の頭の中に、響いた。

「可哀相だね、小向さん。レイプされた後は愛人かぁ。ああ、なんて可哀相！」

小向は屈辱に体を震わせて、蹲った。遊び足りない福原は、何を言えば黙ってしまった小向がもう一度楽しませてくれるかを一考して、思い付いた。

「もしかして、小向さんとの不倫を隠したくて、青柳くんにレイプされただなんてでっち上げたんじゃないの」

「違います！　本当に、本当のことだから」

予想通りに面白い反応を示してくれた小向の頭を、福原は優しく撫でた。

「へぇ、レイプされたんだ？」

「されていません、けど……」

「じゃあ、何されたの？」

「押し倒されて、殺されかけて……」

「殺されかけたんだ！　なら、跡とかあるよね？　ねぇ、どこにあるの？」

「首を絞められて、跡とかは」

「じゃあさ！　小向さんの勘違いなんじゃない！」

福原に突き付けられた無実の証拠に、傷すら持たない小向は唇を噛んだ。

「そっかぁ、永井くんも山下くんも、小向さんの勘違いのせいでこんな風になっちゃったんだね！」

小向の手が、大層楽しげに笑う福原の頬を、叩いた。

「いい加減にしてください。福原さんには関係ないじゃないですか。どうして突っかかってくるんですか！　会社と警察に任せて、福原さんは引っ込んでてください！」

福原は、先程までのはしゃぎ方が嘘のようにすべての表情を失った。

「言いたいことはそれだけ？」

底無しの闇を抱えた双眸は、刃物のように鋭く光っていた。慄きながら、それでも、小向は怯まず睨み返した。視線を逸らせば負けだと、本能が叫んだ。

「……ああ、青柳くんの気持ち解るなぁ。こういうの、黙らせてやりたくなるよね」

福原は小向に詰め寄り、その両手首を掴んで左手に束ねた。鎖のように巻き付く長い指から逃れられずにのたうち回る小向の姿に、福原は愉悦を禁じ得なかった。

「たまにいるんだよね、君みたいな子。生意気で、隙だらけで、無意識なのか何なのか男を誘って。そういう子に限って被害者面が凄いったらないんだよ」

「私は、誘ってなんかいません。被害者面だって、してなんか」

「そんなの知らないよ」

小向の首筋を、福原の舌が這った。

「君がすべての男にそう思わせる、生まれついての魔性の女ってだけさ」

ぎりぎりと責め立ててくるような手首の鈍い痛みから一刻も早く逃げたくて、必死に足掻いても、福原の指はしっかりと絡みついていて解けない。蹴飛ばしても、その体はびくともしない。間近で湾曲したその双眸に気圧されて、小向の体が震え上がった。

「これ以上何かしたら、警察に」

「懲りないね。青柳くんの時、行っても無駄だったんでしょう？」

「それは、証拠がなかったから」

「何？　今回は何か証拠があるの？」

「レイプされたら、体液が残るから、警察に行けば」

「あはははは！　小向さん、今からレイプされるの？」

小向の頬が燃え上がるのに、福原は大層喜んだ。

「そんな期待されたら、何もしない訳にはいかないなぁ」

衣服の下に、福原の手を滑り込む。肌に触れるひんやりとした手の温度に、小向は体を強張らせた。

その姿に、福原は閃きを得た。

「そうだなぁ、折角だからゲームをしよう。僕は証拠を残さないように努力する。小向さんは証拠を残せるように努力する。警察に行って証拠が認められたら小向さんの勝ち！　ねぇ、簡単だし、面白いでしょう」

恐怖に震えて物言えぬ小向を、ソファへ突き飛ばした。腰に巻いていているベルトを外している間に逃げ出そうとした小向の髪の毛を掴んで、家畜を扱うように引き戻す。ベルトで小向の両手首を束ねて、革張りのソファの肘置きに繋いだ。

「これで僕は両手が自由になった。ゆるーく締めたら、跡って案外、残らないんだよ。後で確認してご覧。それで、次は、と」

言いながら、バッグを探ってタオルを取り出し、おもむろに小向の口に詰めた。

「これで僕に噛み付いたりすることもできないね」

タオルに喉の奥をくすぐられて嘔吐く小向の口を、ぐっと押さえ込んだ。

身動きも取れず、声も出せない小向の前で、福原は楽しみにしていたお菓子を探る子供のようにバッグの中を掻き回した。

「ああ、あった」

取り出されたのは、四角い小袋だった。

「紳士の嗜みだからね、持っておいて良かったよ」

小袋の封を切り、スラックスのボタンを外す。霞んでいく視界の中、その輪郭を、小向は見ていることしかできなかった。

「このままじゃ、小向さん負けちゃうよ。証拠なく誰かに話して狼少女扱いされるのか、それとも負けを認めて誰にも言わず、何もなかったことにして過ごすのか、それは小向さんの自由だけどね」

傷が付かぬよう丁寧に衣服を剥ぎ取っていく手から、舌から、双眸から、小向は逃げる術を持たなかった。それを証拠として残す術も、抗う腕力すらも、ない。

それを悟った瞬間、四肢の力が抜け、まるで体が浮いたような心地になった。力も意思もなくなって、瞳が壊れて、痛くも痒くもない涙が溢れ出た。

ただ苦痛だけしかないのなら、意識など要らないのに、恐怖が意識をそこに留める。呼吸が儘ならず喘ぐ小向を前にして、福原は、酷く荒く貪るように呼吸をしていた。


私は、この男以下の『物』だ。

体の奥底に女という役割を叩き付けられたとしても、何も、言えない。

この人には呼吸をする権利があるのに、私には、ない。

ああ、せめて、呼吸をすることだけでも許してくださいませんか。


喉が千切れる小さな音を脳裏に聞いて、小向は、願うのをやめた。


死への恐怖で足腰が震えて、青柳は、立ち上がることすら儘ならなかった。逃げなければならない状況で動けなくなるだなんて、人間の体は酷く不都合にできている。まるで神が玩具にするためだけに存在していると思えるほどに。

永井は腑の中のヘドロを吐き出すように、這いつくばった青柳の顔を蹴り飛ばした。

顔を手で庇っていると、腹を蹴られる。腹を庇おうとすると、また、顔が蹴られる。延々と繰り返されるそれに、青柳は気が狂って、叫び声とも唸り声とも取れる声を上げた。終わりを望むだけの涙がぼろぼろと流れた。

足が青柳の鼻にぶつかると、プラスチックが割れるような感触がした。青柳の悲鳴が上がる。聞いたことのないドラマチックな悲鳴と、悪の末路にふさわしいその姿が、永井はたまらなく可笑しかった。助けてくださいとかほざいているから、絶対に聞いてやりたくない。もっとぐちゃぐちゃにしてやりたい。そう望んだ時、視界の端に、割れたハンディカメラが映った。

「返してやるよ」

それを拾ってバンドに手を通し、青柳の顔に叩き付けた。狂った正義の鉄槌に、青柳はそれまでよりもひと際大きく悲鳴を上げた。

「いいな、それ。次のドラマの参考にするよ」

びくびくと痙攣する青柳の腹に腰を下ろし、空を見上げて煙草に火を点けた。抜けるような青空が、美しかった。

「会社に言って駄目って解ってんならさぁ、警察行けよ。そうしたら逮捕してもらえんだろ」

「行き、行きま、から」

「信用ならねぇなぁ」

「ど、したら、信じ、れますか」

「そうだな、とりあえず判子でも押しておくか」

青柳の腕に煙草を押し付けると、皮膚が焼けて、契約の印と化した。

「はは、面白れぇ」

あまりにも酷い仕打ちに、青柳は考えあぐねた。

第五会議室で問い詰められた日。あれから永井とは会っていない。なのに、確実に心火は以前よりも大きく燃え上がっている。

そうか、あのことか、と閃いた。

「任意出頭、断ったの、俺じゃな、福原さん……」

青柳は痛苦に声を震わせながら、そう告げた。

「……何だって？」

思いもしなかった福原の名前に、永井は青柳の胸倉を掴んで引き起こした。

「おい、どういうことだ、任意出頭が何だって？」

意識が朦朧としてうまく話せない青柳を、乱暴に揺すった。

「青柳！　福原がどうしたって、なぁ！」

永井の興奮を、唐突に降り注いだ水が冷やした。

水の飛んできた方向に目をやると、空のバケツを構えた丸野が震えてこちらを睨んでいた。

「け、警察を呼びましたから」

永井は青柳を手放し、膝を震わせている丸野に詰め寄った。

「てめぇ」

丸野の胸倉を掴んだ永井の横を、今なら逃げられると察した青柳が駆けていった。

青柳は、一目散に第五会議室を目指した。

第五会議室なら、通用口から入ってすぐにあって、鍵だって掛けられる。閉じこもれば、警察が来るまで耐えられるはずだ。そう、判断してのことだった。

「逃がすか！」永井は丸野を突き飛ばして、青柳を追い掛けた。

「ま、待てっ！」丸野は覚束ない足取りで、永井と青柳を追い掛けた。


すべてを吐き出し終えた福原が、「暑いね」と言って、エアコンの温度を下げた。小向の体をウェットシートで綺麗に拭き取り、衣服を整える。小向はすっかり、無傷、になった。

唾液に塗れたタオルと、開封された四角い小袋と、使い終わった小袋に入っていたものを一緒にビニール袋にまとめてから、小向の手のベルトを外した。

「あ、手首が少しだけ赤くなってる。小向さん、今から警察にダッシュしたら間に合うかもよ」

穏やかに手首を撫でる福原を見ていると、すべてが夢のように思えた。衣服はきっちりと乱れなく着ていて、肌には傷どころか汗すらもない。先程のことが嘘だったかのように、手首の薄っすらとした赤らみ以外、何も、残っていない。

もしかしたら夢だったのかもしれない。福原のことだけではなく、青柳のことから、永井のこと、山下のこと、それらのすべてが。

そうであれと願った時、植え付けられた女の違和感が腹の奥底で疼いた。

嗚咽もなく、涙が溢れ出た。

「ああ、悔しいの？　ゲームで負けるって、屈辱的だよね。僕も絶対に負けたくないたちなんだ。どんな手段を使ってもね」

優しく頬を撫でて涙を拭う福原の手を、反抗する気力もなく、ただじっと受け止めた。

「じゃあ、小向さん。これで厳重注意は終わりだから、中林さんたちに戻ってきてって連絡しておくね。何か言いたかったら言ってもいいよ。信じてもらえるか、知らないけど」

力の入らない小向の体を、エアコンの柔らかい風が撫でた。

「まかり通るのは真実じゃなくてね、皆が信じたい方なんだよ」

そう告げて、福原は第五会議室を去った。独りになったとても快適な空間で、決壊した小向の涙腺から嘆きが溢れ出て、溺れた。

私は『私』を守りたかった。

私は私の体でしか生きていけないから。ずっとこの体と心で生きていかなければならないから。

だから、助かって良かったと思った。

なのに、助かってなんていなかった。

誰も、私に助かって欲しいなんて思っていなかった。

私は人間である前に女で、だから、私は私である限り、一生、助かることはない。

女でなければ、もっと人間として扱ってもらえていただろうか。

何が有れば。何が無ければ。私は『私』としてこの社会で働けただろうか。

もし、わかりやすく傷さえあれば、もっと、人として扱われたのかもしれない。


もし、傷さえあれば。


そう閃いた時、巡る思考の深海から、小向はようやく顔を出すことができた。体の中を空気が流れ、景色がけざやかに広がる。たったそれだけのことは、今の小向がその閃きを正しいと信じるには充分だった。

「傷さえあれば、良いのか」

それならば、見せてあげよう。小向は久し振りに心から笑った。

永井に常備しておけと言われて持ち歩いている、使い込んだ大きなカッターナイフ。それをペン入れから取り出して、糊がこびりつき綻んだ刃先を折った。鋭利になった切っ先を手首に当てて思い切り引くと、人間らしい赤い血が流れた。うっとりと安寧に浸り、手首を切り刻んだ。

こうすれば助かるのだと快事に息を弾ませている最中、福原から連絡を受けて戻って来た中林が、物々しい第五会議室のドアを開けた。

「お疲れ、小向さん……」

中林は、思いも寄らなかった小向の姿に息を呑んだ。

「何してるんだ！」

咄嗟に飛びつこうとした中林に、血で汚れたカッターナイフの切っ先が向けられた。

「来ないでください」

鈍く光る切っ先に二の句も継げない中林を前に、小向は、自らの手をじっと見た。


小向がドラマを創る人になると誓ったのは、中学校の卒業式だった。

友人五人の小さな演劇部で過ごした青春の時間。小向はシナリオを書いて演出を考えて監督の真似事をして、一人が照明や音声を担当して、一人が小道具と大道具を兼任して、二人が役者をした。限られた舞台の上で広がる壮大な自由に、小向は魅入られた。それをハンディカメラで撮影をしたのが、ドラマ制作を志すきっかけだった。

いつか、こうした時間を過ごすことを仕事にできたら。そう語り合った五人の中で、本当にこれを仕事にできたのは小向だけだった。皆、小向に夢を託した。

ドラマの制作現場に集う人たちは、神から希望を分け与えられたように輝いていた。いつも理想に向かって邁進して、ドラマの世界をやすやすと創造する永井なんて、神様そのものだった。

神様に認められて、自らもその一員になれたのだと思えば、どんな辛酸でも舐めることができた。

ろくに眠れなくても、過酷な労働でも、保証のない契約社員でも。

この手で自由を創造できるのなら、それだけで良かった。

この手で成し遂げたかったことは、こんなことではなかった！


震えている小向の手を見つけた桑田が、一歩前に出た。

「小向さん、落ち着いて」

伸びてくる桑田の手に、小向は息を呑んだ。


その手は私を止めて、私を断罪して、私を。


されてたまるものか。その一心で、小向は、桑田に向けてカッターナイフを振り抜いた。

「来ないでって言ってるでしょう！」

その切っ先を避けて、桑田は後ろに転げた。

「何もしない、何もしないから、小向さん」

小向なら、きっと解ってくれる。桑田はそう信じ、そうであるようにと願いながら、惑乱の中でその願いを言葉にすることができず、涙をこぼし、ただじっと小向を見つめた。

「冗談だろ、何考えてるんだ、不倫を怒られるのは自分の責任だろう！」

中林は、とんだ迷惑だと言わんばかりに小向を見やり、声を張った。

「いい加減にしてくれ！　自分で仕出かしたことの責任ぐらい、自分で取れないのか！」

「中林さんも落ち着いてください、小向さんは、今は訳がわからなくなってて」

「そんな言い分、通用するか！　女だからって、甘やかしてもらえると思うなよ！」

それは小向の幻聴ではなく、紛うことなき現実の声だった。


がたがたと五臓六腑が震えて深海から這い上がる手が小向を捕まえた。

私はもう、誰の目からにも狂人なのだ。


その確信が、カッターナイフの切っ先を小向の首に向けた。

肌に切っ先が食い込む瞬間を目の当たりにして、桑田は、一考もせず咄嗟に手を伸ばした。

「やめ」

願いは語り終えることもなく途切れ、その手は届かなかった。

躊躇いのない切っ先が小向の首を裂き、鮮やかな血が宙を舞う。それはまるで季節外れの梅の花が咲いたようで、すべてが夢なのだと思えるほど、美しかった。


呼吸をするよりも明らかな自由を手に入れて、誰にも愛されなかった女の一生が幕を閉じた。


通用口のドアを開けて、転がるように『テクニカル』ビルに逃げ込んだ青柳は、一目散に第五会議室へ向かった。

早く、第五会議室に入って、鍵を掛けなければ。それだけに夢中になって、扉を押し開け、眼前に広がる光景に無粋な悲鳴を上げた。

「う、うわあああ！」

ドアを開け放ったまま後退り、廊下に座り込んだ。

ひと目ですぐに、壁に付着している赤い何かが血であること、その血を噴出している人が小向であることに気付いた。

「何、何で」

そうして狼狽えるうちに、追い付いた永井が青柳の前に現れた。廊下に座り込む青柳の首根っこを掴んで引き上げて。

「てめぇ、もう逃がさねぇ……」

そう言い掛けてすぐに、青柳の怯えた眼がこちらを向いていないことに気付いた。

「永井さん」

第五会議室の中から桑田に呼ばれて、そちらに眼を向けた。

半分だけ開いた第五会議室のドアの隙間から、垂泣している桑田と、床に胡坐を掻いて頭を抱える中林と、壁に付着した赤い何かが垣間見えた。

その赤い何かが何なのか理解もせぬままに物々しいドアを押し開けて、永井は、まだ痙攣している小向を見つけた。

「小向」

惹かれるように歩み寄り、その肌に触れた。呼んでも返事をしない癖に、触れた肌はまだ暖かい。

どうせまだ生きているんだろう。心配を掛けたいだけなんだろう。そんな卑怯なやり方で気を惹こうとするなんて、やっぱり狡賢い奴だ。理性がそう言って、眼の前の光景を否定した。良識を教えられ法律で守られたこの社会で、こんなことが起こり得るのはドラマの世界だけだとまだ信じていた。

「おい、小向」

小向の体を揺すると、揺らした通りに揺れた。半分だけ閉じた瞼から生気のない瞳が覗いて涙が光ったのを見て、永井の理性が、とうとう現実を受け入れた。


小向は、もう二度と笑わない。


たったそれだけの強烈な衝撃は鉛玉のように腑を貫いて、その穴から、喜びや思い出や、あらゆるものがごろごろと転げ出た。なのに、大きく大きく膨らんだ憤りだけは、穴から落ちていくことはなく、そこに残り、憎悪と化した。

追いついた丸野が第五会議室の前で一人座り込む青柳を見つけて、駆け寄った。

「あ、青柳さん……無事ですか……」

問い掛けてすぐに、第五会議室の異様な空気に気付き、そちらに目を向けた。

「あれ、何か撮影ですか……こんなところで」

赤い何かに惹かれるようにそちらに歩み寄り、永井の腕の中にいる『人』を見つけた。

「ひっ！」

それが小向だと理解するほどに注視することができないまま、転がるように後退った。

「何、これ、何、何で、血、人、人が死んで」

青柳に縋り付いて、丸野は気付いた。青柳の震える眼は、ただ死人を目撃してしまったものとは異なる恐れを湛えている。

「……青柳さん？」

丸野の呼びかけに肩を震わせて振り向き、青柳は、首を横に振った。

「俺のせいじゃない」

そのたった一言は、今この光景に青柳が関与していることを丸野に教えた。

「青柳さん、これは一体」

目の前で人が死んでいる。それなのに何も解らず何も知らないということは、追い詰められるようで恐ろしく、丸野は青柳に答えを乞うた。

青柳は傷の痛みと罪悪の重みに心を圧し潰されそうになりながら、それでも、

「俺は、悪くない」と汚く笑って、丸野の腕を掴んだ。

「聞いてくれよ、丸野。俺はな、ちょっと触っただけなんだ。目の前でさ、眠っている女がいたら、触るのなんて普通だろう？　なのに、皆おかしいんだ。俺は、ちょっと触っただけなんだよ」

「ちょっと、触ったって」

「本当にちょっとだよ。レイプだってしてないし、服の下に手を少し入れた時に起きたし、俺は何もしてないんだ」

「青柳さん、言っている意味が解りません！」

青柳の答えで見えなくなっていく真実が恐ろしく、丸野は声を張り上げた。青柳は、ちゃんと説明をしなければと、饒舌になった。

「あの日の夜、小向さんがうちの仮眠室に泊まったのは知ってるだろう。あそこで寝てた小向さんの体を、触ったんだ。って言っても、小向さんすぐに起きたんだ。だから大したことはできなくて」

「大したことじゃないことって、何をしたんですか」

「だから、体をちょっと触って」

「本当にそれだけで、こんなことになるんですか？」

「ちょっと、押し倒したけど、でも」

「押し倒したって、レイプ」

「してない！　レイプもしてないし、怪我だってさせてない！　少し首を絞めただけだ！」

丸野の肌から血の気が引いて、目の前にいる青柳が、人ではない別の生き物に思えた。

「……それ、殺人未遂じゃないですか」

「違う！　俺に殺意なんてなかった！　殺意があるんだったら、もっと跡が残るだろう。ほら、見てみろ、小向さんの首に傷なんて」

指し示した小向の首は、どろりと赤く染まっていた。

血の気配に胃を握り潰されて、青柳は嘔吐した。

「俺は悪くない、俺は何もしてない」

青柳はそれを繰り返した。盆に返らない覆水を掻き集めるように、ただそれだけを。

どこで間違えた。どうすれば幸せになれた。こんなにも評価されながら、どうしてこんなことになってしまった。

正当化の誘惑は、後悔に苛まれる青柳の思考から懺悔の意を根こそぎ奪った。

体を震わせる青柳に狼狽える丸野の肩を、二階から降りて来た山下が叩いた。

「何かあったの、騒がしいけど……何かの撮影？」

「違います、あれ、あれを見て」

丸野は無粋に第五会議室の中を指差し、山下はその先を素直に追い掛け、最初に視界に入った桑田の姿にぎくりと肩を揺らした。また追及されるのかという恐れは、桑田の向こうにある異様な赤い壁と、誰かを抱いて座り込む永井の姿のおかげで、あっという間になくなった。

代わりに、氷の杭を頭頂部から打ち込まれたような恐怖に襲われた。

山下は引き寄せられるようにふらりと、第五会議室に足を踏み入れた。

「永井さん」

名前を呼んでも、永井はこちらを振り向かない。歩み寄り、腕の中にいる人を覗き込んで、山下はすべてを理解して鼻白み、

「うわ」と、こぼした。

それは、小向の亡骸が気味の悪い人形のようだと思った山下の素直な感想で、その声に一番愕然としたのは、山下本人だった。

もう二度と自分を肯定してくれない小向に一切の価値を感じられず、その亡骸が無様で不気味だと思えるほどに、山下は小向のことを愛していなかった。

自らの愚かさに思わず述べそうになった謝罪を、呑み込む。言ってしまっては、この光景のすべての責任を追及される。それをすべて受け入れることはできなかった。

「山下さん」

永井は、振り向かず、背後にある山下の気配に問い掛けた。

「何で、小向に手を出したんですか」

「手を出したって……仲良くしていただけで、そんな」

「付き合ってたんでしょう？」

「違います、付き合ってなんか」

「小向は、付き合ってると、山下さんのことが好きだと言っていました」

山下はひと際高く脈動した心臓に震えながら、それでも、首を横に振った。

「小向さんを勘違いさせたなら、謝ります」

永井の頭の中で、何かが千切れた。やにわに身を翻し、山下の胸倉を掴んだ。小向の体が床に転がり、瞳に残っていた最後の涙が一筋流れた。

永井は、何度も何度も山下の顔を殴り付けた。しばらく黙って殴られ続けていた山下は、何発目からか「やめてくれ」とこぼし始め、頬骨に罅が入ってからは「やめてくれ」と叫んだ。それを目の当たりにしながら、止める者は誰もいなかった。

しばらくして、慌ただしい足音と共に訪れた制服警官に腕を捻り上げられて、永井はあっという間に拘束された。

「大人しくしろ！　傷害の現行犯で、逮捕する」

フィクションに思えるほど陳腐でリアルな台詞と共に、永井の腕に手錠が掛けられた。

「俺じゃない、俺じゃなくて、青柳を」

そう言ってそちらを見やり、永井は、警察官に保護され安堵している青柳の姿を見つけた。無意識に大きく吸い込んだ空気が喉を冷やして、痛む胃を焼いた。

視界が歪んでいるのか、社会が歪んでいるのか、眼の前の光景が波打つ。

永井はその眩暈に負けて、膝を付いた。


正義とは、何だっただろうか。

それさえ信じて生きていけば美しく素晴らしく心地好く、人に愛され悪から自分を遠ざけて。

自らだけではなく、人もそうして生きられるようにと願ってきたのに。

なのにこの正義はずっと、俺を苦しめてきた。

そしてこの正義は今、俺を犯罪者に仕立て上げる！


永井は腑から声を絞り出した。ただの獣の咆哮のようなそれに、そこにいる皆が畏怖した。

その眼差しが、永井にはどうしても心地好かった。畏怖されるほどの力を持っているのだから、社会の方が間違っているのだと思えて。

だから、垂泣して山下を介抱する丸野の正義に満ち溢れる姿に憧れることはなかった。むしろ、真実に気付いていない愚か者なのだと、嘲ることができた。

永井は、まだ、気付いていなかった。正義なんてものは、正当化の誘惑に呑み込まれ、とっくに息絶え倒れていたということに。

被害者のいなくなった被害届はごみと化し、大谷は落胆していた。

もし、青柳に対して何かできていれば。電話番号も知っていて、職場もわかっていて、刑事という立場であるにも関わらず、大谷は、何もできなかった。

「辛気臭ぇな、相変わらず」

佐藤は煙草らしきものを咥え、口から煙らしきものを吐き出し、大谷の机に腰を掛けた。

「……煙草は喫煙コーナーでお願いします」

「これ、ニコチンフリーの電子煙草だから」

「じゃあ、机の上に座るのやめてください！」

「はいはい、文句が言いたい年頃なんだな」

佐藤は机から降りて大谷を一瞥し、煙と一緒に溜め息を吐いた。

「まぁ、ショックな事件だったけどな。大谷が被害届を受理していなかったらこんなことにならなかったかもしれないんだぞ」

「関係ないでしょう！」

「もし受理しなかったら、示談だの何だのでとっとと決着したはずだ。大谷が期待させたから、あの女も意固地になったんだろう」

「違います」

佐藤の言い分を認めてはならない。そう腹に決めて必死に反論を探す大谷の姿を眺めながら、佐藤は、偽物の煙を大きく吸い込んだ。

「大谷の正義感は、人を苦しめるだけの偽善でしかないんだ。いい加減、気付け」

「偽善って」

「青柳は初犯で衝動的な犯行だ。しかもすっかりびびっちまってる。再犯はしないだろう。で、あったら、この事件を立件する意味ってなんだ？」

「それは……」

言い淀み項垂れる大谷に、佐藤は昔の自分を重ねた。

「報復、以外の尤もらしい回答が思い付いたら教えてくれ。俺もそれを探してるんだ」

それだけ残して、佐藤はその場を去った。

独り残されたデスクで、大谷は、最後のプライドで涙だけは流すまいと、祈るように組んだ手を眉間に押し当てた。

正義を遂行するための組織だと信じてきた警察が、ただ証拠ある悪を管理するための組織でしかないと言うのであれば。

「俺には……何もできない」

偽物の煙すら残らないそこで、倒れてたまるものかと足掻いていた大谷の信念が倒れた。

白く柔らかい、湿らせたようにしっとりとしている首に指をぐいと食い込ませれば、それは赤、青、白と色を移ろわせた。彩りに夢中になっているうちに、薄い皮膚が、びり、と破れて、血が噴き出す。その血飛沫を浴びて、青柳は仮眠室一のベッドの上で眼を覚ました。あの夜と同じように、月の光が差し込む美しい夜だった。恐怖に衝かれて飛び起きたせいで、永井に痛めつけられた体のあちこちが痛んだ。焼き付けられた契約の印は、一生、消えないだろう。

あれから、一ヶ月。痴情の縺れで自殺した小向の責任は、山下が背負う形となった。閉じられていた第五会議室も開放され、『テクニカル』はすっかり元の通り営業を始めていた。買収して間もない制作会社の馬鹿な娘が不倫で死んだだけのこと。子会社の社員をしっかりと処罰した『TEC』には何の責任もなかった。

俺は悪くない、と言おうとして、声が出なかった。

青柳はもう解っていた。小向の死が、自分と無関係ではないということを。ただ触れただけで、一人の世界を壊すなんて、想像だにしていなかった。そう思いながらも、正当化の誘惑から完全には逃れられず、

「そのぐらいで死ぬなよ」と、独り言ちた。

「お前、本当にくずだな」

独り言への応えに驚いて、声のした方向を見やると、開いたドアの前に山下が立っていた。山下は、入室してドアを閉め、二段ベッドの下段、青柳の隣に腰を掛けた。

「まぁ、俺も人のこと言えないけど」

小向の亡骸を思い浮かべ、遣り切れない思いの中、安堵していた。もう彼女のために、追及される苦しみを味わわなくていい。その醜い安寧を自覚した時、目の奥が鈍く痛んだ。

「もしお前があんなことをしなければ、俺はずっとただのオペレーターでいられたのに」

泣き出した山下の言葉の意味が察せないまま、青柳は「ごめんなさい」と、詫びた。

「謝るなら、警察行け」

「それは……」

「お前、本っ当に最低だな」

何も言えず「あ」だとか「う」だとか声をこぼす青柳を横目に、山下は立ち上がった。

「今日は荷物をまとめに来た。人がいない時に来てくれって須田社長に言われてな、こんな夜中だ。来月には下北沢の孫請け制作会社の平社員だ。ここには二度と来ないだろうな」

その言葉に、青柳は酷く胸を衝かれた。

山下がいなくなる。それを情報として知っていたのに、この時ようやっと、山下とはもう二度と会わないのだと理解した。

「山下さん」

呼んでも振り向かない山下の背中は、初めて会った時と同じように、凛と真っ直ぐに伸びていた。

傍若無人な青柳から多くの人が離れて行った。なのに、山下だけが唯一、あの日のままで今、眼の前に立っている。それは、罪悪を覆い隠して見えなくしていたもやのようなものがさあっと引いて、その存在を認めなければならないと思えるような気付きだった。

「山下さん、俺、山下さんを左遷させないでくださいって頼みます。だから」

「調子に乗るな」

縋り付いた青柳に一瞥もくれず、山下はそう言い伏せた。

「青柳。お前は何の権力もない、ただの駒だ」

「そんな、でも」

「だから、警察に行けって、どうにかしたいんなら」

その一言に、青柳は肩を竦ませた。

今からでも白状すれば、山下だけは助かるかもしれない。けれど。

「俺、犯罪者になりたくない」

青柳は、誰のためでもない涙を汚く流した。

「お前はもう犯罪者だよ、裁かれていないだけで」

山下は青柳を振り解き、仮眠室一のドアを開けた。そこには、二階のオフィスで山下の荷物の片付けを手伝っていたはずの丸野が立っていた。

「すみません、立ち聞きして」

肩を震わせて垂泣する丸野の肩を、山下が撫でた。

「いいよ、もう隠すこともないでしょう」

「山下さん、もし、僕があの時、ちゃんと青柳さんのお酒を断って酔い潰れなかったら、こうはならなかったんですよね」

「丸野くんのせいでは」

「そんなことありません。僕が、もっとしっかりしていれば」

山下は、「丸野くんが酔い潰れたあの夜に」と告げたことを思い出し、後悔に苛まれた。

「違う、丸野くんは何も」

「ごめんなさい、山下さん、ごめんなさい、青柳さん、ごめんなさい……小向さん」

丸野はわっと泣き声を上げて、吹き出す涙を押し込めることなく流した。

「ごめん、丸野くん、本当にごめん」

山下と丸野は縋り付き合い支え合うようにして、泣き崩れた。

その二人の姿を、とても美しい、と、青柳は思った。暗闇の中で、そこだけが光っているように見えるほどに。カメラを向ければどうなるのだろうと、思いを馳せるほどに。


抗えないものに負けて挫ける人を助けるスーパーマンに憧れて、青柳は、小学校一年生の時に父親のハンディカメラを持ち出した。モニターに映る景色がどうすれば格好良くなるのか、それだけを考えて、夜中まで走り回り、壊して、怒られた。

そうして怒られることすらも、名誉だと思えた。こうして日常を特別に切り取って残すことのできる自分は、選ばれた存在なのだと。


カメラの中を思い通りにするだけで充分だったのに、どうして。

もし今すぐ二人に歩み寄れば、またあの純粋な輝きに浸ることができるのだろうか。ただ憧れだけを見つめて邁進できた、あの頃のように。

「ごめんなさい……」

誰にも聞こえないほど小さく呟いて、手を伸ばしかけて。

誰にも気づかれないうちに、手を下ろした。

「ごめんなさい」

幼い頃の正義を裏切って、青柳は、社会で生きていく術を手に入れた。

その翌日、第五会議室に、ＧＴＴのメンバーが集められた。

そこに会したのは、青柳、丸野、中林、桑田、そして福原の五人だった。

「じゃあ、とりあえず今回はそういうことで、決まりね」

議論の余地もない会議に福原がそう終止符を打とうとした時、

「ちょっと待ってください」と意義を申し立てたのは、桑田だった。

「俺はこんなの納得がいきません。中林さんだってそうでしょう」

熱く語る桑田を横目に、中林は立ち上がり、

「俺は、これで失礼します」と言って頭を下げ、第五会議室の物々しい扉を開けた。

「中林さん！」

桑田が呼び止めるのを無視して、中林は第五会議室を出て行ってしまった。

「で、何が納得できないの？　フリーランスの桑田くんは」

その福原の質問に返す答えを持ちながら、答える権利を持っていない桑田は、ただ目を逸らすしかできなかった。

「……何もありません。僕も、失礼します」

「はい、『御苦労様』」

立ち上がった桑田に、福原は微笑んだ。その湾曲した双眸に悍ましさを覚えながらも、それを追及せず、物々しい扉を開けて、中林を追いかけた。

「待ってください、中林さん」

桑田は、通用口扉の前で中林に追いついた。ドアノブに掛かったまま動きを止めた中林の手を、桑田が掴んだ。

「本当にいいんですか。『DramaticArt』が一本も創らず、サポートだけだなんて」

永井という制作力を失った『DramaticArt』に選択肢はなかった。その悔しさを一番噛み締めているのは、中林だった。

「今までずっと永井に現場を任せてきたツケを払う日が来ただけだ」

桑田に一瞥もくれず、頼もしいだけだった背中を震わせた。

「今この状況でプライドを守るために下手なものを出すより、あっちに任せた方がいいんだよ」

ドラマを創り続けたい。確かにそう話していた情に厚い男は、過去の栄光にしがみつくしかできない無能なビジネスマンに変容していた。

「……わかりました」

桑田は、すべての反論を呑み込んで、震える中林の手を離した。

「行こう、桑田くん。どっかで飯でも食ってこう」

通用口扉を開けると、蝉の声と熱気が廊下に流れ込んだ。

「もう夏だな、何をしてもしなくても、季節は変わるんだな」

中林は、その煩わしさと虚しさに眉を顰めてから、一歩踏み出した。コンクリートの上に散らばった砂が靴の底で擦れて、じゃり、と鳴った。

桑田は、先を行く中林の背中を眺めて、何かできることはないかと思いあぐねた。けれど、何も思い付けず、成す術なく、溜息を吐いてそれに続こうとした。

その時、物々しいあのドアが開く音と、俄かに興奮した様子の丸野の声が耳に触れた。

「福原さん、僕は聞いたんです」

桑田は、考える間もなく、閉まりかけた通用口扉に手を突いた。

「中林さん、先に、車に乗っててください」

小声でそう伝えてそちらに車の鍵を投げ、音が鳴らないようにそっと、通用口の扉を閉めた。

すべてを知る、最後のチャンスだ。そう直感した。

中林は、手の中に収まった車の鍵を握り締め、閉じられたドアを見やった。

「俺だって……」

手を伸ばし、ドアノブに手を添えた。それはただドアを開く勇気すらも根こそぎ奪うほど冷たくて、中林は、腕をだらりと落とし、項垂れ、踵を返した。

桑田は息を潜め、第五会議室に程近い死角で聞き耳を立てた。

「山下さんのせいじゃないんでしょう、小向さんが死んだのは」

「丸野くんは、どうしてそう思うの？」

「だって、青柳さんが、自分がしたことを僕に話してくれました」

ぶつけたくて仕方がなかった質問が、声高に叫ばれている。桑田は身震いした。

たった数日の不倫だけでこんなことになるはずがない。そもそも、青柳がどうこうという話が見え隠れしている。そちらの方が原因であることは明らかだ。そして、福原が何かを知っていることも。

けれど。

「証拠は？　青柳くんが、誰かに脅されて言ってたって可能性は？」

福原は、そんな不確かなものでは揺るがなかった。

「そんな！　あんなタイミングで、そんなこと」

「言う訳ないって、誰が決めたの？」

「決められている訳ではないですけど、でも」

「じゃあ、それって誰かに言わされてたかもしれないね」

確実に何かを知っている片笑みに気付いて、丸野は奥歯を噛み締めた。

「僕、警察に言います。青柳さんが言ってたって、それで」

「丸野くん」

語気を強めるだけでいとも容易く委縮した丸野の耳元で、福原は囁いた。

「小向さんはもう死んだんだよ。今更糾弾したって、誰も助からない。それどころか、死人が増えちゃうかもね。丸野くんのせいで」

丸野は、青柳や山下の死を脳裏に描いた。糾弾は言葉ではなく、涙になって溢れ出た。

「そんな……」

丸野の声が涙で滲んだのを聞いて、福原は、通用口に向かって歩き出した。

「……桑田くん、まだ帰ってなかったの」

死角に潜んでいた桑田の前で、福原が立ち止まった。

湾曲せずこちらを見下ろす福原の双眸に慄きながら、桑田はそれを見据えた。

「福原さん、何か知ってるんでしょう」

「何かって？」

「小向さんが自殺した理由を」

「だから、不倫で痴情の縺れでしょう。若いって嫌だねぇ」

それが真実であるかのように語る福原の、歴然とした理由のない明白な違和感を、桑田はもう無視できなかった。

「……本当のこと、知ってるんじゃないですか」

桑田の追及に、福原は深く息を吐いて俯き、首を回した。何を考えているのか、何かを考えた後で、こう尋ねた。

「本当のこと知っていて喋らないのって、何罪になるのかな？」

「罪とか、そういう問題じゃ」

「じゃあ、十年前、『テクニカル』の五木さんが自殺した理由を喋ってくれる？　元『TEC』の桑田くん」

五木。

その名前を、桑田は知っていた。

「……半身不随になって自殺した、あの五木さんですか」

「そうそう、よく覚えてるね。半身不随になった事件……って言っちゃ駄目なんだっけ、事故の時、桑田くん、あそこにいたもんね。僕は何もかもが終わった後に行ったんだけど」

人から目を逸らしてばかりの桑田は、この時初めて、福原を凝視した。

そして、気付いた。

十年前のあの日、倒れて物言わぬ五木を抱き締めて慟哭していた男と、目の前にいる男が、風貌こそ変われど同じ人物であることに。

口を噤み、体を震わせる桑田を、福原は鼻で笑った。

「もし桑田くんがそのことを公の場で喋ってくれたら、僕も勇気を分けてもらえるかもしれないね」

答えに迷って唇を噛んだ何の面白みもない桑田を一瞥して、福原は、そこを去った。

「桑田さん、何ですか、その話」

丸野の質問と、逃げ切ったと思っていた過去の猛追に、桑田は慄いた。

それは、ハラスメントなんて言葉が似合わない、虐めだった。業務を円滑に進めるためだと言い訳して見過ごしているうちに、事件は起こった。

誰が突き落としただなんて証拠はない。五木が話している内容も要領を得ない。だから、誰も咎められず、スタッフが足を滑らせて落ちた事故とされた。

夢も希望も五体満足さえも失った五木は、病院で。

それが事故ではなく事件だと知っていた桑田は『TEC』を辞めて、独立した。その輪の中にいるのが、ただひたすらに苦痛だったから。

記憶に腑を揺さぶられて、吐き気を催すほどに震えた。

「丸野さん、すみません。俺からは何も言えません」

逃げるように、桑田は駆け出した。

「桑田さん！」

丸野が呼び止めても、桑田は足を止めず振り返りもしなかった。

尋常ではない桑田の様子に丸野は追及を諦め、その場に座り込んで咽び泣いた。「馬鹿だな」と言って背中を叩いてくれた青柳も、「大丈夫？」と尋ねて手を差し伸べてくれた山下も、もう、ここにはいない。丸野は、自らの小さな掌をじっと見た。

「何で……僕には何もできないんだ……」

そう独り言ちてから立ち上がり、歩き出した。歩き続けることがルールの社会で、丸野は、この道の続く先が明るいことだけを信じて、一寸先もわからぬ真っ暗闇を、己の無力さを噛み締めて進むしかなかった。

中林が助手席で待つ車に戻った桑田は、満面の愛想笑いを浮かべて、努めて明るく、

「お待たせしました」と、運転席に乗り込んだ。

話題を探して、中林がぼんやりと眺めている書類を覗き込んで、それが、小向の企画草案書と、永井のラフスケッチであることを知った。

「なぁ、桑田くん。俺はどうすれば良かったんだろうな」

中林が嗚咽を上げた。桑田の愛想笑いは、崩れ去った。

もし、あの時、福原がプロジェクトに参加するのを拒んでいれば。

もし、あの時、買収されることを拒んでいれば。

もし、あの時、ドラマがヒットしなければ。

どうしていたら、空気が白むほどに白熱したあの現場でずっと、魂を燃やし続けることができたのだろうか。

今解ることは、どれだけ涙を流してもあの場所には戻れないということだけだった。

「……どうしたら良かったんでしょうね」

痛悔の念に躑る中林に掛ける言葉もなく、答える代わりに車のエンジンを掛けた。

もし五木のことが暴かれて、自らの罪まで問われることになれば、死活問題だ。フリーランスとして生計を立てている桑田の元に、仕事は来なくなるだろう。

「ごめんなさい、俺みたいな凡人は、自分の世界を守るだけで精一杯なんです」

誰にも聞こえないほど、小さく呟いた。

桑田には、解らないことがあった。

何故、五木のことで苦しんだはずの福原が、あのように振る舞っているのか。

もし五木の復讐のためであれば、真実を暴けばいい。あの口振りからして、何かしら証拠を掴んでいるのだろう。そうすれば、五木だって浮かばれるのではないだろうか。

何故、五木の自殺で苦しんでいるはずなのに、小向が自殺したことを厭わないのか。

第五会議室の錠が下りたあの時。桑田は確かに、福原の悪意を感じ取った。あれは恐らく、ただの厳重注意ではなかったのだろう。小向を追い詰めて殺すような何かが、あの短い時間であったはずだ。

何があったのか。何故そうしたのか。

何故、福原は。

何故。


桑田は、賑やかだった車中の思い出を胸に巡らせて、アクセルを踏み、地図通りに存在している道路の上を、間違いがないように進んだ。

考えても答えの出るはずがない疑問を、そこに置き去りにして。

ああ、楽しかった。

こんな歳になってまさかこんなにも面白いことが起こるなんて、予想だにしていなかった。

死んだら負けだ。どんなに尊い正義感を持とうが、死ねばすべてが無駄になる。むやみやたらと頭を下げたくないだとか、愛する人と以外は肌を重ねたくないだとか、そんな正義面した無駄なプライドを殺すことにこそ、この社会では意味がある。

俺は死ななかった。そして、誰からも蹂躙されないこの立場を手に入れた。

五木、やってやったよ。死んでしまった馬鹿な君に代わって、正義を貫き通したんだ！

君は、喜んでくれるだろうか。


「あれ？」

腰掛けている、触り慣れた第五会議室のソファの革の感触が、唐突に現実味を帯びた。

「俺は、何をしたかったのだっけ」

こんなことを求めていただろうか。

何もかもに五木の屍を踏み躙られて苦しくて悲しくて腹が立って何もかもを倒してやりたくて何もかもを踏み台にして肩書きだけではない本物の権力を手に入れて。

そうして倒した駒たちは、倒したかったものだっただろうか。

「お待たせ！」

ノックもなく無遠慮にドアが開き、少女のように無邪気に笑う渡利が顔を出した。

「やぁ、洋子さん、待ってたよ」

駆けて来る渡利を抱き留めて、瞼を閉じた。

そうしているうちに、ついさっきまで何を考えていたのかすっかり忘れてしまって、もう一度首を捻ったけれど、

「まぁ、いいか」と呟いて、考えるのをやめた。

革は、いつも通りの薄ぼんやりとした感触に戻った。

「福原くん、どうしたの？」

「洋子さんは今日も綺麗だと思っただけさ」

小向の感触を思い出し、五木の笑顔を脳裏に描いて、決して瞼を開くことなく渡利に口付けた。

個人よりも法人が優先されるこの社会で、権力は、持たなければならない。それを、五木に教えられた。

知ってしまったからには、決して忘れない。それを忘れてしまったら、どんな正義だって子供の玩具にしかならない。だからそれを魂に刻み込んで、刻み込む前の心など、もう忘れてしまった。

正義を貫き通すためには、己の正義を殺すしかないんだ。

解るだろう、五木。

三年の年月など瞬く間に過ぎてしまうほど、人ひとりがいなくなった社会は、それまでと同じ早さで回り続けた。

そうして訪れた二月のある日、刺すように冷える空気に起こされて、永井が眼を覚ました。

しんとした空気の正体を確かめようとカーテンを乱暴に開くと、窓の外には雪がちらついていた。

脚本やら小道具やらの山が崩れたのを見ない振りをして、煙草に火を点けた。

傷害罪で現行犯逮捕された永井は、すぐに釈放された。被害者である山下と青柳が示談を求め、不起訴処分となったおかげだ。

おかげ。あんなにも苦しめられたのに、永井は、山下と青柳に感謝を強要された。そんな惨めな思いをさせられるぐらいなら、刑事罰ぐらい受けて良かったのに。

「……死ね」床に散らばる脚本を踏みつけ、小道具を蹴り飛ばした。

釈放されて二ヶ月ほど休職した後で、中林が止める中、ほとんど会社に顔も出さない社長の吉田に賛成されて、永井は『DramaticArt』を辞職した。

それ以来、中林にも桑田にも会っていない。会いたくなくて、昔住んでいた下北沢に逃げるように住居を移した。

移り住んですぐに、専門学校の頃に所属していた劇団に戻ることになった。それだけで、煙草を吸って飯を食って、生き永らえていくのに問題がない程度の収入を得ることができた。永井はそれ以上を求めることはなかった。

万年床の煎餅布団にごろりと寝転がる。吐き出した煙が散り散りに舞い、まるで灰のように。それが、何の煙で、何の灰なのか、わからなくなる。もしかしたら魂が燃え尽きて散っているのかもしれないと、自嘲した。

「ああ、寒い」とぼやいて、傍らに置いてあった分厚いパーカーに袖を通し、枕元に置いてあったリモコンを手に取って、テレビの電源を付けてすぐに投げ捨てた。

そのリモコンが、落ちていた小道具とぶつかって、チャンネルが、絶対に観ないようにしていた『TEC』に切り替わった。

「『グローブネットTVショー』に『TEC』オリジナルドラマが登場します！　今日はその内容を徹底解剖～！」という軽快なナレーションに、頭を殴られた。

大人の弱小オーケストラ楽団の根性物語。小向が生み出したそれを、『テクニカル』の誰かがドラマ化したことを教える告知が、眼に刺さった。

永井はテレビを台から引き摺り下ろし、コードを千切らんばかりに引き抜いた。

「くそ、死ね、全員死ね」頭皮を掻き毟って蹲り、痛みが過ぎ去るのをじっと待った。

唐突に突き付けられたそれに気を取られて、永井は二つのことを見落とした。

ひとつは、大規模プロジェクトだったはずのその宣伝がとても小規模なものであること。

もうひとつは、そこに青柳の名前がなかったこと。


日がすっかりと落ちた頃、ようやっと起き上がり、仕事に出かけるために靴を履いた。

兼業団員の多い劇団だから、活動は基本的に夜だった。今夜も永井は、二年半ほど前から当たり前になった日常に従って、息をする。

この日は、今公演している舞台の千秋楽。小さな劇場に人々が溢れた。その人混みに、立ち見席まで完売したと団長が喜んでいたことを思い出す。

これだけ人が多くて道が通りにくいのだから、遅刻したっておかしくない。永井はそうこじつけて、劇場の前にあるガラス張りのカフェにふらりと足を向けた。

　虚構の世界に心を委ねる人たちの姿は、永井がかつて求めたものだった。心を満たすそれを求めてこの仕事を続けてきたはずなのに、眼の前の人の群れは、虚しさを浮き彫りにするだけだった。至って透明なまま白まない空気に煙草の煙を吐き出した。煙で白む濁った空気は、白熱とは程遠かった。もし、あの時、青柳の指が小向に触れなければ、今でもあの場所で全能感に包まれていられたのだろうか。

「……ドミノ倒し」の、ようだと思ってそう呟いて、首を横に振った。

　手足も意思もないドミノの駒は、ただ素直に目の前の駒を倒すだけで、遠く離れた駒を巻き添えになどしない。

「あれは人の所業だ」と、片笑みを浮かべた。

「ただの駒だった方が良かったたって訳か」

　独り言ちてから外を見やると、人混みの中に、ベビーカーを押す女の姿が見えた。

　どうやら劇の観客という訳ではなく、ただの通りすがりのようだ。思いもしなかった場所に降って湧いたように現れた人混みに動揺している様子を、助ける気もなくただぼんやりと眺めた。

　永井には縁遠い柔らかな幸福。夢なんて抱かずに、最初からあそこを目指していれば、もっと充足した今を迎えることができたのだろうか。

　そう考えているうちに、少し離れたところから男が走って来た。どうやら父親のようで、母親からベビーカーを受け取ると、人混みから脱するためにカフェの方へ歩み寄って来た。

　なんて仲睦まじい、なんて心にもないことを考えていると、その男の目と、眼が合った。

　永井はその父親の名を呼んで立ち上がった。

「山下さん」

唐突に立ち上がった永井の存在に山下もすぐに気付き、忘れたいものを見つけてしまったと言わんばかりに目を見開いた。

震える肩を母親に叩いて呼ばれ、山下はそちらを振り向いた。何かを尋ねられて、否定するように首を横に振り、笑って、ベビーカーを押して。

何も見なかったようにして、どこかへと去って行った。

「……ざけんな」

永井は軋む歯の隙間から息を、その眼から涙をこぼした。

罰を受けた山下ですら、三年の時を経て、平凡な幸福を満喫している。過去の醜悪な思い出など見て見ぬ振りをしたいほどに。

それは、罰を受けていない青柳や福原もそうしていることの象徴のようだった。


腑が煮える。何もかもをなかったことにしようとしている奴等に。

心火が燃える。何もできず、何もせず、倒れて起き上がろうともしない自分に。

脳裏に渦巻く。もう二度と見たくなかった過去の幸福がぎらぎらと洪水のように。

このままで、悔しくないのか。

扱われて、動かされて、指先ひとつで倒されて。

ドミノ倒しさながら弄ばれて、ああ楽しかったで済ませていいのか。

倒れても、まだ、生きているのに。


「俺は、駒じゃない」

だから、手足がある。

その手は壊しても、また創り出すことができる。

その足は挫けても、また歩き出すことができる。

破壊と再生による創造でしか齎されないものがあるのなら、人を破壊し続けるこの社会が意味するものは。

立ち上がり方を思い出した永井の足が、一歩前に進んだ。

腑の底で、ちらりと魂が燃えた。

あとがき

「ドミノ倒れ」を書き始めたきっかけは、藤由達藏さんとの出会いでした。

二〇一六年、「底辺ネットライター」としてインターネットの片隅で少しだけ話題になり、そうして始めたブログにアップした性犯罪被害経験の記事が輪をかけて話題になり。

そのときに寄せられたメールに書かれていた「書いてくれてありがとう」という、犯罪被害者の悲痛な叫びに突き動かされて、「何かをしたい」と思うようになったころ、仕事帰りに立ち寄った居酒屋で、大阪にいらっしゃっていた藤由さんと隣り合わせになりました。

「コーチングを受けてくれている生徒さんが出版するときにライターの力を借りたいから」という理由で名刺交換してくださった藤由さんに対して、私はというと下心満載でした。そうしたライターの仕事がいただけるのであればもちろん嬉しいし、ベストセラー作家から学べることも多いだろうと。

そうしてお話を聞く中で、藤由さんがこうおっしゃいました。

「ビジネス書なら出版は難しくない」

企画書の書き方を知り、それを持って出版社を回れば出版できる可能性は高い。まだ出版をしたことのない人であれば「未知数」を評価してもらえる。だから一冊目で結果を出して二冊目に繋がるような出版をしなければならない。そうした考えのもと、「一生作家として食っていける作家を育てる、コーチングを用いた出版サポート」をしている、と。

「何かをしたい」と思っていた私は喰いつきました。ブログで書いたようなことを書いたエッセイやビジネス書のようなものを出せば、「何かができる」と。

とはいえ、私には出版サポートを受けるだけの資金がない。あるのは熱意と書きたい気持ちだけ。

だから私は、藤由さんが大阪にいらっしゃってくださった際に、自分をプレゼンしました。はっきりとこう言葉にはしていませんが、「私に投資してくれ！」という気持ちでした。

熱意が伝わり、藤由さんは「出世払いでいいから、出版サポートを受けてみてください」とおっしゃってくださり、二〇一七年一月から一年間の出版サポートが始まりました。

とにかく一年で結果を出すしかないと必死な私に、藤由さんはこう尋ねてきました。

「どんな作家として食べていきたいですか」

作家の印象は一冊目で決まるから「売れるか売れないか」ではなく、「書きたいか書きたくないか」で内容を決めた方がいい。二冊目に小説を出すか一冊目に小説を出すかで、全く異なった印象になる。

「今までの話を聞いている限り、小説の方が書きたいのでは」

藤由さんのおっしゃる通りでした。ビジネス書なら確実に出版できるからという下心でそうすると言っていただけで。正直なところ、やりたいとはあまり思っていませんでした。「犯罪被害当事者」という立場から思いをただつらつらと書いて、「加害者や無関係の人に思いをわかってもらう」本にするのはとても難しいでしょう。「被害者面」と言われておしまいです。それに、人に説教をするのはあまり好きではありません。私が作家になりたいと思った理由は、誰かに説教をしたいからではなく、ただ気持ちをわかってほしいだけだったのです。

私が「小説を書きます」と返事をしたのは、三月のことでした。悩んだ末、「一冊目の出版に成功したところで、執筆が辛くなってしまえば意味がない」と、初心に立ち戻ることができたからです。

底辺ネットライターは、私の「誠実に書きたい」という思いから生まれた架空の生き物です。そんな彼女の思いを無下にしたくないと、願ってしまいました。

それから、全く予定していなかった形での出版サポートが始まりました。

企画書を書いても意味がないので、まずは作品を仕上げなければなりません。そしてそれをどこかに持ち込むか、新人賞に応募して入選するかしなければ、小説家にはなれません。だから、とにかく書かなければなりませんでした。小説を書くと決めた翌月の四月、私は「ひとつの事件を軸に、被害者、加害者、それぞれの上司や周りの人の心情を徹底的に描く小説」を書き始めました。

小説を書くのは初めてではありませんでした。書き始めたのは、小学校三年生のときでした。父が仕事のために買った書院ワープロのキーボードを叩いて「これなら字が汚い私でもかっこいいお話が書ける」と思ったのが始まりです。

十九歳で就職するまで、呼吸をするように書いていました。そのころは、次々に文章が思い浮かんで書く手が止まらなくて、まるで息ができる水中で泳いでいるような気分に浸れてそれが気持ちよくてとても幸せで、しかもそうして生まれたものに感嘆の声を上げてくれる人がいて。

就職してから、そうした感覚に陥れなくなって、自分で面白いと認められる小説が書けなくなって。叶うなら、もう一度あの海を泳ぎたいとずっと心の底から願っていて。

その感覚を取り戻せたら、絶対に皆が目を見張る面白い小説が書けるのにと思っていて。

けれどきっと無理だろうと諦めていて。

なのに、その年の八月のある日、突然、空気が水になって。なのに、息ができていて。

今だけかもしれない。もう二度と泳げないかもしれない。だから余すことなく味わってやろうと夢中になって泳いで、泳いで泳いで泳ぎまくって、さらに深くまでもぐって泳いで、力尽きてベッドの上に体を投げ出して、ひとりなのに笑ってしまいました。

それから、私はいつでもこの中で泳ぐことができるようになって。

この感覚を取り戻した私なら、絶対に皆が目を見張る面白い小説が書ける。

そんな根拠のない自信がめきめきと育って私の心身を支配してしまって、「ドミノ倒れ」が形になっていって、読んだ人が皆驚いてくれて、自信は根拠あるものになっていきました。

「賞を受賞してセンセーショナルにデビューしましょう」と藤由さんに言われて、新人賞に応募して、落選しました。

一度目は、規定を読み違えてページ数を超過してしまっていて、落ちても仕方がないと思えました。けれど二度目は、一度目の失敗を踏まえて規定をしっかりと読んで応募したので、実力で落ちました。一次選考すら通らず、すでに読んでいた人らは「なぜ落選したのかわからない」とそれぞれの意見を私に述べてくれました。

二度目の落選の際、藤由さんと共に私の出版サポートコーチングをしてくださっていた橋本弥司子さんがこうおっしゃってくださいました。

「優ちゃんの小説は文学だから、賞は通りにくいかもね。持ち込みしよう！」

その話をしたのが二〇一九年二月二十八日。三月七日に、出版が決まりました。

すでに「ドミノ倒れ」を読んでくださっていたＩＡＰ出版代表の関谷さんに「落選したので持ち込みします」とお伝えしたところ、「なんでうちで出せへんの?」とおっしゃってくださって。

「ドミノ倒れ」は、決して万人受けする小説ではありません。感想にも賛否があると自覚しています。関谷さんはそれをわかっていながら、内容を変えずに出版という形を取ってくださいました。

そして、「ドミノ倒れ」の出版が決まったその日に、「八島睦さんの本を書いてほしい」という依頼をいただきました。

そうしてできあがった「かぼちゃの馬車の〝クレーム〟ブリュレ」https://00m.in/Gc10a は、まるで最初から「ドミノ倒れ」と同時出版する予定で作っていたような相互作用のある内容になりました。

どちらの本も「社会問題」がテーマで、書けば書くほど、「ドミノ倒れ」を書いている間に得た気付きが「かぼちゃの馬車の〝クレーム〟ブリュレ」に織り込まれていきました。

「ドミノ倒れ」は、「社会問題を俯瞰するフィクション小説」を目指して書きました。だから、このお話には答えがありません。「何が正しいか」だけでなく、「理解できない行動に至る人の心情」を汲み取ることで、もっと多くを語り合えれば、と。

「かぼちゃの馬車の〝クレーム〟ブリュレ」は、「社会問題に正面から向き合うノンフィクション作品」を目指して書きました。だから、このお話には答えがあります。「理解できない行動に至る人の心情」を分析した上で、「何が正しいか」を定義することで、これからの時代をどうやって生きていくかを見出すことができれば、と。

私の書き述べる「正しいこと」とは、正義とかそういう大層なものではありません。「その人が健やかに生きていくためにはどうするか」というようなものです。心地良いと思える社会に身を置いて、人権を侵害されることなく働いて、生活できるだけのお金を稼ぎ、好きな物を好きだと言える環境の中で、好きな人と共に過ごす。無理せずともそれが叶えられる思想が「正しいこと」だと。

この二冊を書いて、私が思うことは、理性を持った社会人としての「人」として生きていくために必要なものは、「正しいこと」を決めるための信念と、自分の人生のイニシアチブを誰にも渡さない努力なのでしょうということです。そしてそうした「人」が生きていくために必要なものは、人の持つ「正しいこと」を奪わないことが「正しいこと」という良識で動く社会なのでしょう。

私は正しい人間ではなく、自分にとっての「正しいこと」を持っているだけの人です。それを貫き通すためにこんなエゴイスティックな小説を書いて出版までしてしまったのだから、見る人から見れば悪人かもしれません。そんな私でも笑って生きていられるのだから、日本はまだ終わっていないと思います。そして、終わらせてたまるかと願ってこの小説を書いています。

こんな私を信じて支え続けてくださった方に、心よりお礼申し上げます。

私の魂を引きずり出して書く悦びを思い出させてくれた上に、「これが青田買いの楽しみなんですよ」と言って、出版サポートが終わってもずっと応援してくださった藤由達藏さん。

作品を読んでご評価くださり、この出版を進めてくださったIAP出版の関谷一雄さん。

藤由さんと共に出版サポートをしてくださり、「作品を世に出すためにはどうしたらいいか」を一緒に考えてくださった橋本弥司子さん。

小説を読んでたくさんの意見をくれた上に、挫けそうになる度に私を助けてくれた内田良始夫妻。

小説を読んで評価してくれて、表紙装丁デザインを快く引き受けてくれた茂渡裕子さん。

小説を読んだ上で私を評価して応援してくださった『敬聴力』著者の西元康浩さん。

被害の苦しみから逃れられずのたうち回る私に「あなたは何も悪くない」と何年もの間ずっと言い続けてくれた、別れてしまった夫。あなたがいなければ、ずっと憎しみから逃れられなかったでしょうし、低賃金で在宅ライターを始めるなんてこともなく、今の私は在り得ませんでした。

良いも悪いもすべて咀嚼して呑み込んで血肉にして「今の私」ができていて、それができたのは、どんな猛毒を喰らわされても、私を助けてくれた人がいたからです。

「今の私」を造り上げてくれているすべての人へ、感謝申し上げます。

次にどんな小説を書くかはもう決めてあって、それも社会に対する疑問から生まれたお話です。それを書き終えたら、次は小さいころから大好きなファンタジーな世界観の小説を書いてみたいと考えています。そんな夢みたいな未来が思い描ける私は、本当に果報者です。

こんな人間ですが、これからよろしくお願いいたします。

ライター　松田 優

イラストレーター　なご

Web/DTPデザイナー　樽家 美保

Webデザイナー　川野 文太

■■■

Designed by SOLUTION CREATORS

solution-creators.com

松田　優（まつだ　ゆう）
一九八三年、大阪府生まれ。
著作
「ドミノ倒れ」
「かぼちゃの馬車の〝グレーム〟ブリュレ」

ドミノ倒れ

2019年7月20日　初版第1刷発行

著　　　者　松田　優
表紙・本文装丁　茂渡　裕子
発　行　者　関谷　一雄
発　行　所　ＩＡＰ出版
〒531-0074　大阪市北区本庄東2丁目13番21号
TEL：06（6485）2406　FAX：06（6371）2303
印　刷　所　有限会社　扶桑印刷社

ISBN 978-4-908863-05-9
Printed in Japan